ハヤカワ・ミステリ文庫

〈HM515-1〉

ザ・メイデンズ

ギリシャ悲劇の殺人

アレックス・マイクリーディーズ

坂本あおい訳

早川書房

9036

THE MAIDENS
by
Alex Michaelides

Translated by
Aoi Sakamoto
First published 2024 in Japan by
HAYAKAWA PUBLISHING, INC.
This book is published in Japan by
arrangement with
ASTRAMARE LTD
c/o ROGERS, COLERIDGE AND WHITE LTD., LONDON
through TUTTLE-MORI AGENCY, INC., TOKYO.

自分を信じる勇気を与えてくれた、ソフィー・ハナへおまえの初恋の話を語ってくれ――
四月の希望、偶然に翻弄される道化を、
墓が動きだし、
死者が踊りはじめるそのときまで。

――アルフレッド・テニスン
「罪の幻影」

目次

ザ・メイデンズ

ギリシャ悲劇の殺人

登場人物

マリアナ……………………心理療法士
セバスチャン………………マリアナの夫。ギリシャの海で事故死した
ゾーイ………………………マリアナの姪。ケンブリッジ大学の学生
エドワード・フォスカ……ケンブリッジ大学の教授。ギリシャ悲劇が専門
タラ・ハンプトン…………〈メイデンズ〉のメンバー。ゾーイの親友
ヴェロニカ・ドレイク……同上。アメリカ上院議員の娘
セリーナ・ルイス…………同上。シンガポール出身
カーラ・クラーク…………同上。有名俳優の娘
ナターシャ
ディヤ
リリアン
　……………………〈メイデンズ〉のメンバー
ジュリアン・アシュクロフト………法心理学者。マリアナのむかしの学友
モリス………………………カレッジの守衛長
フレッド……………………ケンブリッジ大学博士課程の学生
コンラッド・エリス………タラのボーイフレンド
エルシー……………………タラの寝室係
サドゥ・サンガ……………警部
ヘンリー・ブース…………マリアナのグループセラピーの参加者
クラリッサ・ミラー………マリアナの学生時代の学習指導教官
ルース………………………マリアナの元指導セラピスト
セオ・フェイバー…………法心理療法士

プロローグ

エドワード・フォスカは人殺しだ。

それは事実だ。マリアナはそのことを、知的レベルで考えとして認識しているだけではない。体が知っている。骨、流れる血、細胞の奥底から、それを感じる。

エドワード・フォスカは有罪だ。

なのに——マリアナにはそれを証明する手立てがなく、永遠に証明できないかもしれない。少なくともふたりの人間をすでに殺しているこの男、このモンスターは、おそらく捕まることがない。

あの男はとても自惚（うぬぼ）れていて、自信満々だった。あいつは逃げおおせたと思っている。自分が勝ったと思っている。

だが、逃げられてはいない。まだだ。

マリアナが出し抜いてやる。そうしなければ。

今夜は眠らずにひと晩かけて、これまでの出来事をすべて洗いなおそう。この場所、このケンブリッジの狭くて暗い部屋にこもって、考え、策を練るのだ。マリアナは壁の電気ヒーターの赤い電熱線を見つめ、それが暗闇のなかで燃えて光るのをながめながら、自分を一種のトランス状態へと導いた。

今から頭のなかで一番最初までもどり、全部思いだそう。細かいところまで全部。

そして、あの男を捕まえるのだ。

第一部

悲しみがこんなに恐れに似た感覚だとは、だれも教えてくれなかった。

——C・S・ルイス

『悲しみを見つめて』

1

数日前、マリアナはロンドンの自宅にいた。

段ボールにかこまれたなかで、床にひざをついていた。気が乗らないながら、セバスチャンの遺品の整理にふたたび手をつけようとしていた。

なかなかはかどらなかった。亡くなって一年たった今も、持ち物の大半が山と積まれ、あるいは中途半端に箱詰めされた状態で、家のあちこちに置いてあった。この作業をやりきれるとは思えなかった。

マリアナは今も彼を愛していた――それが問題だった。セバスチャンと二度と会えないとわかっていても――彼が永遠に去ってしまったのだとしても――まだ恋をしていて、この愛情をどこへやったらいいかわからなかった。あまりの量で持て余していた。古い縫いぐるみの縫い目から詰め物が出てくるように、情が内側から漏れだし、あふれ、こぼれてくるのだ。

遺品をこうして箱に詰めるように、自分の気持ちもしまうことができたらいいのに。それにしても、なんて悲しい光景だろう――ひとりの男の人生が、バザーに出すための不用品としてまとめられていく。

一番近くの段ボールに手を伸ばした。なかから靴を一足、取りだした。じっとながめた――セバスチャンが海辺を走るときに履いていた古い緑色のスニーカー。まだかすかに湿った感じがして、靴底には砂粒がめり込んでいる。

処分しなさい、とマリアナは自分に言った。ゴミ箱に捨てなさい。さあ。

そう考えながらも、できないのはわかっていた。それは彼ではない。それはセバスチャンではなくて――マリアナが愛し、この先も永遠に愛しつづける男ではなくて――ただの古い靴だ。けれどそれを手放すことは、ナイフを腕にあてて自分の皮膚をそぐような、いわば自傷行為だった。

靴を胸に寄せた。子供にするように靴をぎゅっと抱きしめた。そして泣いた。

どうして、こんな結末を迎えることになったのだろう。

以前ならほとんど気づかぬうちに過ぎたほんの一年のあいだに――その一年はハリケーンがなぎ倒していった荒れた景色のように、マリアナの背後に広がっている――それまで馴染んでいた人生が跡形もなく消えて、彼女はここに残された。三十六歳、日曜の夜にひとりで酒を飲み、死んだ男の靴を聖遺物か何かのように握りしめている。ある意味では、そのとおりだった。

美しい何か、聖なる何かが死んだのだ。残されたのは彼が読んでいた本、着ていた服、触れたものしかない。マリアナは今もそれらに彼のにおいを嗅ぐことができたし、舌の先に彼の味を感じることができた。

だからセバスチャンのものを捨てられないのだ――手元に置くことでなんとか少しだけでも彼を生かしておくことができた。もし手放せば、彼を永遠に失うことになる。

マリアナは最近、病んだ興味から、さらには自分が何と格闘しているのか理解したくて、悲しみと喪失に関するフロイトの著作をすべて読み返した。フロイトは、愛する人が死んだあとは喪失を心理的に受け容れ、その相手をあきらめることが肝要で、そうしなければ異常な喪に陥ってしまう危険があると説いていた。その状態を彼はメランコリアと呼んだ――今で言う、うつ状態だ。

マリアナはそれを理解していた。セバスチャンをあきらめるべきだとわかっていたが、できなかった――今も彼に恋い焦がれているからだ。永遠にいなくなって、とばりの向こうに去ってしまっても、まだ彼に恋をしていた。〞とばりの向こうに、とばりの向こうに〞――どこに出てきた言葉だっただろう？　たぶんテニスンの詩だ。

とばりの向こう。

まさにそんな感覚。セバスチャンが死んでからは、世界をカラーで見ることができなくなった。人生は無音で灰色で、遠い彼方、とばりの向こう、悲しみという霧の向こうにある。

マリアナはこの世界や、そこにあるすべての雑音や苦しみから隠れて、ここに、自分の仕事に、この小さな黄色い家にこもっていたかった。

マリアナはそこにずっといたはずだった。十月のあの夜、ゾーイがケンブリッジから電話をかけてこなければ。

月曜の晩のグループセッションのあとにゾーイからかかってきた電話――それがはじまりだった。

悪夢はそこからはじまった。

2

月曜晩のセッションのメンバーは、マリアナの自宅のおもての居間に集まった。ちょうどいい広さの部屋だった。マリアナとセバスチャンがこの黄色い家に越してきて間もないうちから、セラピー用に使われてきた。

ふたりともこの家がとても気に入っていた。北西ロンドンのプリムローズヒルのふもとにあり、夏に丘の上で咲くプリムローズとおなじ、明るい黄色で塗装されていた。蔓(つる)を伸ばしたハニーサックルが壁の一面を甘いにおいの白い花で覆い、夏のあいだの数カ月間はあけた窓からその香りが忍び込んで、階段をあがり廊下や部屋に居座り、甘い芳香で家を満たした。

その月曜日の夕方は、季節はずれにあたたかかった。十月初旬だというのに小春日和が続いていて、パーティで長居する客のように、木々の枯れ葉がもうお引き取りをと促してもなかなか去ろうとしなかった。遅い午後の日差しが居間にあふれ、赤みを帯びた金色の光で部屋を満たした。マリアナはセッションを前にブラインドをおろしたが、風を通すために窓は少しだけあけておいた。

それから、椅子を丸く並べた。

全部で九脚。メンバーのそれぞれに一脚、そしてマリアナ用に一脚。本当ならばすべておなじ椅子がいいのだが、人生はそううまくはいかない。そろえたい気持ちはありながら、何年もかけて集めた背もたれつきの椅子は、材質も形も大きさもばらばらだった。椅子に対するそうした柔軟な姿勢は、彼女のグループセラピーの進め方全般にも、おそらく通じるものがあった。マリアナのアプローチは形式にとらわれず、型にもはまらなかった。

セラピー、それもグループセラピーを職業にするというのは、マリアナにしてみれば皮肉な選択だった。小さいころから集団というものに相反する感情をいだいていて、不信感すらあったのだ。

育ったのはギリシャのアテネ近郊だった。オリーブの黒と緑に覆われた丘のてっぺんにある古い大きな家に、家族で住んでいた。小さいころはよく庭の錆(さ)びたブランコに座り、はるか向こうの丘に立つパルテノン神殿の列柱までずっと広がっている、ふもとの古代都市に思いを馳せた。広大で、果てしないように思えた。そして、自分がとてもちっぽけな存在に感じられ、見ていて迷信めいた不吉な気持ちを覚えたものだった。

家政婦について、アテネ中心部の人でごった返す騒がしい市場に買い物に行くときは、マリアナはいつも緊張した。そして、無傷で無事に帰宅できると、安堵と少しばかりの驚きを感じるのだった。成長してからも、相変わらず大きな集団が苦手だった。学校ではクラスメイトに馴染めない気がして、いつも傍観者になっていた。この馴染めないという感覚は、簡単にはぬぐい去れなかった。何年ものちにセラピーを通じて理解するようになったが、校庭とは家族という単位を大きくしたものにすぎなかった。つまり、マリアナの不安は現在いる場所——校庭そのものや、アテネの市場や、集団のなかのその他の場所——というより、育った家族関係や、育った寂しい家に起因していたのだ。

太陽あふれるギリシャにありながら、家はいつも寒かった。そして、がらんとしていて、実際にも情緒的にもあたたかさに欠けていた。その原因はおもにマリアナの父にあり、父は多くの面ですぐれていた——見てくれがよく、精力的で、頭が切れた——一方で、とても面倒な性格をしていた。幼少期に修復不能な傷を受けたのではないかと、マリアナは疑っていた。父方の祖父母とは会ったことがなく、父が話題にすることもほとんどなかった。祖父は船乗りで、祖母については触れないほうがよさそうだった。波止場で働いていたとのことだが、そう話す父の顔が妙に不名誉そうだったので、売春婦だったのだろうとマリアナは理解した。

マリアナの父はアテネの貧しい界隈や、ピレウス港の周辺で育ち、少年のころから船の上で働きはじめ、ほどなく貿易にたずさわるようになって、コーヒーや小麦や、それにマリアナが想像するに、もっと褒められない類の品の輸入をはじめた。二十五歳になるころには自分で船を買い、そこから海運業を立ちあげた。冷酷さと血と汗の結晶で、父は自身の小さな帝国を築きあげた。

マリアナは父のことをどこか王様のようだと思っていた――そうでなければ独裁者。のちに彼女は、父が並外れて裕福だったことを知るが、質素でスパルタ的な暮らしぶりからは、それはまるでうかがい知れなかった。マリアナの母が――優しくて繊細なイギリス人の母が――もしも生きていたら、父も丸くなったかもしれない。だが母は、マリアナが生まれて間もなく、悲劇的な若さで逝ってしまった。

マリアナはこの喪失を痛感しながら育った。セラピストとして知っていることだが、赤ん坊は両親の眼差しによって初めて自己を認識する。人間は人に見守られて生まれてくる――両親の表情、両親の目という鏡に映っているものが、自分に対する見方を決定づけるのだ。マリアナは母親の眼差しを失った。そして父親のほうは、マリアナを真っすぐに見つめるのが苦手だった。話すときはだいたいマリアナの肩のうしろを見ていた。マリアナは何度も自分の位置をずらし、じりじりと父の視界にはいって、なんとか見てもらおうとするのだが、どういうわけかいつも視野にはいれなかった。

ごくまれに目の奥をのぞくと、そこには大きな軽蔑と、激しい失望が浮かんでいた。父の目は真実を語っていた――おまえはだめだ。マリアナはどんなに努力してもつねに自分は今一歩だと思わされた。まちがったことを言ったりしたりして、そこにいるだけで父をいらつかせるようだった。父は話題がなんであれ、マリアナの意見をどこまでも否定して、『じゃじゃ馬ならし』のケイトに対するペトルーチオを演じる。寒いと言えば暑いと言い、晴れだと言えば雨だと言い張る。だが、批判され反対されようと、マリアナは父を愛していた。自分には父しかおらず、父の愛情を受けるのにふさわしい存在になりたいと心から願っていた。

子供時代には愛はほとんどなかった。姉がひとりいたが、仲よしではなかった。エリサは七歳年上で、内気な妹にはまったく関心がなかった。そのため長い夏のあいだは、家政婦に厳しく監視されながら、いつもひとりで庭で遊んだ。孤立しがちで、人といるのが苦手な性格に育ったのも、無理のないことだった。

そんな自分が結局グループセラピストになったのは皮肉なことだと、マリアナも自覚していた。だが逆に、他者に対するこの揺らいだ感情は役にも立った。グループセラピーでは、個人ではなく集団に治療の焦点が置かれる。グループセラピストとしてうまくやるには、ある程度、見えない存在になることが大切だった。

彼女はそれが得意だった。

セッションのあいだは、できるだけグループをじゃましないようにした。介入するのは、コミュニケーションが破綻したときや、解釈を加えることが役立ちそうなときや、何かがうまくいかなくなったときにかぎられた。

この月曜のセッションでは、開始早々に争いの火種が生まれ、めったにない介入が必要になった。問題のきっかけは——例のごとく——ヘンリーだった。

3

ヘンリーはみんなより遅れてやってきた。顔が赤く、息が切れていて、足取りがどこかあやしかった。何かでハイになっているのかもしれないとマリアナは思った。だとしても驚きはしない。ひょっとしたら処方薬を乱用しているのではないかと疑っていたが、マリアナはセラピストであり主治医ではないので、できることはあまりなかった。

ヘンリー・ブースはまだ三十五歳だが、もっと老けて見えた。赤っぽい髪には白髪が交じり、着ているシャツも顔もしわだらけだった。いつもしかめ面で、バネのようにつねに緊張している印象を与えた。マリアナは彼を見るたびに、つぎの一撃をくりだす、あるいは受けるのに備える、ボクサーや格闘家を思いだした。

ヘンリーは遅刻したことをもごもごと詫びて、椅子に腰をおろした――手にはコーヒーの紙のカップを持っていた。

そのカップが問題だった。

リズがすぐに声をあげた。七十代半ばの元教師で、本人いわく物事が〝きちんと〟していることにこだわる、几帳面な頑固者だった。リズの言いたいことなら、すでに察しがついた。マリアナに言わせれば、むしろ口うるさくて腹立たしく思えることもあった。

「あなた、それはだめでしょう」リズは怒りに震えてヘンリーのコーヒーのカップを指さした。「外からはどんなものも持ち込んではいけない。みんな知ってることじゃないの」

ヘンリーはぶつぶつつぶやいた。「なんでだめなんだよ」

「規則だからよ、ヘンリー」

「うるせえんだよ、リズ」

「なんですって？　マリアナ、わたしに今なんて言ったか、聞いた？」

リズがすぐに泣きだして、そこから事態がこじれ、結局、またしてもヘンリーとそれ以外が激しく対立することになり、みんなが彼に対する怒りで結束した。

マリアナは注意深く観察し、ヘンリーがこれにどう対処するかじっと見守った。威勢はいいが、極度に繊細な人間だった。幼いころに実の父からひどい肉体的、性的な虐待を受け、その後、保護されて、里親の家を転々とした。それでも、そうした数々のトラウマがあってなお、彼は非常に頭がよかった——そして一時期は、その賢さに助けられるかに思われた。十八歳のとき、物理学の専攻で大学入学が認められたのだ。だが順調だったのは最初の数週間だけで、彼は過去から逃れることができず、精神をひどく病むことになり、そこから完全に回復することはなかった。その後、自傷行為、薬物依存、度重なる精神衰弱で入退院をくり返すという悲惨な流れを経て、精神科医からマリアナを紹介されるにいたった。

　マリアナはつい彼の肩を持ってしまうところがあったが、それは彼の過去があまりに不幸だったからだろう。それでも、グループに加えることには迷いがあった。ほかのメンバーと比べて具合がかなり悪かったせいもあるが、重症の患者は集団に迎えられることでめきめき回復することがある一方で、集団を混乱に陥（おとしい）れて、ついに崩壊させてしまうこともあるからだ。どんな集団も、集団として形を成したとたんに、そこに嫉妬と攻撃が生まれる。仲間にはいれなかった者による外部からの圧力だけでなく、集団内部の暗く危険な圧力が生じるのだ。そしてヘンリーは、何カ月か前にグループに加わったときから、つねに衝突の原因となった。それをいっしょに持ち込んできたのだ。彼のなかには潜在的な攻撃性、あふれでる怒りがあり、それを抑えられないことがしばしばあった。

　だがマリアナは、簡単にあきらめるつもりはなかった。集団のコントロールを維持できているかぎりは、ヘンリーとがんばっていこうと決めていた。グループを、輪になって座るこの個々の八人を、マリアナは信じていた——輪とそれが持つ癒やしの力を信じていた。

もっと空想的な気分のときには、円環というものに対し、とても神秘的な思いにひたることもあった。太陽、月、地球が描く円、天空をめぐる惑星、車輪の輪、教会のドーム。それから結婚指輪。プラトンは魂とは円だと言ったが、マリアナにはそれが理解できた。人生もおなじではないだろうか？　生にはじまり死で終わるひとつの輪。

グループセラピーが順調にいっているときには、この輪のなかである種の奇跡が起こる──別個の主体が誕生するのだ。グループの精神、グループの知。〝大きな知〟と呼ばれることも多いが、それは個々を足し合わせた以上のもので、セラピストやメンバーのひとりひとりよりも知力が高い。賢くて、癒やしの力があり、強い包容力がある。マリアナはそのパワーを何度も目の当たりにしてきた。自分の家の居間で、この輪のなかで、多くの霊が何年ものあいだに呼びだされ、眠りについた。

今日はリズが霊と出会う番だった。彼女はどうしてもコーヒーのカップが見過ごせなかった。彼女のなかに大きな怒りと恨みが湧いた──ヘンリーが自分にはルールは適用されないと思っていること、ルールをあんなふうに軽々しく破れることに対して。するとリズは、ヘンリーが自分の兄を思いださせるのだとふと気づいた。とてもえらそうで、いじめっ子だった兄。その兄に対する抑圧された怒りが表に出てこようとしていて、これはいいことだとマリアナは思った──そうしたものは表に出すべきなのだ。ヘンリーが精神的なサンドバッグにされることに耐えられるのであれば。

もちろん無理だった。

彼は苦しそうな叫び声をあげて、いきなり立ちあがった。持っていたカップを床に投げ捨てた。輪の真ん中でカップの蓋(ふた)がはずれ、床の上に黒いコーヒーが広がった。

ほかのメンバーもすぐに声をあげて、怒りでいくらか感情的になった。リズがまた泣きだして、ヘンリーは出ていこうとした。だがマリアナは、ここに残って今あったことについてじっくり話し合おうと彼を説得した。

「たかがコーヒーのカップじゃないか。何を大騒ぎしてるんだよ」ヘンリーはむきになった子供のように言った。

「カップが問題なんじゃない」マリアナは言った。「これは境界線――このグループの境界線、わたしたちがここで守るべきルールの問題なの。前にも話したでしょう。みんな、安全だと思えなければ、セラピーには参加できない。境界線があるから、わたしたちは安全だと感じられる。境界線あってのセラピーなんです」

ヘンリーがぽかんとした顔でこっちを見た。理解されないだろうことはわかっていた。そもそも、子供が虐待されて真っ先に失うのが境界線なのだ。ヘンリーの境界線は幼いうちからすべてずたずたに破られてしまった。だから彼にはその概念が理解できない。パーソナルスペースや心理的空間を侵してしばしば相手を不快にさせているのに、それにも気づかない——人と話すときは立つ位置が近すぎるし、こんな患者は見たことがないほど、欲求が強かった。何をしても足りなかった。もし許せばマリアナの家に引っ越してきただろう。ふたりのあいだの境界を維持することは——両者の関係に健全な一線を引くことは——マリアナに任されていた。それがヘンリーのセラピストとしての責務だった。

けれど、ヘンリーはつねにマリアナに圧力をかけ、困らせ、気を引こうとし……そんな彼に、マリアナはだんだん対処に困るようになっていた。

4

ヘンリーはその後、みんなが帰っても去ろうとしなかった。表向きには片づけを手伝うためだった。ただしそれだけでないのはマリアナも承知していた。彼の場合はいつもそうだ。ヘンリーは黙ってそばにいて、マリアナのことを見ていた。マリアナはきっかけを与えてやった。

「さあ、ヘンリー。もう帰る時間よ……。もしかして何かあるの？」

ヘンリーはうなずいただけで何も答えなかった。それからポケットに手を入れた。

「これ。きみに持ってきた」

取りだしたのは指輪だった。プラスチックの赤い派手な指輪。シリアルのおまけについてくるようなものだった。

「あげる。プレゼントだよ」

マリアナは首を振った。「受け取れないのはわかってるでしょう」

「なんでだめなんだよ」

「わたしにものを持ってくるのは、もうやめて、ヘンリー。いいわね？　さあ、もうそろそろ帰って」

けれども彼は動かなかった。マリアナは一瞬考えた。こんなふうに向き合うつもりは、今日はなかった——でも、これでいいのだという気もした。

「ねえ、ヘンリー」マリアナは言った。「話し合わなきゃいけないことがある」

「何？」

「木曜の夜のことよ——夕方のグループセッションが終わってから、窓の外を見たの。そしたらあなたがいるのが見えた。通りの向こうの街灯のところに。うちを見ていた」

「おれじゃないって」

「いいえ、あなただった。顔が見えたの。しかも、見たのはそれが初めてじゃない」

ヘンリーは顔を真っ赤にし、目が合うのを避けた。彼は首を振った。「おれじゃない、ちがう——」

「聞いて。わたしのほかのセラピーグループに興味を持つのはかまわない。だけどそうしたことは、この場所で、グループでいるときに話し合うべきよ。行動に移してはだめ。わたしをこっそり見るのもだめ。そういうことをされると、侵害されて、脅かされているように感じるし――」

「こっそり見てなんかない！　ただあそこに立ってたんだ。その何が悪いんだよ」

「じゃあ、いたのは認めるのね？」

ヘンリーが一歩近づいた。「どうしてふたりじゃだめなんだ？　なんであの連中抜きで会えないんだ？」

「理由はわかってるでしょう。あなたのことをグループのひとりとして見ているからよ――同時に個人として見ることはできないの。個人のセラピーが必要なら知人のセラピストを紹介するから――」

「ちがう、おれがほしいのはきみだ――」

ヘンリーが急にまた近づいてこようとした。マリアナは動じなかった。片手を前に出した。

「だめ。止まって。いい？　近すぎます。ヘンリー――」

「待って。これを見て――」

マリアナが止める前に、ヘンリーが黒い厚手のセーターをまくりあげた――青白いつるつるの胴体にぞっとするものが見えた。

剃刀(かみそり)の刃で皮膚に深いバツ印がいくつも刻まれていた。大きさのばらばらな血の色の十字が、胸や腹に切り込まれている。まだ出血がおさまらず、濡れて血のにじんでいる傷もあった。ほかはかさぶたになって、固い赤いしずくを滴らせている――凝固した血の涙のようだった。

マリアナの胃がひっくり返った。嫌悪で吐き気がし、目をそむけたくなったが、それは自分に許さなかった。もちろんこれは助けを求める彼の悲鳴であり、かまってほしくてやったことだ――だが、それだけではない。これは感情に揺さぶりをかける行為で、マリアナの五感への心理的攻撃だった。ヘンリーはついにマリアナのガードを破って気を引くことに成功し、そして、そんな彼がマリアナは憎かった。

「なんてことをしたの、ヘンリー？」

「どうしても――止められなかった。やらずにいられなかった。きみはこれを見る必要があった」

「そして、こうして見せられて、わたしはどんな気持ちだと思う？　どれだけ動揺しているかわかる？　あなたを助けてあげたい。だけど――」

「だけど、何？」ヘンリーは笑った。「何が問題なんだよ」

「助けるのはグループセッション中にすべきことなの。今夜、その機会があったのに、あなたはそれを利用しなかった。みんなで助けてあげられたのに。そのために集まってるんだから――」

「みんなの助けはいらない――ほしいのはきみだ。マリアナ、きみが必要なんだ――」

帰らせるべきなのはわかっていた。傷の手当てはマリアナの仕事ではない。ヘンリーに必要なのは医療的処置だ。自分だけでなく彼のためにも、ここはきっぱりとした態度を取ったほうがいい。だがマリアナはどうしてもヘンリーを追いだす気になれず、そしてこれが初めてではないが、常識より共感が勝った。

「待って――ちょっとそこにいて」

ドレッサーまで行って、引き出しをあけてなかを探した。救急キットを引っぱりだした。蓋をあけようとしたとき、携帯電話が鳴った。

番号を見た。ゾーイからだ。マリアナは電話に出た。

「ゾーイ？」

「今、話せる？　大事な用事なの」

「ちょっとだけ待ってて。かけなおすから」マリアナは電話を切ってヘンリーに向きなおった。手に救急キットを押しつけた。

「ヘンリー――これを持っていって、自分で手当てして。必要なら医者に診てもらうこと。いい？　あした電話するわ」

「それだけ？　それでもセラピストかよ？」

「そこまでにして、もうやめてちょうだい。帰る時間よ」

マリアナは彼の抗議を無視して、断固として廊下へ導き、玄関から追いだした。ドアを閉めた。鍵をかけたい衝動に駆られたが、それは我慢した。

それからキッチンに行った。冷蔵庫をあけて、ソーヴィニヨン・ブランのボトルを出した。

動揺が激しかった。ゾーイにかけなおす前に自分を落ち着かせる必要があった。ゾーイには今以上の負担をかけたくない。セバスチャンが亡くなって以来、ふたりの関係はずっとバランスがくずれたままだったが、今からそれを修正していこうとマリアナは心を決めていた。深呼吸して気持ちを静めた。そして大きなグラスにワインを注いで、電話をかけた。

ゾーイは最初の呼び出し音で出た。

「マリアナ？」

何かあったのだとすぐにわかった。声が張りつめていて、危険な状況を想像させる切羽詰まったものがあった。怯えている、そう思った。心臓の鼓動がさらに少し速くなった。

「ゾーイ、あなた――大丈夫なの？　何があったの？」

答えるのに一瞬の間があった。ゾーイはささやき声だった。「テレビをつけて」彼女は言った。「ニュースを見て」

5

マリアナはリモコンに手を伸ばした。

電子レンジの上の、古いおんぼろのポータブルテレビをつけた――セバスチャンの聖なる遺品のひとつ。彼が学生だったときに買ったもので、週末の料理をつくるマリアナを手伝うふりをしながら、彼はいつもそれでクリケットやラグビーを観ていた。だいぶ気まぐれな機械で、一瞬ちらついてからようやく電源がはいった。

ＢＢＣニュースのチャンネルに合わせた。中年の男性記者がリポートしていた。いるのは屋外だが、暗くなっていて場所はよく見えない――牧草地か、あるいは草地だろうか。記者はカメラに向かって語っていた。

「――発見されたのはケンブリッジの、パラダイスと呼ばれる自然保護区内です。発見者に来ていただいています……どういった状況だったか、教えていただけますか」

その質問は、映像の外にいるだれかに向けられた――カメラの向きが変わり、六十代半ばほどの、緊張して顔を赤くした、背の低い男性が画面に映しだされた。ライトに目をしょぼつかせ、まぶしそうな表情をしている。男性はとつとつと話しだした。

「数時間前だ……。いつも四時に犬を外に出すから、きっとそのくらいの時間だった――四時十五分とか、二十分とか。道を歩いて川まで連れていった……。パラダイスを散歩していて――そして……」

言葉につかえ、そこから最後まで言うことができなかった。もう一度がんばった。「犬が――沼地のほうの、伸びた草のなかにはいっていって、見えなくなった。呼んでももどらなかった。鳥か狐でも見つけたんだろうと思って――それで見にいった。林を抜けていって、沼のへりの水際まで行くと……そこに……」

男性の目に妙な表情が浮かんだ。マリアナにとってあまりに明白なその表情。この人は何か恐ろしいものを見たのだ、そう思った。わたしは聞きたくない。それがなんなのか、知りたくない。

だが男性はかまわず先を続け、吐きだしてしまいたいというように、今では口調が速くなった。

「女の子だった――二十歳よりいってることはないだろう。赤毛の長い髪をしていた。ともかく赤だと思った。あちこちに血がついていて、かなりの量の血が……」言葉が途切れ、すると記者が男性を促した。

「死んでいたんですね？」

「ああ、そうだ」男性はうなずいた。「刺されてた。何カ所も。そして……顔は……。ああ、なんてぞっとする——目が——目がひらいたままで……見てた……見てたんだ——」

そこで言葉が出なくなり、目に涙があふれた。この人はショック状態にある、とマリアナは思った。インタビューをしている場合じゃない——だれかが止めてあげて。

さすがに限界だと気づいたのだろう、記者はインタビューを打ち切り、カメラもふたたび記者を向いた。

「ケンブリッジから速報です——発見された死体については警察の捜査が進められています。ナイフでめった刺しにされた被害者は、二十代前半の若い女性と見られ——」

マリアナはテレビを消した。しばらくそこを見つめたまま茫然とし、動くことができなかった。少しして手にある携帯のことを思いだした。耳にあてた。

「ゾーイ？　まだつながってる？」

「ねえ——あれはタラだと思うの」

「え？」

タラはゾーイの親友だ。ケンブリッジ大学セント・クリストファー校(カレッジ)の同学年生。マリアナは不安が伝わらないように言葉を選んだ。

「なぜ、そんなことを言うの？」

「説明がタラにぴったりだし――それに、だれもタラを見かけてないの――昨日からずっと。みんなに聞いてまわってるんだけど――わたし、怖くて怖くて、どうしたらいいのか――」

「落ち着いて。タラと最後に会ったのはいつ？」

「昨日の夜」ゾーイは口ごもった。「だけどね、マリアナ、タラは――タラはすごく様子がおかしくて、それで――」

「おかしいってどういうこと？」

「いろんなことを言ってた――変なことを」

「変というのは？」

そこで間があり、少ししてゾーイがささやき声で言った。「今は言えない。でも、こっちに来てくれる？」

「もちろん行くわ。だけど、ねえ、ゾーイ。大学には言ったの？　報告しないと――学寮長に話さないと」

「何を言っていいか、わからない」

「今話したことを言いなさい。タラを心配してることを。警察に連絡してくれるでしょうし、ご両親にも――」

「両親？　でも――もしわたしがまちがってたら？」

「まちがってるにきまってる」マリアナは本心よりも自信たっぷりに言った。「タラは無事でしょうけど、確かめないと。それはわかるわよね？　わたしから電話してあげようか？」

「いい、大丈夫……自分でできる」

「そう。そのあとはちゃんと寝るのよ。あしたの朝一番にそっちに行くから」

「ありがとう、マリアナ。愛してる」

「わたしもよ」

マリアナは電話を切った。さっき注いだ白ワインが、カウンターの上でそのままになっていた。それを手に取り一気に飲み干した。

ボトルをつかみ、震える手で二杯目を注いだ。

6

マリアナは二階にあがり、ケンブリッジで一日、二日泊まることになってもいいように、小さなバッグに荷物を詰めはじめた。

考えが暴走しないように努めたが、難しかった——不安でしかたなかった。危険なほど病んだ男が——極めて暴力的な手口からして、おそらく男だろう——そのへんにいて、若い女の子を無残な方法で殺し……そして、その子はもしかしたら、愛するゾーイが眠る場所からすぐのところに住んでいた。

代わりにゾーイが犠牲になっていた可能性については考えないようにしたが、完全に抑え込むのは無理だった。かつて——セバスチャンが死んだ日に——一度だけ経験した種類の不安に襲われて、マリアナは気分が悪くなった。何もできないやるせなさ。愛する人を守れないという圧倒的な無力感。

右手を見た。震えを抑えることができなかった。拳にして強く握った。震えている場合じゃない――参っている場合じゃない。今はだめ。冷静でいなければ。集中しなければ。

ゾーイがマリアナを必要としているのだ――重要なのはとにかくそのこと。

セバスチャンがいてくれたら。彼ならどうすべきかわかっただろう。悩むことも先延ばしにすることも、寝泊まり用の準備をすることもしなかったはずだ。ゾーイとの電話を切るや、鍵をつかんで玄関を飛びだしたにちがいない。セバスチャンならそうした。なぜマリアナはちがうのか？

あなたは臆病だからよ、とマリアナは思った。

それが真実だ。自分にセバスチャンの強さがあれば。彼の勇気があれば。ほら、マリアナ――セバスチャンが言うのが聞こえた。いっしょに手をつないで、そいつに立ち向かおう。

マリアナはベッドにはいり、横になって考えているうちに眠りについた。ここ一年ほどで初めてのことだが、意識がなくなる寸前に頭にあったのは、亡き夫のことではなかった。べつの男のことを思っていた。哀れな女の子をとてつもない恐怖に陥れた、ナイフを手にした怪しい影。まぶたが揺れて閉じようとするとき、マリアナの意識はその男のことをつらつら考えていた。どんな男なのか。今この瞬間、何をして、どこにいて……

そして、何を考えているのか。

7

十月七日

一度でも人を殺すと、もうあとにはもどれない。

今ではそれがわかる。自分がまったくべつの人間になってしまったのがわかる。生まれ変わるのと似ているかもしれない。でも、ふつうの誕生とはちがう――変身だ。灰のなかからあらわれてくるのは不死鳥ではなく、もっと醜い生き物。不格好で、空を飛ぶことのできない、鉤爪（かぎづめ）で獲物を切り裂く捕食者だ。

これを書いている今は、自分をコントロールできているように感じる。今この時点では冷静で、正気だ。

ただし、自分はひとりだけじゃない。

血に飢え、狂い、復讐を企てるべつの自分が起きあがってくるのは、時間の問題だ。そして彼はそれを果たすまで眠りにつくことはない。

ひとつの頭のなかに、ふたりの人間がいる。自分の一部は自分の秘密を守っている——その彼だけが真実を知っている——けれど、捕らえられ、閉じ込められ、鎮静剤を与えられ、声を奪われている。看守が一瞬気を抜いたときにだけ出口を見つける。おれが酔っているとき、あるいはうとうとして眠ろうとしているときに、彼は声をあげようとする。ただし、簡単にはいかない。コミュニケーションは途切れがちだ——いわば捕虜収容所からの暗号化された脱出計画。彼が近づきすぎたとたんに、看守がメッセージにスクランブルをかける。塀が立ちあがる。おれの頭は空になる。必死に手に入れようとしていた記憶も消えてしまう。

だけどおれはあきらめない。やりつづける。この煙と闇のなかにどうにか道を見つけて、彼と——自分のなかの正気な部分と——接触する。人を傷つけたくないと思っている、自分の一部。彼に教えてもらうことはたくさんある。おれが知らないといけないことはたくさんある。どんな理由と経緯で、こんな人間になってしまったのか——なりたい自分とこんなにもかけ離れ、こんなにも憎しみと怒りに満ち、こんなにも内側がねじくれ……

それとも、おれは自分に嘘をついているのだろうか？　もとからこういう自分で、それを認めるのが嫌だったのか？

ちがう——そうは思わない。

ともかく、だれもが自分の物語の主役になる権利がある。だから、おれも自分の物語の主役になっていいはずだ。たとえヒーローでなくても。

おれは悪役のほうだ。

8

翌朝、家を出るとき、マリアナはヘンリーを見た気がした。通りの向こうの木の陰に立っていた。

けれども、ふり返ったときにはだれの姿もなかった。ただの気のせいだと思うことにした――そうでなかったとしても、今は気にかけないといけないもっと大事なことがいろいろある。マリアナはヘンリーを頭から追いだして、地下鉄でキングスクロス駅に向かった。

そこからケンブリッジ行きの快速電車に乗った。晴れた日で、真っ青な空には白い雲の筋がわずかに浮かぶだけだった。マリアナは窓際に座り、列車の外を流れていく緑の生け垣や、風で黄色い海のように揺れる、黄金色に輝く一面の小麦畑をながめた。

顔にあたる陽光がありがたかった――体が震えていたが、寒さではなく不安からだった。何があったのか心配でしかたなかった。ゾーイとは、ゆうべ話したきりだ。今朝メッセージを送ったが、まだ返事がなかった。

もしかしたらすべては杞憂で、ゾーイの思い過ごしだったのかもしれない。

そうであってほしいとマリアナは心から願った。タラを直接知っているというのもある――セバスチャンが亡くなる何カ月か前に、一度、週末にロンドンに泊まりにきたことがあった。だが、身勝手ながら、マリアナがタラの身を案じるのは、おもにゾーイを思ってのことだった。

ゾーイはさまざまな理由からつらい思春期を過ごしたが、なんとか乗り越え――セバスチャンが言うには〝みごとに飛び越えて〟――ケンブリッジ大学で英文学を学ぶ機会を得るにいたった。そこで初めてできた友達がタラだった。そのタラを、それもこんな想像しがたいひどい状況で失うことになれば、ゾーイの人生はおかしくなってしまうかもしれない。

マリアナはゾーイとの電話での会話が、なぜだかずっと気になっていた。何かが引っかかった。

具体的になんなのかは、よくわからない。

ゾーイの口調だろうか？　何かを言わずにとどめている印象があった。タラの言った〝変なこと〟とは何かと尋ねたときの、ちょっとした間や、はぐらかすような言い方だろうか？

〝今は言えない〟

その理由は？

タラはゾーイに具体的に何を言ったのだろう？

気にすることじゃないのかもしれない、とマリアナは思った。もう、そのへんにしなさい。目的地までは、列車でまだ一時間近くあった。ここで自分を追い詰めてもしかたがない。着くころにくたくたになってしまう。何かで気をまぎらわしたほうがいい。

バッグから雑誌を取りだした。『英国精神医学ジャーナル』。ぱらぱらめくってみたが、どの記事にも集中できなかった。

どうしてもセバスチャンのことがちらちら頭にのぼった。彼抜きにケンブリッジに行くと思うと怖かった。彼が死んで以来、訪れるのは初めてだった。

以前はよくふたりでゾーイに会いにいき、そのときの懐かしい思い出がたくさん残っていた。ゾーイがセント・クリストファーの学寮に引っ越して、セバスチャンとともに荷ほどきや片づけを手伝った日のことは忘れられない。いっしょに経験したなかでも一番といえるほどの幸せなひとときで、親代わりながらふたりとも誇らしい気分だったし、この初々しい娘のことを本当に愛していた。

その日、ふたりが帰り支度をしていると、ゾーイはとても小さくて心細そうに見えた。

別れ際には、セバスチャンはゾーイのことを優しさと愛しさと不安の入り混じった目でながめていた。まるでわが子を見つめるようだったが、ある意味ではそのとおりだった。ゾーイの部屋を出たあともケンブリッジを去る気になれず、ふたりは若いころのように腕を組んで川辺を歩いた。ふたりともここの学生だった。そして、ケンブリッジ大学もこの街自体も、ふたりのロマンスと密接に結びついていた。

ここがふたりの出会った場所で、当時、マリアナはまだ十九歳だった。

知り合ったのはまったくの偶然だった。知り合う理由がなかった――彼らは大学のべつのカレッジにいて、べつの科目を学んでいた。セバスチャンは経済学、マリアナは英文学の学生だった。出会わない可能性も十分にあったと思うと、マリアナはぞっとした。もしそうだったら？　出会わなければマリアナの人生はどうなっていただろう？　もっといい人生だったのか、悪い人生だったのか。

マリアナはこのごろ記憶をたどってばかりいた。過去をふり返り、それを鮮明に見ようとした。そして、ふたりで歩んだ旅路を理解し、道筋を整理しようとした。いっしょにやった小さなことを思いだし、忘れていた会話を頭のなかでなぞり、そのときにセバスチャンが取ったであろう言動を想像した。けれど、記憶のどこまでが真実かは、よくわからない。思いだすことをくり返すうちに、セバスチャンはどんどん神話になっていくようだった。彼は今ではただの魂になった——物語になってしまった。

マリアナは十八でイギリスにやってきた。子供のころからの憧れの国だった。イギリス人だった母がアテネの家に多くのものを遺していったので、それはおそらく当然の成り行きだった。どの部屋の本箱も、ささやかな図書室の棚も、英語の本でいっぱいだった。小説、戯曲、詩——いずれもマリアナが生まれる前に、どんな経緯でかそこに運ばれてきたものだった。

マリアナは、母がトランクやスーツケースに、服の代わりに本を詰めてアテネにやってきたと想像するのが好きだった。そして母のいない孤独な少女は、母の本に慰めと相手を求めた。長い夏の午後を過ごすうちに、本を手にしている感触、紙のにおい、ページをめくるわくわく感に魅了されるようになった。日陰の錆びたブランコに座って、しゃきっとした青りんごや、熟れすぎた桃にかじりつきながら、いつも物語に夢中になった。そうした物語を通じて、マリアナはイギリスやイギリスらしさの幻影に恋をした——本のなかにしか存在することのないイギリス。あたたかな夏の雨に、濡れた緑に、りんごの花。くねくね流れる川、柳の木、暖炉の燃える田舎のパブ。『フェイマス・ファイブ』シリーズ、ピーターパンとウェンディ、アーサー王とキャメロット、『嵐が丘』やジェーン・オースティン、シェイクスピア——それにテニスンのイギリス。

そして、まだ少女だったマリアナの物語にセバスチャンが初めて出てきたのも、そこが舞台だった。ほかの立派なヒーローと同様に、彼も登場するはるか以前から存在感を放っていた。頭のなかのそのロマンチックなヒーローがどんな見た目かはまだわからなかったが、実在していることだけはたしかだった。

その人はどこかにいる——いつの日かきっと出会う。

それから何年かがたち、初めて学生としてケンブリッジにやってきたとき、そこはとても美しく夢のようで、まるでおとぎ話のなかに——テニスンの詩に登場する魅惑的な街のどこかに——まぎれ込んだようだった。そして、この魔法のような場所で彼を見つけられるとマリアナは確信した。きっと恋を見つけることができると。

だがもちろん、悲しい現実ながらケンブリッジはおとぎ話ではなく、ほかと変わらないただの場所だった。そして——何年ものちにセラピーを受けてわかったことだが——空想の世界にひたるマリアナの問題は、そこに自分自身を引き連れてきたことだった。子供のころのマリアナは学校に馴染めず、休み時間には、浮かばれない孤独な幽霊のように廊下をうろうろ歩きまわり、足は自然に居心地のいい図書館のほうに向いて、そこに逃げ込んだ。そしてセント・クリストファー校の学生になってからも、おなじことがくり返された。空いた時間のほとんどを図書館で過ごし、ごく数人の、おなじように内気で本好きな学生としか友達にならなかった。同学年の男子からは見向きもされず、だれからもデートに誘われなかった。

もしかして魅力が足りないのだろうか？　マリアナは母よりも、黒髪で黒い瞳が印象的な父に姿が似ていた。数年後には、きみは美しいとセバスチャンからよく言われるようになったが、自分ではそう思えないのが問題だった。それに、もし本当に美しいのだとしたら、それはひとえにセバスチャンのおかげだと思っていた。彼というあたたかな太陽を浴びて、マリアナは花のように開花したのだ。だがそれはまだ先の話だ――ティーンエイジャーだった当時は自分の外見に自信が持てず、おまけに目がとても悪かったので、十歳のときから厚い不格好なメガネが手放せなかった。十五歳でコンタクトレンズをつけるようになり、それで見た目や気持ちが変わるかもしれないと期待した。マリアナは鏡の前に立ってよく自分の姿をながめた。けれど、見ようとしてもぼんやりとしか見えず、見えたものに満足することもなかった。その年齢のころからすでに薄々気づいていたが、魅力とは内面の世界と関係があったのだ。マリアナには欠けている、内側の自信と。

それでも、大好きな物語の登場人物たちとおなじように、彼女は愛を信じていた。大学での最初の二学期は幸先のいいものではなかったが、希望は捨てなかった。シンデレラのように舞踏会の日まで耐えたのだ。

セント・クリストファー校の舞踏会はバックス——ケム川のほとりまで広がっている広大な芝地——で催された。テントが立ち、食べ物や飲み物、音楽やダンスであふれた。マリアナは何人かの友人と落ち合うことにしていたが、人が多すぎて見つけられなかった。勇気をふりしぼってひとりで舞踏会にやってきたのに、早くもそれを後悔しはじめた。ドレスを着たきれいな女の子たちや夜会服の青年たちのなかにいて、ひどく場ちがいな気分で川岸に立っていた。どの子を見ても、洗練と自信に限りなく満ちあふれていた。自分の悲しくて恥ずかしいという感情が、まわりの陽気な浮かれ気分とまったく合っていないことを意識した。このはずれた場所にいて、人生模様を外からながめる、それがマリアナの立ち位置なのだ。そうでないと考えたことが、そもそもまちがいだった。彼女はあきらめて部屋に帰ることにした。

そのとき、大きな水しぶきがあがった。

マリアナはふり返った。さらにしぶきがあがって、笑い声と叫び声がした。川のすぐそこで男子学生たちが手漕ぎボートや平底舟（パント）で遊んでいて、ひとりがバランスをくずして川に落ちたのだ。

その青年はバシャバシャしぶきをあげ、少しして水面に浮かびあがった。岸まで泳ぎ、不思議な神話の生き物か、水から生まれた半神のように、川のなかから姿をあらわした。

当時はまだ十九歳だったが、少年というより男に見えた。長身のたくましい体つきをしていて、頭の先までずぶ濡れだった。シャツとズボンが体に張りつき、金髪の髪が顔を覆って視界を奪っていた。彼は手で髪をかき分けて前をのぞき——そしてマリアナのことを見た。

初めて目と目が合ったその瞬間は、時間から取り残された不思議なひとときだった。時は流れがゆっくりになって、平らになって、引き延ばされた。マリアナは立ちすくみ、彼の視線に釘づけにされて目をそらすことができなかった。だれかにふと気づいたときのような、妙な感覚がした。以前は親しかったのに、どこかでいつの間にか離ればなれになってしまった人と再会したような感覚だった。

その青年は友人たちのからかう声を無視した。そして、好奇心たっぷりの満面の笑みを浮かべて、マリアナのほうに近づいてきた。

「やあ」と彼は言った。「僕はセバスチャンだ」

そんな出会いだった。

ギリシャ風に言えば、〝それは記された〟のだ。つまり、その瞬間からふたりの運命は定められたものとなった。その決定的な初めての晩について、細かな記憶をよみがえらせようと努力した時期もあった——どんな話をして、どのくらい長く踊って、いつ最初のキスをしたのか。だが、どんなにがんばっても、詳細は砂粒のように指のあいだからこぼれ落ちた。唯一憶えているのは、太陽が昇るときにキスをしていたことで、その瞬間からふたりは離れられない関係になった。

最初の夏はケンブリッジで過ごした。三カ月のあいだ、たがいの腕のなかにいて、外の世界のじゃまを受けずに過ごした。時間の枠の外にあるその場所では、時が止まっていた。毎日が晴天で、ふたりは愛を交わし、バックスで酔ってだらだらピクニックをし、あるいは、川で舟に乗って石橋をくぐり、通り過ぎる柳の木や、広々した場所で草を食む牛をながめて、日々を過ごした。セバスチャンがパントを漕ぐこともよくあった。船尾に立って、竿で川底を突いて舟を進め、マリアナはアルコールで顔を赤くしながら、水面を指でなぞり、すべっていく白鳥をながめた。そのときはまだ気づいてなかったが、マリアナはすでにどっぷり恋にはまっていて、抜けだす道はもうなかった。

ある面では、ふたりはおたがいになった――彼らは水銀のようにひとつになった。

両者にちがいがなかったということではない。マリアナが裕福な生い立ちだったのとは対照的に、セバスチャンは貧しさのなかで育った。離婚した両親のどちらとも疎遠だった。彼は人生のよいスタートを与えられなかったと感じていて、自分で人生を一から切りひらいていくしかないと思っていた。セバスチャンはマリアナの父親やその成功への意欲に、多くの点で共感できると語った。セバスチャンにとってもお金は大事だった。マリアナとちがい、お金に不自由して育ったので、彼はそれに価値を置いていたし、都会で立派に生活し、〝ふたりのため、将来のため、それにふたりの子供のために、たしかな足掛かりを築きたい〟と覚悟を決めていた。

二十歳そこらでそんな台詞が出るくらいで、彼はとんでもなく大人だった。だが同時に、この先ずっとふたりの人生が続くと信じていたことは、無邪気きわまりなかった。当時のふたりは未来のなかに生きていて、飽きることなく将来の計画を立て、過去や出会うまでのみじめな年月のことは話題にしなかった。マリアナとセバスチャンの人生は、いろんな意味で、たがいを見つけ、川辺でたがいを目にしたあの瞬間からはじまったのだ。マリアナはふたりの愛は永遠だと信じていた。いつまでも終わりは来ないのだと──今思えば、そうした過信に罰当たりなものがあったのだろうか？　不遜な思いあがりのようなものが。

そうだったのかもしれない。

こうしてひとり列車に乗っているのだから。人生のさまざまな場面、さまざまな心境で、何度もいっしょに通った道のりだった。たいていは幸せいっぱいで、ときどきはそうでもなく、ふたりはおしゃべりをし、読書をし、うつらうつらし、そうするあいだもマリアナの頭は彼の肩にあずけられていた。そんな平穏で何気ない時間をふたたび取りもどせるのなら、何をなげうってもいい。

そこにいるセバスチャンが目に浮かぶようだった——彼はこの車両にいて、となりの席に座っている。そして窓に目をやれば、外を流れる風景と重なって、自分の顔の横に映るセバスチャンの顔が見えてきそうだった。

けれど、そこにあったのはべつの顔だった。

男の顔がマリアナを見つめていた。

マリアナは動揺して目をしばたたいた。窓からそっちをふり返った。その人物は向かいの席に座ってりんごを食べていた。彼はにっこり笑った。

9

その男はマリアナを見るのをやめなかった——もっとも、彼を男と呼ぶのはおまけのしすぎだという気もした。

まだ二十代にもなってないように見えた。少年のような顔に、茶色い巻き毛。ひげのない頬にはそばかすが散って、そのせいでさらに幼く見えた。

長身で、がりがりに痩せていて、黒っぽいコーデュロイのジャケットにしわの目立つ白いシャツを着、首には青と赤と黄のカレッジマフラーを巻いている。茶色の瞳は古くさい銀縁メガネで一部が隠れているが、知性と好奇心にあふれていて、マリアナのことをいかにも興味ありげに見つめていた。

「お元気ですか？」彼は言った。

マリアナは少し戸惑って、相手をまじまじと見た。「ええと——知り合いでしたっけ？」

彼はにっこり笑った。「まだだけど、そうなるといいな」

マリアナは答えなかった。顔をそらした。沈黙が流れた。ふたたび話しかけてきた。

「ひとつ、どうです?」

果物のはいった大きな茶色い紙袋を差しだした――ぶどう、バナナ、りんご。「どうぞ選んで」そう言ってマリアナに勧めた。「バナナがいいかな」

マリアナは礼儀正しく微笑んだ。いい声をしている、と思った。彼女は首を振った。

「ありがとう。結構です」

「本当にいらない?」

「本当に」

マリアナは会話が終わることを期待して、顔をそらして外を見た。窓には彼の姿が映り、がっかりして肩をすくめるのが見えた。どうやら長い手足をうまく収めていられないらしく、そのうちにとうとうカップを倒して紅茶をこぼした。一部はテーブルが受け皿になったが、大半は彼のひざに流れ落ちた。

「まじか」

慌てて立って、ポケットからティッシュを出した。テーブルの紅茶を拭いて、ズボンの染みをぬぐった。彼は申し訳なさそうな顔でマリアナを見た。「すみません。かかってませんよね？」

「大丈夫よ」

「よかった」

彼はふたたび席に着いた。マリアナは視線を感じた。少しして彼は言った。「あなたは……学生ですか？」

「そう。じゃあケンブリッジで仕事をしてるんですね」

マリアナは首を振った。「いいえ」

マリアナは首を振った。「いいえ」

「ということは……観光客？」

「いいえ」

「ふうん」彼は困ってしまって、顔をしかめた。

沈黙が続いた。マリアナは観念して言った。「人に会いにいくところです……姪に」

「なるほど、おばさんなのか」

マリアナをカテゴリーに分類できてほっとしたようだった。彼は笑った。

「僕は博士課程の学生です」マリアナが尋ねようとしないので、自分から言った。「数学を学んでる……正確には、理論物理学だけど」

いったん話すのをやめて、メガネをはずしてティッシュで拭いた。メガネがないと裸みたいに見えた。それで初めてハンサムなのがわかった。少なくとも顔がもう少し大人びたら。

彼はメガネをかけなおして、マリアナの顔をのぞき込んだ。

「ところで、僕はフレデリックです。フレッドでもいい。あなたは？」

マリアナはフレッドに自分の名前を教えたくなかった。言い寄られる予感がしたからで、悪い気はしないものの不安だった。自分には若すぎるという明白な理由もあるが、それだけでなく、マリアナにはまだその心の準備がなかった。この先もそういう気になることはないだろう——考えただけで、すごく裏切っているような気分がした。マリアナは慇懃な硬い口調で答えた。

「わたしは……マリアナ」

「美しい名前ですね」

フレッドは話を続けてマリアナを会話に引き入れようとした。だがマリアナの返答はますますそっけなくなった。彼女はここから逃れられるまでの時間を心のなかで数えた。

ケンブリッジに到着するとマリアナはそそくさと列車を降り、人ごみにまぎれようとした。けれど鉄道駅を出たところでフレッドが追いついてきた。

「街までいっしょに行ってもいいですか？　バスに乗って？」

「わたしは歩きたいわ」

「それはよかった。自転車をここに置いてあるんです。いっしょに歩いていけますね。それとも、よければ僕の自転車に乗ります？」

彼は期待する顔でマリアナを見た。マリアナはつい気の毒になった。それでも、さらにきっぱりと言った。

「できれば――ひとりになりたいの。かまわなければ」

「もちろん……わかります。そういうことなら。ひょっとして――あとでコーヒーでも？　お酒でもいい。たとえば今夜は？」

マリアナは首を振って、時計を見るふりをした。「ここでそんなにゆっくりする予定はないの」

「じゃあ、もしかして電話番号を教えてもらえないですか？」顔がほんのり紅潮し、頬のそばかすが赤く目立った。「どうかな――？」

マリアナは首を横に振った。「それはあまり――」

「だめ？」

「ええ」マリアナは気まずくなって目をそらした。「ごめんなさい、わたしは――」

「謝らないで。まだあきらめてないから。きっと近いうちに会うことになる」

その口調の何かが少々マリアナの気に障った。「それはないでしょう」

「いや、会うことになる。僕にはそれが見える。そういう才能があるんです――そういう家系で。未来を読む力、胸騒ぎ。ほかの人には見えないものが僕には見える」

フレッドはにっこり笑って道路におりた。自転車が急ハンドルを切って彼を避けた。

「気をつけて」マリアナはフレッドの腕に触れて言った。自転車の運転手がフレッドに文句を言いながら通り過ぎていった。

「ごめん。僕はちょっとどんくさくて」

「ちょっとだけね」マリアナは微笑んだ。「それじゃあ、フレッド」

「また会うときまで、マリアナ」

彼は自転車が並んでいるほうへ歩いていった。マリアナが見守るなか、自転車にまたがって、手を振りながら去っていった。そして角をまがって姿を消した。

マリアナはほっとため息をついた。そして街に向かって歩きだした。

10

セント・クリストファー校へと向かいながら、着いた先では何が待っているのだろうかと、マリアナは不安を募らせた。

どんなことを予想すべきかまったくわからなかった――警察やマスコミがいるかもしれないが、ケンブリッジの街を見るかぎりでは、それはあまり考えられない。物騒なことがあった気配がまったくなく、殺人事件が起きたことを示すものも見あたらなかった。

ロンドンから来ると驚くほど平和に見えた。車がほとんど通らず、聞こえるのは鳥のさえずりくらいで、そこへ時折、自転車のベルが響いて、黒いガウン姿の学生たちが鳥の群れのように走り過ぎる。

マリアナは歩きながら何度か、だれかに見られているような、あとをつけられているような感覚に襲われた。フレッドかもしれない、彼が引き返してきて自転車でうしろを走っているのかもしれないとも思ったが、気のせいだと片づけることにした。

それでも念のため何回かうしろをふり返ったが、もちろんだれの姿もなかった。

カレッジの近くまでやってくると、一歩進むごとにながめが美しくなった。頭上には尖塔や小塔がそびえ、通りにはブナの木が立ち並び、金色の落ち葉を集めた山が点々と舗道にできている。鉄製の柵には、黒い自転車がずらりと先のほうまでつながれている。その柵の上にはゼラニウムの寄せ植えが飾られ、カレッジの赤レンガの壁をピンクや白で明るく彩っていた。

マリアナは学生の一団をながめた。一年生のようで、柵に貼られた〝新入生歓迎ウィーク〟のイベントのチラシを熱心に見ていた。

彼ら学生たち、新入生たちは、とても若く、ほとんど赤ん坊のようだった。マリアナとセバスチャンにも、あんなに幼く見えた時期があったのだろうか？　なぜか考えられない気がした。あの純真無垢な顔をした彼らに悪いことが起こるのを想像するのは、もっと難しかった。それでも、このうちの何人かの未来には悲劇が待っているのだろうか。

あの哀れな少女、湿地で殺された、だれかわからない少女のことが、ふたたびマリアナの頭にのぼった。ゾーイの友人のタラでなかったとしても、その子はだれかの友人で、だれかの娘なのだ。そこが恐ろしいところといえる。悲劇が降りかかるのは自分以外にしてくださいと、人はみな密かに願っている。けれどもマリアナも知るとおり、不幸は遅かれ早かれ、だれの身にも起こるのだ。

マリアナにとって死は、知らないものではなかった。小さいころからの旅の友で、死はいつもマリアナの肩の上のあたりをふわふわしながら、ぴたりとうしろにつけていた。愛する人をことごとく失うなんて、自分は呪われているのだと思うこともあった。たとえば、他人の不幸を喜ぶギリシャ神話の女神に。マリアナがまだ赤ん坊だったときに母の命を奪ったのは癌だった。そして、年月を経たのちには、恐ろしい自動車事故がマリアナの姉夫婦の身に起き、ゾーイは孤児になった。そして、マリアナの父はオリーブ畑で心臓発作に見舞われ、つぶれてべとべとのオリーブの上で息を引き取った。

最後は——そしてもっと悲劇的だったのは——セバスチャンだ。

共にいられた年月は本当にわずかだった。卒業後、ふたりはロンドンに移り住んで、マリアナは遠まわりの末にグループセラピストになり、セバスチャンはシティで職に就いた。けれど、彼の起業家精神が消えることはなく、セバスチャンは自分でビジネスを興したいと考えていた。そこでマリアナは、自分の父に相談するように勧めた。

今にして思えば本当に考えが浅かった——だがマリアナは、父がセバスチャンを世話し、家業に引き入れるかもしれないという甘い期待を密かにいだいていたのだ。そして事業を継がせ、ゆくゆくは、それをふたりの子供が引き継ぐかもしれない。マリアナの想像はそこまでふくらんでいた。とはいえ、それをひとことでも父やセバスチャンに漏らすほど愚かではなかった。いずれにしても、両者の初顔合わせはさんざんなものだった。セバスチャンはロマンチックな使命を帯びてアテネへ飛び、マリアナと結婚する許しを求めたが、父はすぐさまセバスチャンに嫌悪をいだいた。仕事を紹介するどころか、金目当ての男だと非難したのだ。そしてマリアナには、セバスチャンと結婚するようなことがあれば、その日に相続権を取りあげると宣告した。

だが皮肉にも、セバスチャンも結局は海運業に――とはいえ、父とは逆の立ち場の分野に――参入することになった。もうけになる商売には目を向けずに、弱い立場の恵まれない人のいる世界の各地域に、食料や生活物資といった必需品を届ける事業を立ちあげた。彼は多くの意味で父と正反対の人物だとマリアナは思った。そしてそれは、つねに彼女の誇りでもあった。

その厄介な父がとうとう世を去ったとき、父はふたたびみんなを驚かせた。結局マリアナにすべてを遺したのだ。ひと財産を。セバスチャンは、そこまでの金持ちがあんな暮らしをしていたのかと驚いた――「貧乏人みたいだった。楽しむことを全然しなかった。金を持っていて、いったいなんの意味がある？」

マリアナは少し考え込んでから言った。「安心でしょうね。父はお金が自分を守ってくれると信じていた。たぶん――父は恐れてたんだと思う」

「恐れてた……何を？」

それに対する答えは持ち合わせてなかった。マリアナは困って首を振った。「本人もわかってなかったかもしれない」

それだけの遺産を手にしても、マリアナとセバスチャンが大きな買い物をしたのは一度きりだった。ひと目で気に入ったプリムローズヒルの坂の下の小さな黄色い家を、ふたりは購入した。残りのお金は――セバスチャンの強い希望で――将来のため、そして子供のために取っておいた。

この子供の問題はふたりのあいだの唯一のいざこざの種で、セバスチャンはお酒を飲みすぎたときや、めずらしくふさぎ込んでいるときに、それを話題にしては、ちくちく責めないではいられなかった。思い描いた家族像を完成させるために、彼は子供――男の子ひとりと女の子ひとり――がどうしてもほしかった。一方、マリアナも子供はほしいが、まだ先でよかった。心理療法（サイコセラピー）の勉強を終わらせて、仕事を軌道に乗せたかった――それには数年かかるかもしれないが、かまわないのでは？　ふたりにはいくらでも時間はあるのだから。

だが、そうではなかった。それが唯一悔やまれる――自分があまりにも傲慢で、愚かで、未来をあたりまえのものに思っていたことが。

三十代にはいり、マリアナは子づくりをはじめることに同意したものの、簡単には妊娠はできないと知った。突然、思いがけない壁にぶちあたって不安になったが、医師からは心配しても役に立たないとアドバイスされた。

ベック医師は年配の男性で、お父さん的な雰囲気が安心感を与えてくれた。医師は、不妊検査や治療をはじめる前に、どこかに休暇に出かけて、いっさいのストレスを忘れたらどうかとマリアナとセバスチャンに勧めた。

「二、三週ほど水入らずでビーチでのんびりしてきなさい」ベック医師はウィンクして言った。「何かが起こるかもしれない。ちょっと肩の力を抜くことで奇跡が起こることもよくある」

セバスチャンは乗り気ではなかった——仕事が立て込んでいて、ロンドンを離れるのを渋った。マリアナがあとで知ったことだが、その夏は事業のいくつかが順調にいっておらず、セバスチャンは資金の面で大きな悩みをかかえていた。マリアナに金の相談をするのはプライドが許さなかった——彼は一ペニーたりともマリアナの金に手をつけたことはなかった。そして、人生の最後の数カ月を無用な金の心配をして過ごしていたと、彼が亡くなったあとで知ったときには、マリアナは胸がつぶれそうになった。なぜ気づいてあげられなかったのだろう？　子供をつくるという自分の心配事で、その夏は身勝手にも頭がいっぱいだったからだ。

そんな経緯で、マリアナは無理やりセバスチャンに二週間の休暇を取らせ、八月にギリシャに旅行に行く計画を立て、マリアナの家の夏の別荘を訪れることにした。ナクソス島の崖の上にある一軒家だった。

飛行機でアテネへ飛び、港からフェリーに乗って島にわたった。幸先のいい船旅だとマリアナは思った――空には雲ひとつなく、海は穏やかで、鏡のように平らだった。

ナクソス島の港で車を借り、海岸沿いを走って別荘をめざした。前まではマリアナの父親の所有だったが、今は――一度も利用したことはないながら――事実上、マリアナとセバスチャンのものだった。

家自体は埃をかぶり荒れていたが、紺碧のエーゲ海を見おろす崖のてっぺんという、驚くほどのみごとな立地にあった。岩を彫った階段をたどり、崖をくだって下のビーチまでおりられる。するとそこでは、何百万年という年月をかけて無数のピンクの珊瑚が砕け、砂粒と混ざり合った結果として、青い海と空を背景に、砂浜がピンク色に輝いていた。

牧歌的な美しさだとマリアナは思った――それに、魔法のようだった。早くも肩から力が抜けるのを感じ、ナクソス島は期待どおりの小さな奇跡を起こしてくれるかもしれないと、マリアナは心密かに希望をいだいた。

最初の二、三日は、浜辺でのんびりくつろいだ。セバスチャンもとうとう、来てよかったと口にした——数カ月ぶりにリラックスできた、と。ビーチではミステリ小説の古典を読むのが子供時代からの恒例らしく、彼はマリアナがパラソルをさして砂の上で眠るそばで、波打ちぎわに寝転んでアガサ・クリスティーの『ABC殺人事件』に没頭した。

そして三日目には、車で丘をのぼって神殿を見にいこうとマリアナが誘った。

子供のころに古代の神殿を訪れて、遺跡を歩きまわり、想像のなかでありとあらゆる魔法をかけた思い出があった。セバスチャンにもそれを体験してほしかった。そこでふたりはピクニックの準備をして出かけていった。

まがりくねった古い山道は丘をあがるほど細くなり、最後には山羊の糞が転がる砂利道になった。

そして、てっぺんの台地に出ると、そこに廃墟となった神殿があった。

古代ギリシャの神殿はナクソス産の大理石で造られていて、かつては輝いていたが、今は薄汚れた白色になり、風化していた。三千年の時を経た今日では、青い空を背景に、折れた柱が何本か立つのみだった。

この神殿は、収穫の女神で生命の女神でもあるデメテルと、その娘の、死の女神であるペルセポネに捧げられていた。このふたりの女神は、母と娘、生と死というコインの裏表の存在として、しばしばいっしょに祀(まつ)られた。ペルセポネはギリシャ語では、たんに〝乙女(メイデン)〟という意味のコレと呼ばれていた。

ピクニックには最高の場所だった。ふたりはオリーブの木のまだらな陰の下に青いブランケットを広げ、保冷ボックスから中身を出した——ソーヴィニヨン・ブランのワイン、スイカ、塩辛いギリシャのチーズ。ナイフを忘れたので、セバスチャンがスイカを頭蓋骨のように岩にたたきつけて、小さく割った。ふたりは甘い果肉をむさぼり、骨片のような種を吐きだした。

セバスチャンはマリアナに淫(みだ)らで濃厚なキスをした。「愛してる」と彼はささやいた。

「いつまでも、ずっと、ずっと——」

「——ずっと、永遠に」マリアナは言って、彼にキスを返した。

ピクニックのあとは遺跡を歩きまわった。前を行くセバスチャンが興奮した子供のように遺跡をよじのぼるのを、マリアナはうしろからながめた。そして彼を見つめながら、デメテルと、そして〈乙女〉に静かに祈りを捧げた。セバスチャンのため、自分のため——そして、ふたりの幸せのため——それから、ふたりの愛のために。

そうやって祈りをささやいていると、突然、太陽に雲がかかり、青い空を背にしたセバスチャンの体が、一瞬、闇のなかに投げだされた。マリアナは身震いし、わけもなく怖くなった。

だがそれも束の間のことだった。すぐにまた太陽が顔を出し、すべてはマリアナの記憶から消えていった。

もちろん、あとで思いだすことになるのだが。

翌朝、セバスチャンは夜明けとともに起床した。古い緑のスニーカーを履いて、「砂浜をランニングしてくる」とマリアナにささやいた。そして、キスをして出ていった。

マリアナはベッドでうつらうつらし、時間が過ぎるのを意識しながら、外の風の音を聞いていた。最初はそよぐ程度だったが、風は次第に激しさと速さを増した。むせび泣くような声をあげてオリーブの枝のあいだを吹き抜け、窓ガラスに木を打ちつけて、長い指でガラスをいらいらとたたくような音を立てた。

波はどのくらい高いのだろう、とマリアナはふと思った。セバスチャンはいつものようにランニングのあとで泳ぎにでたのだろうか。だが、心配はしなかった。彼はたくましい泳ぎ手で、たくましい男だった。彼は不死身だ、とマリアナは思った。

風がますます激しくなって、渦を巻いて海から吹き寄せた。それでもまだ彼は帰ってこなかった。

マリアナは心配になってきたが、気にしないようにして家を出た。

崖の階段をくだり、強風にあおられないように岩にしがみつきながら、下までおりた。

浜辺にセバスチャンの姿はなかった。風で巻きあげられて、ピンクの砂が顔にぶつかってきた。マリアナは目をかばいながらあたりを探した。海のほうにも姿はなかった――黒々した大波が見えるだけで、荒れた海が水平線まで続いていた。

マリアナは名を呼んだ。「セバスチャン！　セバスチャン！　セバ――」

けれども言葉は風に吹きもどされて、顔に返ってきた。パニックに襲われるのを感じた。耳元で風がうなり、考えることができなかった。その先からハイエナの叫び声のような、途切れることのない蟬の合唱が聞こえてきた。

そして、もっとかすかに、もっと遠いどこかで、笑い声がしなかっただろうか？

女神のあざけるような冷たい笑い声が？

だめ、考えている場合じゃない――気を散らさず集中して、彼を探しださなければ。どこにいるのだろう？　まさか泳ぎに海にはいったはずはない――こんな天気で。そんなばかなことをするはずは――

そのとき、それが目にはいった。

彼の靴だった。

セバスチャンの古い緑のスニーカーが、砂の上にきちんと並べて置いてあった……波打ちぎわのぎりぎりのところに。

そのあとはすべてが霧のなかだった。マリアナは無我夢中で海にはいり、怪鳥ハルピュイアのような咆哮をあげ、そして叫んで、叫んで……

だが、何にもならなかった。

三日後、遺体となったセバスチャンが岸に打ちあがった。

11

あれから――セバスチャンの死から――十四カ月近くがたった。けれどマリアナはいろんな意味でまだあの場所にいて、今も、この先も、ナクソスの浜辺から出られずにいた。

麻痺して、身動きができなかった――愛娘のペルセポネをハデスにさらわれ、花嫁にするために冥界に連れていかれてしまったデメテルがそうだったように。デメテルは心がくじけ、悲しみに打ちひしがれた。彼女は動くことも動かされることも拒んだ。ひたすら座って泣いていた。そのまわりでは自然界がデメテルとともに悲しんで、夏は冬となり、昼は夜となった。世界が悲嘆に暮れた。より正確にいえば、抑うつに陥った。

マリアナはそれに共感を覚えた。そして、今こうしてセント・クリストファー校に近づいていくにつれて、不安で足が重くなった。懐かしい道を歩けば、胸に湧きあがる思い出を抑えるのは困難だ――どの曲がり角の先にもセバスチャンの亡霊がいて、待ち構えている。マリアナは目を盗んで敵地をすり抜ける兵士のように、頭を低くし顔を伏せて歩いた。

ゾーイの役に立ちたいのなら、しっかりしなければ。

そのために来たのだ——ゾーイのために。できれば二度とケンブリッジを見たくないと思っていた。しかもそれは、想像していたよりつらかった——でもゾーイのためだ。ゾーイはマリアナに残されたすべてだった。

キングズパレードから折れて、見慣れすぎるほど見慣れたでこぼこの石畳の道にはいった。マリアナは石畳に沿って歩き、つきあたりにある古い木の門のところまでやってきた。上を見あげた。

セント・クリストファー校の門は彼女の背丈の倍以上の高さがあり、両側を蔦のからまる古い赤レンガの塀にはさまれていた。初めてこの門に近づいたときのことを思い出す——入学試験の面接を受けにギリシャからやってきたとき、彼女はまだほんの十七歳で、自分が場ちがいで何か悪いことをしている気分がし、とても怖くて心細かった。

あれから二十年近くがたった今、それとまったくおなじような気持ちをいだくとは、おかしなものだ。

マリアナは門を押して、なかにはいった。

12

そこにあったのは記憶のとおりのセント・クリストファー校だった。

マリアナは自分の恋物語の背景の地を見ることをずっと恐れていたが、幸いにもカレッジの美しさが助けになってくれた。胸がつぶれることはなかった——それどころか歌いだした。

セント・クリストファー校は、ケンブリッジ大学の数あるカレッジのなかでも、指折りの古さと美しさを誇っている。建物にかこまれた複数の中庭と川まで続く庭園から成り、何世紀にもわたり建て替えや拡張が行われたため、ゴシック、新古典主義、ルネッサンスといったさまざまな建築様式が混在していた。無計画で有機的に発展していて、そのためかえって魅力的に見えるとマリアナは思った。

彼女はもっとも広い第一の中庭であるメインコートの、守衛室（ポーターズロッジ）のところにいた。目の前に見えるのは完璧に手入れされた青々とした芝生で、それが中庭の向こうの、藤で覆われた濃い緑の壁まで広がっている。蔓バラの白い花が顔をのぞかせる緑の枝葉が、複雑なタペストリーのようにレンガから垂れさがり、それが礼拝堂の壁面までずっと続いている。そこではステンドグラスが陽光で緑や青や赤にきらめき、なかからは聖歌隊が練習する声が聞こえ、歌声が高らかにハーモニーを奏でていた。

　だれかのささやく声がして——ひょっとしてセバスチャンだろうか？——ここはマリアナにとって安全な場所だと教えてくれた。ひと休みして、望んでいた平安を得ていいのだ、と。

　ため息を一度つくとともに体から緊張が抜けた。あまり経験したことのない心の安らぎを、ふと覚えた——年月や変化にも耐えるこうした壁や柱やアーチの古さを前にして、一瞬でも自分の悲しみをある種の俯瞰した目で見ることができたのだ。この魔法に満ちた場所がマリアナとセバスチャンのものではないことが、よくわかった。この場所は、それ自身のもの。そしてふたりの物語は、ここであった無数の出来事のひとつにすぎず、ほかの物語より重要ということもない。

　マリアナはにこやかな表情であたりを見わたし、活気あふれる様子を目に収めた。学期はつい先日からはじまったが、まだ最後の準備が続いていて、劇場の開演直前のような期待感に満ちているのが肌で感じられた。芝生の奥のほうでは、庭師が芝刈りをしている。

黒いスーツに山高帽をかぶり、大きな緑のエプロンをつけたカレッジの守衛(ポーター)は、先端に羽根のはたきがついた長い棒を使って高い場所に手を伸ばし、アーチ天井や隅や奥の蜘蛛の巣をはらっていた。ほかの何人かのポーターは、おそらく入学写真を撮るためか、長い木のベンチを芝生に並べていた。

明らかに新入生と思われる緊張ぎみの若者が、スーツケースを手に言い争う両親に連れられて中庭を歩くのが見えた。マリアナは微笑ましい目でその様子をながめた。そのとき、中庭の向こうにべつのものが見えた――制服を着た警察官たちの黒っぽい群れだ。

マリアナの顔からゆっくり笑みが引いた。

警察官らが学寮長に伴われて部屋から出てきたところだった。学寮長が顔を赤くして、あわてふためいているのが、この距離からでもわかる。

それの意味するところはひとつしかない。最悪の事態が起きた。警察が来たということは、ゾーイが正しかったということだ。タラは死に、そして、湿地で発見された死体はタラだった。

ゾーイを探さなければ。今すぐに。マリアナは向きを変えて、となりの中庭へと急いだ。考えに気を取られていたせいで、二度目に名前を呼ばれるまで声に気づかなかった。

もう一度、相手がこっちに手を振っていた。マリアナはだれだかよくわからなくて、目を細めた。だが相手はマリアナのことを知っているようだった。

「マリアナ」その人物は、今度は確信した声でもう一度言った。「待ってくれ」

マリアナは足を止めた。相手が満面の笑みを浮かべ、石畳を突っ切ってこっちまでやってくるのを待った。

ああ、あれはもちろんジュリアンだ、とマリアナは思った。

笑顔でわかった。最近ではそれなりに売れた顔だった。

ジュリアン・アシュクロフトとマリアナは、ロンドンでともに心理療法を学んだ間柄だった。何年も会っていないが、テレビでは顔を見かけた――彼はニュースや犯罪ドキュメンタリー番組にコメンテーターとしてよく呼ばれていた。専門は法心理学で、イギリスの連続殺人犯とその母親たちについてつづった本はベストセラーになった。狂気や死に興味本位の喜びを見出しているように思えて、マリアナにはそれが少々不快だった。

近づいてくるジュリアンをながめた。今では三十代後半になり、背は高くも低くもなく、しゃれた青いブレザーに小ざっぱりした白いシャツ、それにネイビーのジーンズという格好をしていた。髪は芸術的に乱れ、とても目を引く淡いブルーの瞳をしている。さらに、白い歯ののぞく完璧な笑顔の持ち主で、彼はしょっちゅうその表情を披露した。どこかわざとらしく見えなくもなかったが、テレビにはちょうどいいのだろうとマリアナは思った。

「こんにちは、ジュリアン」

「やあ、マリアナ」そばまで来ると彼は言った。「驚いたよ。やっぱりきみだった。こんなところで何を？　警察の関係じゃないよな？」

「いえ、そうじゃない。姪がここの学生なの」

「ああ、そういうことか。残念だ。もしかして、いっしょに仕事ができるのかと思ったよ」ジュリアンはマリアナに輝く笑顔を向けた。それから秘密を打ち明けるように声を落とした。「わたしは彼らに呼ばれた。力になってほしいと」

なんのことを言っているのか察しはついたが、どちらにしても恐ろしかった。はっきりさせたくなかったが、避けることはできない。

「タラ・ハンプトンなんでしょう。そうよね？」

ジュリアンは少しばかり驚いた顔をして、うなずいた。「そうだ。ついさっき身元が確認された。どうして知ってるんだ？」

マリアナは肩をすくめた。「タラはここ一日か二日、姿が見えなかった。姪がそう言っていたの」

マリアナは自分の目に涙があふれているのに気づいて、慌ててぬぐった。しっかりとジュリアンに視線を据えた。「犯人の手がかりは？」

「いや」ジュリアンは首を横に振った。「まだ何も。すぐに見つかると願いたい。率直に言って、早いに越したことはない。ぞっとするほど暴力的だった」

「知り合いの犯行だと思う？」

ジュリアンはうなずいた。「そのように思われるね。あのレベルの怒りは、ふつう、もっとも身近で大事な人に向けられる。そうだろう？」

「たぶんね」マリアナは考えてみた。

「おそらくボーイフレンドの犯行だろう」

「ボーイフレンドはいなかったようだけど」

ジュリアンは腕時計を見た。「今から警部と会わないといけないが、この件に関して引き続き話ができればと思う……どうかな、一杯飲みながら？」ジュリアンは笑顔を見せた。

「会えて嬉しいよ、マリアナ。ずいぶん久しぶりだ。おたがい近況を――」

だがマリアナはすでに歩きだしていた。「ごめんなさい、ジュリアン――わたしは姪を探さないと」

13

ゾーイの部屋はエロスコート——小さめの中庭の区画で、四角い芝生を学生寮がかこんでいる——にあった。

芝生の中央には、弓矢を手にしたエロスの変色した像が立っていた。数世紀分の雨と錆(さび)でだいぶ年齢が進み、美しい子供は小柄で老いたグリーンマンに変わっていた。

中庭に面していくつもの階段室があり、そこから各学生の部屋にあがることができた。四つの隅には、石造りの灰色の円塔がそびえている。そのひとつのほうへ歩きながら、三階の窓を見あげると、そこにゾーイが座っているのが見えた。

彼女はこっちには気づいておらず、マリアナは立ってしばらくその場からゾーイをながめた。アーチ形の窓は格子で区切られ、鉛の枠に菱形のガラスがはめ込まれている。小さなガラス板がゾーイの像を切り分け、菱形のジグソーパズルを形作っていた——そしてマリアナは、一瞬、そのジグソーパズルからべつの像を組みあげた。それは二十歳の女性ではなく、無知で愛らしい、赤いほっぺにおさげ髪の六歳の女の子だった。

マリアナはその女の子に大きな心配と愛情を感じた。かわいそうな小さなゾーイ――彼女は大変な目にたくさんあってきた。このうえさらに彼女を傷つけて、恐ろしい知らせを伝えなくてはならないと思うと怖かった。マリアナは頭を振り、先延ばしにするのをやめて、急いで小塔のなかにはいった。

古くてゆがんだ木の螺旋階段をのぼって、ゾーイの部屋に向かった。ドアがあいていたので、そのままなかにはいった。

居心地のいい小さな部屋だった――もっとも、今は少々散らかっていて、アームチェアには服がかけてあり、流しには使ったカップがそのまま置いてあった。書き物机と小さな暖炉があり、出窓のところにはクッション張りのベンチがあって、ゾーイはそこに本にかこまれて座っていた。

マリアナを見ると、ゾーイは小さく悲鳴をもらした。はじかれたように立って、マリアナの腕に飛び込んできた。

「来てくれたんだ。来ないかと思ってた」

「来るにきまってるでしょ」

マリアナは一歩さがろうとしたが、ゾーイが放してくれないので、しかたなくハグに身を委ねた。ぬくもりと愛情が感じられた。こんなふうにくっつかれるのはめずらしいことだった。会えてよかったとあらためて思った。マリアナは急に感傷的な気分になった。

マリアナにとっては、ゾーイはセバスチャンのつぎに大好きな相手だった。ゾーイはイギリスの寄宿学校にはいったので、マリアナとセバスチャンは彼女を養女のように扱った——小さな黄色い家には彼女の部屋もあり、中間休みや休暇のあいだはいつも泊まりにきていた。イギリスで教育を受けたのは父親がイギリス人だったためで、実際のところ、ゾーイは四分の一しかギリシャ人ではなかった。父親ゆずりの色白の肌と青い目をしているため、その四分の一のギリシャ人らしさは外からはあまりわからなかった。いつかどこかにあらわれてくるのだろうか、とマリアナはよく想像した——もしもそれが、イギリスの私立学校教育という大きく湿った毛布に覆われて、消されてしまっていなければ。

ゾーイがようやくマリアナをハグから解放した。その後マリアナは、遺体がタラだと確認されたことをできるだけ穏やかに伝えた。

ゾーイはマリアナをじっと見た。聞いたことを理解するとともに、頬に涙がぼろぼろこぼれた。マリアナはもう一度彼女を抱きしめた。ゾーイはマリアナにしがみついて泣きじゃくった。

「大丈夫」マリアナはささやいた。「あなたが心配することはないわ」

ゆっくりベッドに導いて、ゾーイを座らせた。どうにか泣きやむと、マリアナはお茶を淹れた。小さな流しのマグカップをふたつ洗って、ケトルに湯を沸かした。

ゾーイはそのあいだずっと背中を真っすぐにして、胸にひざを寄せてベッドに座り、頬を流れる涙を拭くこともせず、宙を見つめていた。手には古い縫いぐるみを握りしめていた——白黒の縞模様のシマウマだ。片目がなくて、縫い目のところが裂けかけている。赤ん坊のころからゾーイの友達で、シマウマはたくさんの乱暴と、たくさんの愛を受けてきた。ゾーイは今それにしがみついて、きつく抱きしめ前後に揺すっていた。

マリアナは散らかったコーヒーテーブルの上に、湯気の立つ甘い紅茶のカップを置いた。心配する目でゾーイを見つめた。じつはゾーイは十代のときにひどいうつ病を患った。急に泣きだすことがよくあって、そうかと思うと、気分が沈んで、気力も感情も消え、泣くことさえできないほど落ち込んだ。マリアナからすれば、泣かれるよりそのほうが扱いが難しかった。そのころの何年かは関心を引くのも困難だった。だが、幼くして両親を失うというトラウマ的出来事を経験したことを思えば、ゾーイが問題をかかえていることは意外でもなんでもなかった。

人生を一変させる電話があったのは、彼女が中間休みでマリアナたちの家に滞在していた四月のことだった。電話を受けたのはセバスチャンで、彼はゾーイの両親、つまりマリアナの姉とその夫が自動車事故で亡くなったことを、ゾーイに伝えなければならなかった。ゾーイは打ちひしがれ、セバスチャンは手を差しのべて彼女を抱きしめた。それ以来、セバスチャンとマリアナはゾーイを溺愛し、もしかしたらいくらか溺愛しすぎたかもしれない。けれども、自身も母を失っているマリアナは、自分が子供のころに望んだすべて――母の愛、ぬくもり、優しさ――をゾーイに与えてやろうと強く決意した。もちろん、それは一方通行ではなかった――ゾーイが受けたぶんの愛を返してくれるのを、マリアナは実感した。

周囲がほっとしたことに、ゾーイはやがて少しずつ悲しみから立ちなおった。成長するにつれてうつに陥ることも減り、学校の勉強にも身がはいるようになって、突入したときよりずっといい状態で思春期を抜けることができた。それでも、ゾーイが大学という社会的圧力に対応できるのか、マリアナもセバスチャンも不安だった――だから、タラという親しい友ができたときには、ふたりで胸を撫でおろした。そしてのちにセバスチャンが亡くなったときも、ゾーイには頼れる親友がいてよかったとマリアナは思った。自分にはそういう相手はいなかった。ただ彼を失っただけだった。

だが、こうしてまたゾーイはタラを失うことになった。親友を恐ろしいかたちで奪われ、それが今後、ゾーイにどんな影を落とすのか？　わかるのはこれからだ。

「ゾーイ、さあ、お茶を飲んで。ショックを受けたときにはこれがいいわ」

反応はなかった。

「ゾーイ？」

急に声が耳に届いたようだった。ゾーイは涙をためた虚ろな目でマリアナを見あげた。

「わたしのせい」小声で言った。「タラが死んだのは全部わたしのせい」

「そんなこと言わないの。ちがうにきまってる――」

「本当なの。話を聞いて。マリアナはわかってない」

「わかってないって、何を？」

マリアナはベッドの端に腰かけ、ゾーイが先を続けるのを待った。

「わたしがいけないの。何かするべきだった――あの夜――タラと会ったあと――だれかに言うべきだった。警察に通報するべきだった。そしたら今ごろ、タラは生きてたかもしれない……」

「警察に？　なぜ？」

ゾーイは返事をしなかった。マリアナは顔をしかめた。

「タラは何を話したの？　あなた、言ったわよね、タラが変なことを言ってたって」

ゾーイの目に涙があふれた。むっつり黙り込んで、体を前後に揺すった。マリアナは、ただそこにいて辛抱強く待ち、本人が自分のタイミングで打ち明けるのを待つのが一番だと心得ていた。けれどその時間はない。声を落とし、安心させるように、だがきっぱりした口調で言った。

「タラはなんて言ったの、ゾーイ？」

「あんな話、しなきゃよかった。だれにも言わないってタラに約束させられたの」

「わかるわ——信頼を裏切りたくないのよね。でも、残念だけど、もう遅いと思うの」

ゾーイがマリアナのことをじっと見た。頬を赤くして目を見ひらいたゾーイの顔をのぞき込むと、そこには子供の目があった。幼い少女。怯えていて、打ちあけたいのに怖くて言えない秘密をかかえて、はじけそうになっている。

そしてとうとう彼女は観念した。

「おとといの夜、タラがわたしを訪ねて部屋に来た。様子が尋常じゃなかった。何かをやって、いっちゃってた。すっごく動揺していて……。それで言ったの。怖いって……」

「怖い？　何が？」

「タラは言った——ある人が自分を殺そうとしてるって」

マリアナはゾーイのことを一瞬まじまじと見た。「続けて」

「だれにも言うなってわたしに約束させた——もしわたしが何かしゃべって、それが彼にバレたら、自分は殺されるって」

「彼？　だれの話をしてるの？　だれに脅されてるのか、タラは言ったの？」

ゾーイはうなずいたが答えなかった。

マリアナは質問をくり返した。「だれだったの、ゾーイ？」

ゾーイは自信なさそうに首を振った。「言ってることがまともじゃなかったから――」

「かまわないから、とにかく教えて」

「その相手は――ここの個別指導教師だって。教授だってタラは言った」

マリアナは驚いて目をしばたたいた。「ここって、セント・クリストファーの？」

ゾーイはうなずいた。「うん」

「そう、それで名前は？」

ゾーイは口ごもった。そして小さな声で言った。

「エドワード・フォスカ」

14

ゾーイはそれから一時間しないうちにサドゥ・サンガ警部におなじ話をくり返していた。警部は学寮長室を任務のために借りていた。メインコートを見おろす広々とした部屋だった。壁の一面には彫刻の美しいマホガニーの本棚があり、革装の蔵書が並んでいた。ほかの壁には歴代の学寮長の肖像画が飾られ、その人物たちがいかにも怪訝(けげん)そうに警察の人間を見つめていた。

サンガ警部は大きな机の前に座っていた。持参の魔法瓶をあけて、自分用に紅茶を注いだ。年齢は五十を過ぎたくらいで、黒い目をし、白髪交じりのひげを短く切りそろえ、グレーのブレザーとネクタイを粋に着こなしていた。シク教徒で、頭には目を引くロイヤルブルーのターバンを巻いている。堂々として力強い存在感を放っている一方で、神経質でぴりついた雰囲気もあった。無駄な肉のない飢えた顔つきをしていて、貧乏ゆすりをやめず、始終、指で机をコツコツたたいていた。

どこかいらだっているようにマリアナには見えた。ゾーイの話にきちんと注意を向けていない印象があった。あまり興味を持っているふうではなかった。真剣に取り合ってないのだ、とマリアナは思った。

だがそうではなかった。ちゃんと聞いていた。彼はお茶を下に置いて、大きな黒い目でゾーイを見据えた。

「それでどう思いました——彼女にそんなことを言われて？」サンガ警部は言った。「信じましたか？」

「どうだろう……」ゾーイは言った。「タラは混乱していて、というかハイになってたんです。でも、それはいつものことだから……」ゾーイは肩をすくめ、しばらく考えた。

「なんていうか、突拍子もないことを言いだしたなって……」

「なぜフォスカ教授に殺すと脅されているのか、理由は言っていましたか？」

ゾーイは少し気まずそうな顔をした。「ふたりはそういう仲だったらしいです。それが喧嘩をしたか何かで……それで、タラは大学に言って馘にしてもらうと脅した。そしたら教授が、もしそんなことをしたら……」

「殺してやる、と？」

ゾーイはうなずいた。胸のなかのものを吐きだせてほっとしているようだった。「そういうことです」

警部は今聞いたことについてしばらく考えていた。そして急に立ちあがった。

「フォスカ教授に話を聞いてくる。待っていてもらえますか？　それから、ゾーイ――きみの供述をもらわないといけない」

サンガ警部は部屋を出ていき、彼がいないあいだにゾーイは今の話をもう一度くり返して、部下がそれを書き留めた。マリアナはどんなことになるのか気を揉みながら待った。

長い一時間が過ぎた。やがてサンガ警部がもどってきた。ふたたび椅子についた。

「フォスカ教授は大変協力的でした」彼は言った。「供述も得てきた――教授いわく、タラの死亡時刻、すなわち午後十時は、自室での授業がちょうど終わろうというころだった。授業は午後八時から十時までで、六人の学生が参加した。全員の名前を教えてもらった。今のところ、そのうちのふたりから話を聞いたが、どちらも教授の話を裏付けていた」警部は思いやる顔でゾーイを見た。「そういうことで、わたしは教授を罪に問うつもりはなく、タラが何を言っていたにせよ、教授は彼女の死に責任はないと完全に納得している」

「そうですか」ゾーイはささやく声で言った。

視線を落として、自分のひざを見つめた。不安そうな顔だ、とマリアナは思った。

「ところでコンラッド・エリスについて、何か知ってることはありませんか？」警部が言った。「ここの学生ではなくて、町に住んでいるらしい。タラのボーイフレンドだったんだろうか？」

ゾーイは首を振った。「ボーイフレンドじゃありません。デートしてたっていうだけです」

「なるほど」警部は自分のメモを見ながら言った。「彼には前科がふたつあるらしい――薬物の売買と、加重暴行……」ゾーイをちらりと見た。「それから、近所の人が、ふたりが激しく言い争うのを何度か聞いている」

ゾーイは肩をすくめた。「あいつもタラといっしょで、いっちゃってるから……だけど、乱暴したことがあるかということなら、それはありません。そういうタイプじゃない。彼はナイスガイです」

「ふむ。話を聞くかぎりでは、いい人そうだ」警部は信じていない様子だった。紅茶を飲み干し、蓋を魔法瓶にもどしてねじって閉めた。

犯人を見つけた気でいるのだ、とマリアナは思った。

「あの、警部」彼女はゾーイの代わりに怒って言った。「この子の話にちゃんと耳を傾けるべきだと思います」

「今、なんて？」サンガ警部は目をしばたたいた。マリアナが発言したことに驚いているようだった。「もう一度教えてください。あなたはだれでしたっけ？」

「ゾーイの叔母であり、後見人です。それに――もし必要なら――代弁者にもなります」

サンガ警部はこれをかすかに面白がっているようだった。「姪御さんは、わたしの見るかぎり、自分で自分の主張ができるようですが」

「ゾーイには人を見る目があります。むかしからそうでした。ゾーイがコンラッドのことを知っていて、無実だと思っているのなら、その意見をちゃんと参考にすべきです」

警部の顔から笑みが消えた。「当人と話をしたうえで、わたしなりに判断をくだします――それでかまわなければ。念のためはっきり言っておきますが、指揮を執るのはわたしで、こうしろと指示されても、それには応じかねる――」

「指示してるわけでは――」

「口出しについても同様だ。わたしのじゃまを、そして捜査のじゃまをすることがないように、強く申し入れたい。理解してもらえましたか？」

マリアナは言い返そうとして、こらえた。無理やり笑顔をつくった。

「大変よくわかりました」

15

学寮長室を出たゾーイとマリアナは、中庭の奥の柱廊を歩いた。十二本の大理石の列柱が、上の図書館を支えている。柱はかなり古くて変色し、血管のようにひび割れが走っていた。床には長い影ができ、あいだを歩くふたりの女性を、時折、闇のなかに沈めた。

マリアナはゾーイに腕をまわした。「ゾーイ、大丈夫？」

ゾーイは肩をすくめた。「うん——どうかな」

「もしかして、タラがあなたに嘘を言ったということはない？」

ゾーイはつらそうな顔をした。「わからない。わたしは——」

ゾーイが急にぴたりと動きを止め、歩くのをやめた。柱の陰からいきなり男が出てきて、前にあらわれたのだ。

男はそこに立ってふたりの行く手をふさいだ。ゾーイのことをじっと見つめた。

「やあ、ゾーイ」

「フォスカ教授」ゾーイはかすかに息を呑んで言った。

「どうしてる? 大丈夫かい? まさか、こんなことが起こるなんて。わたしもショックを受けている」

マリアナはアメリカ訛(なま)りに気づいた。話し方に優しいリズミカルな抑揚があり、端々がごくわずかにイギリス風の発音になっている。

「かわいそうに」彼は言った。「きみが気の毒でならないよ、ゾーイ。どんなに打ちのめされていることか――」

思いのこもった口調で、本当に心を痛めているように聞こえた。ゾーイに手を差しのべ――すると、ゾーイが思わず少し身を引いた。マリアナも気づき、教授もそれに気づいた。彼はぎこちない顔でゾーイを見た。

「聞いてくれ。警部に話したことを、そっくりそのまま言うよ。きみが直接わたしの口から聞くことが大事だろう――今ここで」

フォスカはマリアナの存在を無視して、ゾーイにのみ話しかけた。そのあいだにマリアナは彼のことを観察した。想像していたよりも若くて、おまけにずっとハンサムだった。四十代前半くらいで、背が高く、鍛えられた体つきをしている。しっかりした頬骨に、目を引く黒い瞳。まとうすべてが黒っぽかった――目、ひげ、服。長い黒髪はうしろでラフに丸めて束ねてある。黒いアカデミックガウンをはおり、シャツは裾を出して、ネクタイをゆるく締めている。そうしたすべてが相まってカリスマ的なものを感じさせ、ロマン派詩人バイロンを思わせる雰囲気すらあった。

「じつは、わたしの対応にまずいところがあったのかもしれない。ゾーイ、きみも請け合ってくれるだろうが、タラは学業の面でぎりぎりのところにいた。出席率をあげさせ、学習過程を終えさせようと、わたしが努力を重ねても、成績は悪くなる一方だった。こちらとしてはもう打つ手がなかった。彼女と率直に話し合った。ドラッグが関係しているのか、恋愛の問題をかかえているのかは知らないが、今年は進級に足る成果を出せていないと伝えた。去年の分をそっくり受けなおすように言ったんだ。そうでなければ退学だと」

彼は疲れたように首を振った。「それを聞くと、タラはかなりヒステリックになった。父親に殺されるってね。考えなおしてほしいとすがりつかれた。それは無理な相談だとこちらは答えた。すると態度が一変した。えらく攻撃的になって、脅してきたんだ。キャリアをつぶして、馘にさせてやると言って」彼はため息をついた。「それを実行しようとしたんだと思う。タラがきみに言ったこと——性的な関係をにおわせる主張——は、わたしの評判を落とすのが目的だったにちがいない」

声を低めた。「わたしは自分の生徒と関係を持つことは決してしない——それは信頼に対する究極の裏切りであり、権力の乱用だ。知ってのとおり、わたしはタラをとても気に入っていた。だからこそ、彼女がそんな主張をしていたと聞いて、とても傷ついている」

マリアナはつい納得して聞いていた。彼の態度には偽っている様子がまるでない。言っていることはすべて真実のように思えた。タラは父親のことを、よく恐ろしそうにしゃべっていたし、一家のスコットランドの屋敷を訪れたゾーイも、タラのお父さんは厳格な人物で、はっきり言って容赦のないタイプだったと話していた。タラの留年の話を聞いたときの反応は容易に想像がつく。それに、父親に話すことを思ってタラがヒステリックになり、自棄を起こすことも想像がついた。

マリアナは、どう受け止めているのかゾーイのほうをちらりと見た。判断しづらかった。見るからに緊張し、困惑した顔で石の床を見つめている。

「これで解決したならいいが」フォスカが言った。「今重要なのは、警察が犯人を捕まえるのに協力することだ。わたしはタラと関係のあったコンラッド・エリスを調べてみるよう提案した。だれに聞いても、ろくでもないやつだ」

ゾーイは返事をしなかった。フォスカがじっと見つめた。

「ゾーイ？　これですっきりしたかな？　ただでさえ、今われわれは困難をたっぷりかかえているんだ――こんなことでわたしに疑いをかけていてもはじまらない」

ゾーイは顔をあげ、フォスカを見た。ゆっくりうなずいた。「わかりました」

「何よりだ」だが、完全には満足していない顔だった。「もう行かないといけない。またそのうちに。きみも気をつけるんだぞ」

フォスカは初めてマリアナに目を転じ、小さくうなずいて会釈した。そして背を向けて、柱の陰に姿を消した。

沈黙の間があった。ゾーイがマリアナのほうを向いた。引っかかるものがあるような顔をしていた。

「それで?」ゾーイは小さくため息をついて言った。「これからどうする?」

マリアナは少し考えた。「コンラッドと話をしてみようと思う」

「でも、どうやって? 警部に言われたでしょう」

マリアナは返事をしなかった。ジュリアン・アシュクロフトが学寮長室から出てくるのが見えた。中庭を歩いていく姿を目で追った。

マリアナはひとりでうなずいた。「いい考えがある」

16

マリアナはその日の午後に、警察署でコンラッド・エリスと会うことができた。

「こんにちは、コンラッド。マリアナと言います」

コンラッドはサンガ警部の聞き取りを受けてすぐに身柄を拘束された――状況証拠もその他の証拠もないにもかかわらず、警察は彼が犯人であると自信を持っていた。

守衛長（ポーター）のミスター・モリスが、午後八時にタラの生きた姿を最後に目撃しており、彼女は正門からカレッジを出ていくところだった。そしてコンラッドは、自宅のアパートでタラをずっと待っていたが、結局やってこなかったと語った――ただし、これを裏付けるものは本人の言葉以外になく、コンラッドにはその夜のあいだじゅうアリバイがなかった。

徹底的に探しても、部屋から凶器は出てこなかった。そのため、殺人に結びつく何かが見つかることを期待して、鑑識が衣服や所持品を持ち帰った。

驚いたことに、ジュリアンはコンラッドと会う手引きを二つ返事で引き受けてくれた。

「わたしと同行すれば、なかにはいれるだろう」ジュリアンは言った。「どのみち精神鑑定をしないといけないし、なんなら立ち会ってもらってかまわない」そう言ってマリアナにウィンクをした。「サンガに見つからなければね」

「ありがとう。借りができたわね」

ジュリアンはこの作戦を楽しんでいるようだった。警察署にはいると、コンラッド・エリスを留置場から連れてきてほしいと依頼しながら、マリアナに目配せをした。

数分後、彼らは取調室でコンラッドと席に着いていた。窓も新鮮な空気もない、寒い部屋だった。いて快適な場所ではないが、おそらくそれが狙いなのだろう。

「コンラッド、わたしは心理療法士です」マリアナは言った。「ゾーイの叔母でもあります。ゾーイを知ってるでしょう？　セント・クリストファーの学生の」

コンラッドは一瞬戸惑った表情をした。やがて目に鈍い光がともり、ぼんやりした顔でうなずいた。「ゾーイ――タラの友達の？」

「ええ、そのとおりよ。悲しんでいると伝えてほしいと言ってたわ――タラのことで」

「ゾーイね、あの子は嫌いじゃない。ほかの連中とはちがう」

「ほかの連中？」

「タラの友達だよ」コンラッドは不快な顔をした。「魔女どもって、おれは呼んでる」

「そうなの？　タラの友達が嫌いなの？」

「向こうがおれを嫌ってる」

「でも、どうして？」

コンラッドは肩をすくめた。虚ろで無表情。マリアナは、なんらかの感情的な反応を引きだせないかと期待していた。コンラッドをより深く読み解くヒントになるものを——だが、何も出てこなかった。患者のヘンリーを思いだした。彼もぼんやりした、似たような顔つきをしている。長年のアルコールと薬物乱用の結果だった。

コンラッドは見た目が不利で、そこもひとつ問題だった。動きが重く、体が巨大で、タトゥーをびっしり入れている。だがゾーイの言ったとおりで、人のよさや穏やかさが感じられた。口をひらくと、話し方がのろく、まごついていて、自分の身に何が起きたのかきちんと理解してないようだった。

「よくわからない——なんでおれが彼女を傷つけたと警察は思ってるんだ？　そんなことはしてない。おれはあいつを——タラを愛してた」

マリアナはジュリアンの反応をうかがった。少しも動かされていないようだった。彼は質問をはじめ、これまでの人生や生い立ちについて、かなり深く突っ込んで尋ね、そして、時間が長くなるとともに質問は拷問の様相を帯び、コンラッドの側からすれば形勢が悪くなった。

マリアナは彼が無実であるという思いをますます強めた。嘘はついていない。打ちひしがれているのだ。ジュリアンの質問に疲れ果てたコンラッドは、ある段階でとうとう心がくじけ、両手で頭をかかえ——そして声を出さずに泣きだした。

面会の最後に、マリアナはふたたび口をひらいた。

「フォスカ教授を知っていますか？　タラのチューターの」

「ああ」

「どうして知ってるんですか？　タラを通じて？」

コンラッドはうなずいた。「何回かまわしてやったことがある」

マリアナは瞬(まばた)きをした。ジュリアンを横目で見た。「薬物をということ？」

「種類は？」ジュリアンが尋ねた。

コンラッドは肩をすくめた。「あっちの希望次第だ」

「つまり、定期的に会っていたの？　フォスカ教授と？」

ふたたび肩をすくめた。「それなりに」

「教授とタラとの関係については、どう思いました？　何か妙に感じるところはありませんでした？」

「まあね」コンラッドは肩をすくめて言った。「だって、教授は彼女に惚れてたんだろ？」

マリアナはジュリアンと目を見交わした。

「そうなの？」

マリアナはさらに聞きだそうとしたが、ジュリアンが唐突に面会を打ち切りにした。報告書を作成するにはもう十分とのことだった。

「参考になったのならいいが」警察署をあとにしながらジュリアンが言った。「なかなかの芝居だった。そう思わないかい？」

マリアナは驚いて彼を見た。「あれは演技じゃないでしょう。その能力は、彼にはないと思う」

「いやいや、マリアナ、あの涙はすべて演技だ。でなければ自己憐憫。ああいうのはさんざん見てきた。わたしくらい長く仕事をやってると、どのケースもうんざりするくらい似ているのがわかるものだ」

マリアナはジュリアンを見た。「問題視しないの？――彼がフォスカ教授に薬物を売っていたことは」

ジュリアンは肩をすくめて受け流した。「たまにマリファナを買うからといって、殺人犯ってことにはならない」

「フォスカがタラに惚れていたという話については？」

「もしそうだったとして、どうなる？　タラは美人だったそうだね。きみも知り合いだったんだろう？　彼女はあんな間抜け男と何をしてたんだ」

マリアナは悲しく首を振った。「コンラッドのことは目的のために利用していただけだと思う」

「薬物を得る？」

マリアナはため息をついてうなずいた。

ジュリアンがマリアナを横目で見た。

「さあ、行こう。車で送ってくよ――それとも飲みにいくか？」

「大学にもどらないといけないの。六時からタラのための特別礼拝があるから」

「じゃあ、いずれかの晩に」彼はウィンクした。「わたしに借りがあるんだからな。あしたは？」

「残念だけど、もうここにいない――あした帰るの」

「そう。じゃあ、何か手を考えるとしよう。必要ならロンドンへでも追いかけていくよ」

ジュリアンは声をあげて笑った――だが、目は笑ってないことにマリアナは気がついた。

冷たくて情のない眼差しのままだった。こちらを見る目つきには、マリアナをひどく不快にさせるものがあった。

セント・クリストファー校までもどってきたときには、これでようやく逃れられるとマリアナはいくらかほっとした。

17

タラのための特別礼拝が、六時にチャペルでひらかれた。

カレッジの礼拝堂は、一六一二年に石と木材を使って建造された。黒大理石を敷いた床、聖クリストファーの生涯の場面を描いた、あざやかな青、赤、緑のステンドグラス、紋章の盾や金文字のラテン語のモットーで飾られた、モールド装飾の高い天井。

席は教職員と学生で埋まっていた。マリアナとゾーイは前のほうに座った。タラの両親は学寮長と学部長と共にいた。

タラの両親であるハンプトン卿夫妻は、遺体の身元確認のために飛行機でスコットランドからやってきた。遠い地元の地所からやってくるあいだに、どれだけ心を苦しめられたことか、とマリアナは想像した。エジンバラ空港までの長い車での移動、そこからスタンステッド空港までのフライト、そのあいだに考える時間がたっぷりあっただろう――希望、恐怖、不安。そして最後にケンブリッジの霊安室に到着し、サスペンスは残酷なかたちで決着をみる。彼らは娘との再会を果たし、娘の身に起きたことを目のあたりにする。

ハンプトン卿と夫人はこわばった姿勢で席についていた。顔は蒼白でゆがみ、硬直していた。マリアナは魅入られたように彼らを見つめた――あの感覚は憶えている。冷凍庫に投げ入れられたようで、氷のように冷えて、ショックで麻痺しているのだ。けれども、それは長くは続かない――その後に訪れることに比べれば、今はまだ恵まれた段階で、やがて氷が解けてショックが薄らぐと、喪失の大きさが身に沁みてくる。

フォスカ教授が礼拝堂にはいってくるのが見えた。通路を進む彼のうしろには、目を引く六人の女性が続いていた。目を引くというのは、全員が際立って美しく、かつ全員が白いロング丈のドレスに身をつつんでいるからだ。歩く姿は自信たっぷりで、自意識過剰だった。見られているのをわかっているのだ。まわりの学生は、通り過ぎる彼女らをじっとながめた。

あれがコンラッドがひどく嫌っていたタラの友人たちなのだろうか、とマリアナは思った。あれが〝魔女ども〟？

礼拝がはじまると、追悼者の席は厳かな沈黙につつまれた。パイプオルガンの伴奏で、白いレースのひだ襟をつけた赤いカソックの少年聖歌隊が一列に進みながら、ろうそくの光でラテン語の賛美歌を歌い、天使の声を暗い堂内に響かせた。

葬式ではなかった。実際の埋葬式はスコットランドで行われる。ここに弔う遺体はない。マリアナは死体安置所で孤独に横たわる、傷つけられた哀れな少女に思いを寄せた。

愛する人が自分のもとに帰ってきたときのことを思いださずにはいられなかった。彼はナクソス島の病院のコンクリート板の上にいた。セバスチャンの体はまだ濡れていて、床に水を滴らせ、髪と目には砂がついていた。魚に小さく肉をかじり取られ、皮膚に穴があいていた。海に持っていかれて、指も一本なくなっていた。

その命のない、蠟のような死体を見た瞬間に、これはセバスチャンではないとマリアナにはわかった。ただの抜け殻だった。セバスチャンは去ってしまった——でも、どこへ？

彼が死んで数日は、マリアナは何も感じなかった。ショック状態が長引いていて、起きた出来事を受け容れることも、信じることもできなかった。もう二度と会えず、声を聞くことも、彼の手を感じることもできないなど、あり得ない気がした。

彼はどこにいるの？　マリアナは四六時中思った。彼はどこに行ってしまったの？

そして、ようやく現実がわかりはじめ、ひと足遅れて精神的に打ちのめされた——そして、ダムが決壊したように涙がどっとあふれだし、滝のような悲しみがマリアナの人生や存在を押し流した。

そのあとに来たもの——それは怒りだった。

燃えるような激情、闇雲な憤怒の感情が、自分やそばにいる人を焼きつくさんばかりだった。生まれて初めて、マリアナは肉体的苦痛を現実に与えてやりたいと思った——飛びかかって、だれかを傷つけたいと思った。おもに自分を。

彼女は自分を責めた——当然のことだ。ナクソス行きを無理強いしたのはマリアナだ。セバスチャンの希望どおりロンドンにとどまっていれば、きっとまだ彼は生きていた。そしてセバスチャンのことも責めた。なぜ、あのような無謀なことを？　あんな天気のなか、泳ぎにいくなんて。自分の命を——それに彼女の人生を——軽んじて。

日中もつらいが、夜はもっとつらかった。最初のうちは、たっぷりの量のアルコールと睡眠薬の組み合わせが、薬効によるいっときの避難場所を与えてくれたが、船の難破、列車事故、洪水といった、災難ばかりが出てくる悪夢を何度も見た。果てしなく旅を続ける夢も見た——だれもいない北極地方をひたすら旅し、身の凍る風と雪のなかを進みながら、セバスチャンを永遠に探しつづけるのだが、彼は決して見つからなかった。

やがて薬が効かなくなって、明け方の三時か四時まで起きているようになった——ベッドにじっと横たわって彼を求めたが、渇きを癒やしてくれるものは、暗闇に映しだされる自分の思い出だけだった。ふたりで過ごした日々、夜、冬、夏の、ゆらめく映像。そしてついに悲しみと睡眠不足で気が変になりかけて、マリアナはふたたび医師を訪ねた。睡眠薬を服みすぎていたのは明らかだったので、ベック医師はそれ以上薬は出してくれなかった。代わりに環境を変えることを提案した。

「あなたは裕福な女性だ」医師は言い、さらに無神経に付け加えた。「育てている子供もいない。外国に行ってきたらどうですか？　旅行して、世界を見てきたら？」

前回ベック医師に勧められて旅行に出た結果が夫の死だったことから、マリアナはアドバイスには従わないことにした。そして、自分の想像のなかに引きこもった。

目を閉じて、ナクソスの廃墟となった神殿や、青空を背に立つ汚れた白い柱のことを考え、〈乙女〉に祈りをつぶやいたことを思いだした――ふたりの幸せと愛のために祈ったことを。

それがいけなかったのだろうか？　何かが女神の気に障ったのだろうか？　ペルセポネは嫉妬したのだろうか？　あるいは、女神はあの美男子に一目惚れして、前に自分がされたように、彼を我がものにして冥界に連れ去ってしまったのだろうか？

そう考えるほうが、なぜだか気が楽だった――セバスチャンの死を、超自然的なものや女神の気まぐれのせいにするほうが。そうでないほうが、つまりセバスチャンの死は無意味で、無作為で、何かをあらわすものではない……そう考えるほうが、マリアナには耐えがたかった。

やめなさい、と彼女は思った。だめ、考えるのはやめなさい。哀れな自己憐憫の涙が目にあふれてくるのがわかった。それをきれいにぬぐった。この場所で泣きくずれるわけにはいかない。ここから、この礼拝堂から出なければ。

「外の空気を吸ってくる」彼女はゾーイにささやいた。

ゾーイはうなずき、元気づけるようにマリアナの手を一瞬ぎゅっと握った。マリアナは席を立って、外へと急いだ。

薄暗い混雑した礼拝堂を抜けだし、人気(ひとけ)のない中庭に出ると、マリアナはすぐに安堵につつまれた。

だれの姿も見えなかった。メインコートは静寂につつまれていた。真っ暗な中庭を照らすのは、まばらに置かれた背の高い灯柱の光だけで、闇に輝くランタンのまわりには光の輪ができていた。

マリアナは涙をぬぐった。川から濃い霧が流れてきて、構内の隅々に忍び込もうとしていた。

マリアナは空を見あげた。ロンドンでは見えない星々のすべてが、ここでは明るく輝き、果てしない漆黒のなかで無数のダイヤモンドがまたたいていた。

彼はあのどこかにいるにちがいない。

「セバスチャン?」マリアナはささやいた。「どこにいるの?」

耳と目を凝らして、何かの合図がないか待った。流れ星、月の前を横切る雲——どんなものでもいい。
けれど、何もなかった。
あるのは闇だけだった。

18

礼拝が終わると、人々は中庭に出て、小さな輪になっておしゃべりをした。マリアナとゾーイはみんなから離れた場所に立ち、マリアナはコンラッドを訪ねてきたことと、ゾーイの見解に賛成だということを、手短に伝えた。

「でしょ？」ゾーイは言った。「コンラッドは無実よ。彼はやってない。なんとかして助けてあげないと」

「わたしたちにこれ以上何ができるかわからないけど」マリアナは言った。

「何かしないと。タラがほかの人とも寝てたのはたしかなの。コンラッド以外ともね。それっぽいことを、二、三度ほのめかしてた……。携帯電話に手がかりが残ってるかもしれない。それかノートパソコンに。どうにかしてタラの部屋にはいって──」

マリアナは首を振った。「それはだめよ、ゾーイ」

「どうして？」

「そういうことは全部、警察に任せるべきでしょう」

「だけど警部の言葉を聞いたでしょう。警察はもう調べる気はない――結論を出しちゃってるから。わたしたちでなんとかしないと」ゾーイは大きなため息をついた。「セバスチャンがいてくれたらね。セバスチャンなら、どうしたらいいかわかったでしょうに」

マリアナは言葉の裏にある非難を受け止めた。「わたしも彼がいてくれたらと思う」マリアナは少しして続けた。「ねえ、考えてたんだけど。いっしょにロンドンに帰って何日か過ごさない？」

言ってすぐに、まちがったことを口にしたのがわかった。ゾーイが驚きの顔でマリアナを見つめた。

「何言ってるの？」

「ここを離れたほうがいいかもしれないわ」

「逃げるなんてあり得ない。逃げたって何も変わらないよ。セバスチャンはそんなことを言ったと思う？」

「言わないでしょうね」マリアナはにわかにいらだちを覚えた。「だけどわたしはセバスチャンじゃない」

「そうだね」ゾーイもマリアナのいらだちを反映するようにして言った。「セバスチャンじゃない。セバスチャンはマリアナがここにいることを望んだでしょうね。きっとそう言ったはず」

マリアナはしばらく無言でいた。それから、思い切って言葉にすることにした——昨夜の電話のときからずっと気になっていたことを。

「ゾーイ。ねえ……すべてを話してくれているの？」

「何について？」

「さあ。このこと——タラのこと。ずっと引っかかってるの——何か言わずにいることがあるんじゃないかという気がして」

ゾーイは首を振った。「べつに何もないよ」

ゾーイは顔をそらした。疑念は依然として消えなかった。マリアナはそれが気がかりだった。

「ゾーイ。わたしを信頼してくれてる？」

「質問するまでもないでしょう」

「じゃあ、聞いて。重要なことよ。あなたは何かを隠してる。わたしにはわかる。感じるの。だからわたしを信じて。お願いだから——」

ゾーイはためらったが、やがて折れた。「マリアナ、あのね——」

けれどもマリアナの肩のうしろに目をやって、何かを見た——口をつぐませる何かを。ゾーイの目に一瞬、奇妙な恐怖の色が浮かび、すぐに消えた。ゾーイは目をマリアナにもどして、首を振った。「べつに——何もないから。本当に」

マリアナはゾーイが見たものを見ようとしてふり返った。するとチャペルの入り口にフォスカ教授と取り巻き——白いドレスの美しい娘たち——がいて、声をひそめて熱心に話をしていた。

フォスカはタバコに火をつけるところだった。煙の向こうからマリアナと目が合い、ふたりは一瞬見つめ合った。

すると教授は輪を離れて、笑顔でこっちへ歩いてきた。近づいてくるのを見てゾーイがごく小さくため息をもらすのを、マリアナは耳にした。

「やあ」教授はそばまで来て言った。「さっきは自己紹介するひまがありませんでした。エドワード・フォスカです」

「マリアナ——アンドロスです」旧姓を名乗るつもりはなかった。ただ、つい口から出てきた。「ゾーイの叔母です」

「どなたかは知っています。ゾーイから話を聞いてますから。ご主人のことは大変お気の毒でした」

「え、ああ」マリアナは驚いて言った。「どうも、ご親切に」

「それに、ゾーイも気の毒だ」彼はそう言うとゾーイに目をやった。「叔父さんを亡くし、今度はまたタラのことで悲しまなければいけない」

ゾーイは答えず、フォスカの目を避けて肩をすくめただけだった。

ゾーイは何かを言わずにとどめている——何かを避けている。フォスカを恐れているのだ、そうマリアナはふと思った。でも、なぜ？

マリアナはフォスカが脅威だとは少しも感じなかった。裏表のまったくない、思いやりのある人物に見えた。彼は心のこもった眼差しでマリアナを見て言った。「学生みんながかわいそうです。一年は混乱が続くでしょう——カレッジ全体とは言わないまでも」

ゾーイが急にマリアナに顔を向けた。「もう行かないと。友達と飲むことになってるの。いっしょに行く？」

マリアナは首を横に振った。「クラリッサに会いにいくと言っちゃったから。またね」

ゾーイはうなずいて、歩きだした。

マリアナはフォスカのいた場所をふり返ったが、驚いたことにすでにそこにはおらず、今は中庭を大股で横切っていた。

立っていた場所にはタバコの煙だけがうっすら残り、それも渦を巻きながらやがて消えていった。

19

「フォスカ教授について教えてください」マリアナは言った。

ふたつの繊細な磁器のカップに銀のポットから琥珀色の紅茶を注ぎながら、クラリッサは興味津々の顔でマリアナを見た。ソーサーにのせたカップをマリアナに手わたした。

「フォスカ教授？　なぜ彼のことを聞きたいの？」

マリアナは詳しい説明は避けるべきだろうと思った。「理由はありません。ゾーイが彼のことを話していたので」

クラリッサは肩をすくめた。「そこまでよくは知らないのよ――ここへ来てまだ二、三年の人だから。一流の頭脳。アメリカ出身。ハーバードのロバートソンのもとで博士号を取得した」

クラリッサは窓辺に置かれた、マリアナの向かいの色褪(あ)せたライムグリーンのアームチェアに腰をおろした。愛情たっぷりにマリアナに微笑んだ。クラリッサ・ミラー教授は歳は七十代後半だが、もじゃもじゃの白髪の下から年齢不詳の顔がのぞいていた。白いシルクのシャツにツイードのスカートを合わせ、大多数の学生よりはるかに年を重ねているであろう、目の粗い緑のカーディガンをはおっていた。

クラリッサは、マリアナが学生だったころの学習指導教官だった。セント・クリストファー校の授業は、教官(フェロー)と学生の一対一で行われることがほとんどで、たいていはフェローの部屋で行われた。正午を過ぎると、あるいはそれ以前でも、担当のフェローの判断によってはアルコールがつきもので――クラリッサの場合は、大学地下の迷路のようなワインセラーから持ってきた上等なボジョレーだった――文学のみならず酒の教育も施された。

それはつまり、個別指導がよりプライベート味を帯びるということでもあり、師弟の境界線が曖昧になって、打ち明け話が交わされ、付き合いも親密になる。クラリッサは、母のいない孤独なギリシャ人の娘に心を動かされ、おそらくは興味をそそられたのだろう。彼女はマリアナがセント・クリストファーにいるあいだずっと、母親のような目で見守ってくれた。マリアナのほうもクラリッサに刺激を受けた――男性中心の世界で残したすぐれた学術的業績はもちろんのこと、彼女の知識と、それを伝えようとする熱意に感銘を受けたのだ。そして、その忍耐強さと優しさ、それに時折見せる激しさゆえに、ほかに出会ったどの教師よりもクラリッサとの思い出が大きかった。

卒業したあとも、ときどき手紙やはがきで連絡を取り合っていたが、ある日、突然クラリッサからメールが届き、なんと自分もついにインターネット時代の仲間入りを果たしたと伝えてきた。セバスチャンが亡くなったときには、心のこもった美しいメールを送ってくれて、マリアナは感動し、保存して何度もそれを読み返した。

「フォスカ教授はタラを教えていたと聞きました」マリアナは言った。

クラリッサはうなずいた。「ええ、そうね、教えてたわ。あんな目にあうなんて……。フォスカ教授は彼女のことでとても気を揉んでいたのよ」

「教授が？」

「そう。タラは学業の面でやっとのところにいたそうよ。かなりの問題児だと彼は言っていた」クラリッサはため息をついて、頭を振った。「ひどいことになってしまって。まったく」

「ええ。本当に」

マリアナは紅茶に口をつけ、クラリッサがパイプにタバコの葉を詰めるのをながめた。深い色をした桜材の、美しいパイプだった。

パイプ喫煙は、クラリッサが亡くなった夫から受け継いだ習慣だった。彼女の部屋は、煙のにおいと、スパイシーで独特のパイプタバコのにおいがした。そうしたにおいは長い年月をかけて壁に、書物の紙に、そしてクラリッサ自身に染み込んだ。ときどき鼻につくこともあり、過去にはクラリッサが指導中に喫煙することに反対する学生もいた。やがて健康と安全に関する基準が変化するにつれ、クラリッサもとうとうそれに従わざるを得なくなり、自分の習慣を学生に押しつけることはできなくなった。

けれどマリアナは気にしなかった。むしろ、今座っていて気づいたが、このにおいがとても懐かしかった。外の世界でだれかがパイプを吸っている場面にごくまれに出くわすと、いつも、たちまちほっとした気分につつまれた。きついにおいの、濃く立ちのぼる煙が、知恵や学び、それに優しさと結びつくからだ。

クラリッサは火をつけてタバコを吹かし、煙の雲の向こうに姿を消した。「本当に理解に苦しむわ」彼女は言った。「わたしもとても動揺しているの。この回廊のなかのわれわれの暮らしが、いかに守られたものであるかを思いださせられる――無邪気で、おそらくあえて、外の世界の恐ろしさを知ろうとしない」

マリアナも心のなかで同意した。人生について本で読んだところで、人生を生きる準備が整うわけではない。マリアナはそれを身をもって学んだ。だがそのことは言わず、うなずくにとどめた。

「あのような暴力は本当におぞましいかぎりです。理解なんて、だれにもなかなかできないでしょう」

クラリッサはパイプをマリアナに向けた。いつもそれを小道具に使うので、タバコの葉が舞って燃えさしが床に落ちて、絨毯（じゅうたん）にいくつも黒い穴があいていた。「ギリシャには、それを言う言葉があったでしょう。その種の怒りをさす言葉が」

マリアナは興味を引かれた。「そうでしたっけ？」

「〝メーニス〟よ。英語には正確に対応する言葉はない。憶えているかしら、ホメロスは『イーリアス』の冒頭を“μῆνιν ἄειδε θεὰ Πηληϊάδεω Ἀχιλῆος”――怒り（メーニス）を歌え、女神よ、アキレウスの――という文言（もんごん）ではじめる」

「ええ。正確にはどういう意味なんですか？」

クラリッサは少しのあいだ考え込んだ。「おそらく、抑えきれない怒り、というのが一番近い訳でしょう。恐ろしい憤怒――激情」

マリアナはうなずいた。「激情……。たしかに」

クラリッサは小さな銀の灰皿にパイプを置いた。マリアナに小さく微笑んだ。「あなたがここにいてくれて、本当によかった。どれだけ心強いことか」

「今夜、一泊するだけです――ゾーイのために来ました」

クラリッサはがっかりした顔をした。「ひと晩だけ？」

「ロンドンにもどらないといけないんです。自分の患者がいるので――」

「それはそうでしょうけど……」クラリッサは肩をすくめた。「何日か滞在するという考えはないの？　大学のために」

「わたしがいてなんの役に立ちますか。心理療法士であって、探偵じゃないんですから」

「わかったうえで言っているの。あなたは心理療法士で、グループを専門としている……。これがグループの問題でないとしたら、なんなの？」

「そうですけど――」

「それに、あなた自身、セント・クリストファー校の学生だった――だからある程度の直感と理解があり、それはがんばったとしても警察にはどうしたって欠けているものよ」

マリアナは首を振った。またもや無理を言われて、少々いらだちを覚えた。「わたしは犯罪学者じゃありません。こういうことは明らかに専門外です」

クラリッサは落胆したようだが、何も言わなかった。代わりにしばらくマリアナのことを見つめていた。さっきよりも優しい口調で口をひらいた。

「悪かったわ、あなた。そういえば、どんな気持ちか一度も聞いてあげてなかった」

「なんのことです？」

「ここにいることについて――セバスチャンなしに」

クラリッサが彼のことに触れるのは、これが初めてだった。マリアナはいくらかうろたえた。何を言っていいのかわからなかった。

「どんな気持ちかよくわかりません」

「変な感じがするでしょうね」

マリアナはうなずいた。「変な感じというのはぴったりかもしれません」

「わたしもティミーが死んだあとは、変な感じだった。いつもそばにいたのに——突然いなくなった。柱の陰から飛びだして、驚かせてくれるんじゃないかと、ずっと待っていた……。今でもよ」

クラリッサはティモシー・ミラー教授と三十年、夫婦として連れ添った。どちらもケンブリッジでは有名な変人で、髪はくしゃくしゃ、ときには左右ちぐはぐの靴下を履いて、ふたりで会話に没頭しながら、本を小脇に街をせかせか歩きまわる姿がよく目撃された。マリアナが出会ったなかで一番幸せなカップルだったが、ティミーは十年前に他界した。

「時間とともに楽になるわ」クラリッサは言った。

「そうでしょうか」

「前を見つづけることが肝心よ。いつまでもふり返ってうしろばかり見ていてはいけない。未来のことを考えなさい」

マリアナは首を振った。「正直言って、未来が見えません。あまり何も見えないんです。すべてが……」言葉を探した。そして思いだした。「とばりの向こうにあって。どこから来た表現でしたっけ？　〝とばりの向こうに、とばりの向こうに――〟」

「テニスンよ」クラリッサは迷うことなく言った。『イン・メモリアム』――まちがってなければ五十六節」

マリアナは微笑んだ。多くのフェローは頭に百科事典が一冊はいっているが、クラリッサの場合は図書館まるごとがはいっていた。教授は目を閉じ、それを暗唱しはじめた。

「〝ああ、ならば命のなんと無益で、脆弱（ぜいじゃく）なことか！／ああ、慰めと祝福のおまえの声を聞かせてくれ！／答えや救済の希望はあるのか？／とばりの向こうに、とばりの向こうに……〟」

マリアナは悲しくうなずいた。「そう……それです」

「昨今のテニスンの評価は、ちょっと低すぎるわね」クラリッサは微笑み、それから腕時計に目をやった。「今晩泊まっていくなら、部屋を確保しないと。守衛室に電話してあげましょう」

「ありがとうございます」

「ちょっと待って」

老婦人はよっこいしょと腰をあげ、本棚の前に行った。背表紙を指でなぞって、一冊の本を探しあてた。棚から抜き取って、マリアナの両手に押しつけた。

「さあ。ティミーが死んだあと、これがとにかく慰めになった」

黒い革張りの、薄い本だった。〝アルフレッド・テニスン　イン・メモリアム〟の文字が、褪せた金色で表紙に型押しされていた。

クラリッサは強い目でマリアナを見た。「読んでみなさい」

20

ミスター・モリスがマリアナの部屋を用意してくれた。彼はポーター長だった。守衛室で会って、マリアナは驚いた。懐かしいモリス氏のことはよく憶えていた。年配の優しいおじさんで、カレッジの内外で好かれており、学部生に甘いことで知られていた。けれども、そこにいたモリス氏は、長身でたくましい体つきの、三十にもならない若者だった。頑丈なあご、横分けにして撫でつけた焦げ茶色の髪。黒っぽいスーツに、青と緑のカレッジカラーのネクタイ、そして頭には黒い山高帽をかぶっていた。

驚いた顔のマリアナに、彼は微笑んだ。

「べつのだれかを想像していたようですね」

マリアナはきまり悪そうにうなずいた。「じつはそのとおりです――モリスさんがいるのかと――」

「あれはわたしの祖父です。数年前に亡くなりました」

「そうだったんですね。すみません――」

「いいんです。よくあることですから――おまえはじいさんの劣化版だと、ほかのポーターに年じゅう言われています」ウィンクして帽子を軽くあげた。「さあ、こちらへ。ご案内しましょう」

丁寧で格式ばった物腰は、今とはべつの時代のもののように感じられた。おそらく、今よりよかった時代の。

彼は断っても荷物を持つと言って譲らなかった。「ここではこうするものです。ご存じでしょう。セント・クリストファーは時間の止まった場所なんです」

彼はマリアナに笑いかけた。とてもくつろいだ様子で、堂々たる自信にあふれ、一国の主（あるじ）といった雰囲気を漂わせている。マリアナの知るかぎり、大学のポーターはみんなそうだが、これは当然のことだった。大学を日々仕切っている彼らの存在がなければ、すべてが一瞬にしてめちゃめちゃになってしまう。

マリアナはガブリエルコートの部屋までモリスのあとをついて歩いた。学生時代の最後の年に住んでいたのとおなじ中庭だった。横を通りながら懐かしい階段――セバスチャンと何度も駆けあがったりおりたりした石の階段――を見た。

中庭の隅まで行くと、風化して汚れた花崗岩の八角形の小塔があり、その内部に大学のゲストルームに通じる階段があった。なかにはいり、オーク材を壁に張った螺旋階段をのぼって二階にあがった。

モリスが開錠してドアをあけ、鍵をマリアナにわたした。

「さあどうぞ、こちらです」

「ありがとう」

なかにはいって室内を見まわした。出窓と暖炉のある小さな部屋で、ねじり装飾の柱のついた、オーク材の四柱式ベッドが置いてあった。ベッドには分厚い更紗の天蓋があり、カーテンでぐるりとふさがれている。ちょっと息苦しそうだとマリアナは思った。

「校友用の空いている部屋のなかでは、ましなほうです」モリスは言った。「少し狭めかもしれませんが」マリアナの荷物をベッドのそばの床に置いた。「快適に過ごしていただけるといいのですが」

「ご親切に、どうもありがとう」

殺人事件の話題はまだ出なかったが、マリアナはなんらかのかたちで触れておいたほうがいいように思った――ずっとマリアナの頭から離れないのだから。

「恐ろしいことが起こってしまいましたね」

モリスはうなずいた。「本当ですよ」

「大学のみなさんの動揺は大変なものでしょう」

「おっしゃるとおりです。うちのじいさんが生きてなくてよかった。ショックであの世行きなんてことになったかもしれない」

「彼女のことはご存じでした?」

「タラですか?」モリスは首を振った。「噂で知っていただけです。彼女は……有名だったと言っておきましょう。彼女とその友達はね」

「友達?」

「ええ、そうです。かなり……挑発的な女学生集団です」

「挑発的? 面白い言い方ですね」

「そうでしょうかね」

あえてひかえめに言っているが、マリアナはその理由が気になった。

「つまりどういうこと?」

モリスは微笑んだ。「少々……わかっていただけるかどうか、はしゃぎすぎるということです。彼女たちやそのパーティを、われわれはしっかり見張ってないといけなかった。何度か中止にさせたこともあります。いろんなことをやらかしてくれる」

「そうなの」

モリスの表情は読み取りにくかった。礼儀正しさと愛想のよさの裏に何があるのだろう、とマリアナは思った。本心では何を考えているのか。

モリスは微笑んだ。「タラのことが気になるなら、寝室係(ベッダー)に聞いてみるといいですよ。大学で何が起きているか、あの人たちはいつだって知っているようです。ゴシップから何から」

「ありがとう、憶えておくわ」

「ほかになければ、わたしはこれで。ごゆっくりお休みください」

モリスはドアまで歩いていって、そっと外に出た。ドアが静かに閉まった。

やっとひとりになった――長く疲れる一日だった。マリアナはくたくたで、ベッドに座り込んだ。

腕時計を見た。九時。このまま床に就くのがいい――けれど、眠れないのは明らかだった。それにはあまりに興奮し、動揺していた。

その後、一泊用の荷物をあけると、なかからクラリッサからわたされた薄い詩集が出てきた。

『イン・メモリアム』。

ベッドに腰かけて、表紙をひらいた。経年による乾燥で紙がうねってこわばり、ページがゆがんで波打っていた。パリパリと本をひらいて、ざらつく紙を指先でなぞった。

クラリッサはこの本についてどんなことを言っていた？　たしか、今読むと見え方がちがうはずだ、と。なぜだろう？　セバスチャンのことがあったから？

学生時代に読んだときのことは憶えている。多くの人とおなじで、彼女もこの詩のとんでもない長さに辟易した。三千行を超える分量があり、通して読みきっただけでものすごい達成感があった。当時は心に響くものはなかった——あのころはまだ若く、幸せで恋をしていて、悲しい詩には用はなかった。

むかしの学者による序文には、アルフレッド・テニスンが不幸な幼少期を過ごしたことが書かれていた。テニスン家の〝黒い血〟と呼ばれるものは有名だった。父は、酒と薬物におぼれた暴力的な虐待者。テニスンの兄弟はうつや精神病を患い、施設に入れられるか自殺するかした。アルフレッドは十八歳で家を飛びだした。そしてマリアナ同様、ケンブリッジの自由と美の世界に出会った。そこで愛も見つけた。その相手、アーサー・ヘンリー・ハラムとテニスンの関係が性的なものであったかどうかはともかく、深くロマンチックなものだったのはたしかで、一年生の終わりに出会ったその日から、ふたりは眠っているとき以外はずっといっしょだった。手をつないで歩く姿もよく目撃されたが、それも数年後の一八三三年までのことだった。ハラムが動脈瘤で急死したのだ。

ハラムを失ったテニスンが完全に立ちなおることがなかったのは明らかだ。彼は落ち込み、服装も乱れ、身づくろいもせず、自らの悲しみに屈した。打ちひしがれてぼろぼろだった。その後の十七年のあいだ、彼は悲嘆に暮れて、切れ切れの詩――行、節、哀歌――を書くだけで、しかもそのすべてはハラムを題材にしたものだった。最終的に、これらの詩句はひとつの長大な詩としてまとめられた。そして『イン・メモリアム』として出版されるや、英語で書かれたもっとも偉大な詩のひとつとして評価されるようになった。

マリアナはベッドに腰かけて読みはじめた。彼の声が痛々しいほど本物で、それが他人事でなく響くことにすぐに気づかされた――テニスンの声ではなく自分の声を聞いているような、言葉にできない思いを代弁してもらっているような、そんな不思議な幽体離脱のような感覚があった。〝胸の悲しみを言葉にすることは／半ば罪だとときどき思う／なぜなら言葉は大自然のように／その内にある魂を明らかにするが／隠しもするから〟。テニスンもマリアナとおなじように、ハラムが死んで一年後にケンブリッジを再訪する。ハラムと歩いた道を歩き、〝おなじように感じたが、おなじではなかった〟という感想をいだく――そしてハラムの部屋の前に立ち、〝ドアに別人の名がある〟のを見る。

やがて、あまりにも有名になって、慣用句として英語に取り入れられた数行が出てきた――多くの行に埋もれたなかから突然あらわれたそれは、うしろから忍び寄って不意打ちしたかのような威力を発揮して、マリアナをはっとさせた。

何が起ころうとも、この信念に変わりはない
一番悲しいときにこそ、思うのだ
愛して失うほうが
一度も愛さなかったよりましであると……

目に涙があふれた。本をおろして窓をのぞいた。けれど外は暗く、ガラスには自身の顔が映しだされていた。自分を見つめているうちに、涙がぼろぼろこぼれた。

どうするの？　マリアナは思った。あなたはどこへ行こうとしているの？

何をしようとしているの？

ゾーイの言うとおりだった——マリアナは逃げようとしている。でも、どこへ？　ロンドンに帰る？　プリムローズヒルの亡霊の暮らす家に？　あそこは家ではない——もはやマリアナが身を隠す巣穴でしかない。

ゾーイ本人が認めるかはともかく、彼女はマリアナにここにいてほしがっている。ゾーイを見捨てることはできない——それは論外だ。

ゾーイが礼拝堂の外で言ったことが、ふと頭によみがえった――セバスチャンはマリアナにここに残るように言っただろう。そのとおりだ。

セバスチャンはマリアナに、ひるむことなく戦ってほしいと望んだにちがいない。

では、どうする？

中庭でのフォスカ教授のパフォーマンスが脳裏によみがえった。〝パフォーマンス〟という言葉はぴったりかもしれない。話し方が妙に流暢で、軽くリハーサルをしてきたように聞こえなかっただろうか。ただし、そうだとしても彼にはアリバイがある。生徒に嘘を言わせたのならべつだが、それはあまり考えられないことで、つまり彼は無実にちがいなく……

それでも――

何かが引っかかった。何か腑に落ちない。

フォスカに殺すと脅された、とタラが訴えた。そして……その数時間後にタラは死んでいた。

あと何日かケンブリッジにいて、タラと教授との関係について探ってみてもいいかもしれない。フォスカ教授については、まちがいなく調べる価値はありそうだ。

それに警察が教授を追わないのなら、せめてマリアナが――ゾーイの友への義理として

――この若い娘の話にちゃんと耳を傾けて……真摯に受け止めてやってもいいのではないか。

ほかにそうする人がいないのだから。

第二部

わたしが多くの精神分析に関して反論したいのは、苦しむことはまちがいであるとか、弱さのしるし、さらには病気のしるしだとする先入観についてである。現に、われわれの知るもっとも偉大な真理の数々は、人々の苦しみから生まれてきたかもしれないのだ。

——アーサー・ミラー

ライストリュゴン族、キュクロプス、
荒れ狂うポセイドンに、出会うことはないだろう
きみが心にそれを宿していないかぎり、
きみの心がそれを眼前に出現させないかぎり。

——C・P・カヴァフィス
「イタケー」

1

今夜も眠れなかった。エネルギーがありあまり、神経が高ぶっていて。興奮しすぎだ、と母なら言っただろう。

だから眠ろうとするのをあきらめた――そして、散歩に出た。

街の人気のない通りを歩いていると、狐に出会った。近づいていくのが聞こえなかったらしく、狐は驚いて顔をあげた。

こんなに接近したのは初めてだった。なんて魅力的な生き物だろう！　毛並み、尻尾――そして、こっちをじっと見つめる、あの黒い目。

その目をのぞき込むと……何が見えた？

表現するのは難しい――創造の奇跡、万物の奇跡のすべてを、その瞬間、その動物の目のなかに見た。まるで神を見たようだった。そして——一瞬——妙な思いに打たれた。何かの存在を感じた。神が街なかの自分のとなりにいて、手を握ってくれている、そんな感覚がした。

ふいに安心感につつまれた。穏やかで安らかな気持ちになった——ひどい興奮状態がおさまって、錯乱したものが燃えつきたように。自分のべつの部分、いいほうの部分が、夜明けとともにあらわれてくるのを感じた。

でもそのとき——狐が姿を消した。陰のなかへと消えていき、そして太陽が昇ってきて……神はいなくなった。自分はひとりで、ふたつに分裂していた。

ふたりの人間でいたくない。ひとりの人でいたい。完全な存在になりたい。でも、自分に選択肢はないらしい。

そして、日が昇るなか、その通りに立っていると、記憶がよみがえってくる恐ろしい感覚があった——やはり夜明けだった。何年も前の。ちょうどこのような朝だった。

おなじ黄色い光。ふたつに分裂している、おなじ感覚。

場所はどこだ？

いつのことだ？

その気になれば思いだせるのはわかっている。だけど、思いだしたいのか？　それは必死になって記憶から消したものだった気がするが。自分は何をそんなに怖がっているのか？　父のことか？　パントマイム劇の悪役みたいに父が舞台の床からあらわれてきて、その父に打ちのめされると、今も信じているのか。

それとも怖いのは警察か？　突然肩に手を置かれること、逮捕され、罰せられることを恐れているのか――犯した罪の報いを受けることを。

なぜ、自分はこんなに怖がっているのか。

答えはどこかにあるはずだ。

どこを探せばいいかはわかっている。

2

翌朝、マリアナはゾーイに会いにいった。

ゾーイはまだ起きたばかりでぼんやりしており、片手でシマウマをつかみ、反対の手で顔からアイマスクをはずした。

カーテンをあけて外の光を入れようとするマリアナを、彼女はまぶしそうに見つめた。調子がよさそうには見えなかった――目が充血して、疲れた顔をしていた。

「ごめん、よく眠れなくて。ずっと嫌な夢を見てた」

マリアナはコーヒーを入れたマグを手わたした。「タラにまつわる？　たぶん、わたしもよ」

ゾーイはうなずいてコーヒーをすすった。「まるごと全部が悪夢みたい。信じられない――死んじゃったなんて」

「そうね」

涙がゾーイの目にあふれた。慰めたほうがいいのか、話題を変えたほうがいいのか、マリアナは迷った。結局、後者を選んだ。机に積まれた本を取って、タイトルをながめた——『モルフィ公爵夫人』、『復讐者の悲劇』、『スペインの悲劇』。

「あててみようか。今期のテーマは悲劇でしょ？」

「復讐悲劇」ゾーイは小さくうめいて言った。「ほんと、くだらない」

「面白いとは思わないの？」

「『モルフィ公爵夫人』はいいけど。笑える——というか、かなりとんでもないね」

「そうだったわね。毒を塗った聖書に、狼男に。だけど、なぜかちゃんと話として成立してない？　少なくとも、わたしはそう思った」マリアナは『モルフィ公爵夫人』を見た。

「もう何年も読んでないわ」

「今期、ADC劇場でそれが上演されるの。来て見てみたら」

「そうするわ。いい役じゃない。オーディションを受けてみたらいいのに」

「受けた。でもだめだった」ゾーイはため息をついた。「毎度のことだけど」

マリアナは微笑んだ。悪いことなど起こらなかったかのようなこのささやかな芝居も、ここまでだった。ゾーイが眉を寄せてマリアナをじっと見つめた。

「もう帰るの？　さよならを言うために来たの？」

「ちがう。帰らないわ。あと数日は、いることにした。いろいろ聞いてみようと思って。わたしに何かできることがあるかもしれない」

「そうなの？」ゾーイの目が明るくなって、しかめ面が消えた。「よかった。ありがとう」言いづらそうに口をひらいた。「あのね。昨日言ったことだけど——セバスチャンが代わりにいてくれたらって——ごめん」

マリアナは首を振った。気持ちはわかる。ゾーイとセバスチャンはむかしから特別な絆で結ばれていた。まだ幼かったころは、ひざを擦りむいたり、切り傷を負ったり、慰めてほしかったりすると、ゾーイはきまってセバスチャンのもとに駆けていった。マリアナは気にしなかった——父親の存在がいかに重要か理解していた。そして、両親を失って以来、ゾーイにとって一番父親に近いのがセバスチャンだった。マリアナは笑顔で言った。

「謝ることはないわ。セバスチャンはいざというとき、わたしよりはるかに頼りになった」

「いつもわたしたちを助けてくれてたよね。だけど今は……」ゾーイは肩をすくめた。

マリアナは励ますように微笑んだ。「今は、わたしたちがおたがいに助け合う。いいわね」

「わかった」ゾーイはうなずいた。それから気を引き締めて、しっかりした口調で言った。

「シャワーを浴びて着替えるから、二十分ちょうだい。これからどうするか、計画を——」

「どういうこと？　今日は授業はないの？」

「あるけど——」

「けどじゃないの」マリアナはきっぱり言った。「講義に出なさい。授業を受けなさい。お昼に会いましょう。そのときに話せばいいわ」

「だけど、マリアナ——」

「だめ。冗談は抜きに。忙しくしていることがいつも以上に大事よ——そして自分のやるべきことに集中する。いい？」

ゾーイは大きくため息をついたが、それ以上反論はしなかった。「わかった」

「よろしい」マリアナはゾーイの頰にキスをした。「じゃあ、またね」


マリアナはゾーイの部屋を出て、川のほうまで歩いていった。

大学のボートハウスを通り過ぎ、セント・クリストファー校所有のパントが土手に一列につながれて、水に揺れている横を過ぎた。

歩きながら患者たちに電話をかけ、今週のセッションの中止を申し入れた。

何があったかは話さなかった。家族の急用とだけ伝えた。患者のほとんどは快く受け容れてくれた。ただしヘンリーはちがった。いい反応は期待していなかったが、実際、そのとおりだった。

「ありがたいこった」ヘンリーは皮肉を込めて言った。「それはよかった。恩に着るよ」

緊急のことがあったと説明しようとしても、ヘンリーは聞く耳を持たなかった。子供のように、自分の欲求が満たされないことにしか頭がいかず、マリアナに罰を与えることにのみ関心があった。

「おれのことは気にならないのか？　どうでもいいと思ってるのか？」

「ヘンリー、今回は、わたしにはどうにもできないことで――」

「おれはどうなる？　いてくれないと困るんだよ、マリアナ。おれだってどうにもできない。いろいろあるんだ。おれは――おれは溺れかけていて――」

「どうしたの？　何かあったの？」

「電話じゃ話せない。きみが必要なんだ……なぜ家にいない？」

マリアナは立ちすくんだ。不在であることをなぜ知っているのだろう？　きっとまた家を見張っていたのだ。

頭のなかで一気に警報が鳴りだした――ヘンリーとのこの状況は看過できない。そもそもこうなることを許した自分に、マリアナは腹が立った。なんとかしなければ——ヘンリーをなんとかしなければ。でも、それをするのは今ではない。今日ではない。

「もう切らないと」マリアナは言った。

「どこにいるかわかってるよ、マリアナ。気づいてなかっただろう？　おれは見てるんだ。きみが見える……」

マリアナは電話を切った。怖くなった。川辺と両岸の歩道を見まわした——だが、ヘンリーの姿はどこにもなかった。

ないにきまっている。ヘンリーは怯えさせようとしただけだ。まんまとその手に乗ってしまった自分が悔しかった。

マリアナは首を振って、ふたたび歩きだした。

3

気持ちのいい朝だった。川沿いを行くと、柳のあいだから陽の光が差して、マリアナの頭上で葉が緑に輝いた。足元では、歩道に沿って野生のシクラメンが群生し、小さなピンクの蝶がとまっているようだった。そうした美しさは、自分がここにいる理由とも、考えていることともそぐわなかった。頭は殺人や死を中心にぐるぐるまわっていた。

わたしはなんでこんなことをしてるんだろう？　マリアナはそう思った。まったく、どうかしてる。

ネガティブな面を考えないようにするのは難しかった――自分にどんな知識が不足しているかということを。殺人犯の捕まえ方など、マリアナにはさっぱりわからない。ジュリアンとちがって、犯罪学者でも法心理学者でもないのだ。マリアナにあるのは、長年患者と接したなかで得た、人間の本性や人間の行動に関する直感的知識だけだ。でもきっと、それでなんとかなる――自信のなさを振りはらわなければ。そうでないと萎縮して何もできなくなってしまう。自分の勘を信じるしかないのだ。マリアナは少しのあいだ考えた。

どこからはじめよう？

最初にすべきは――そして一番大事なのは――タラを理解することだろう。どんな人間だったのか、だれを好きで、だれを嫌っていたのか――そしてだれを恐れていたのか。ジュリアンの読みは正しいように感じた。タラは犯人と知り合いだった。となると、彼女の秘密を探る必要がある。それほど大変なことではないだろう。こうした集団のなかや、回廊にかこまれた小さな社会ではゴシップが蔓延するもので、それぞれがたがいの私生活のきわどいところまでを知っている。たとえば、エドワード・フォスカと関係を持っていたというタラの主張に真実がふくまれていたとすれば、何かしら噂が立っていたはずだ。校内のほかの人たちから話を聞けば、かなり多くのことが知れるだろう。そこからはじめるのがいい――質問をしてみることから。

そしてもっと重要な、耳を傾けることから。

マリアナは川辺のなかでも比較的にぎやかな、ミル・レーンのそばまでやってきていた。散歩、ランニング、サイクリングする人たちが、先のほうにいた。彼らをじっと見つめた。あのうちのだれかが犯人でもおかしくない。今、そのへんにいるのかもしれない。

マリアナを見ているかもしれない。

どうやって犯人を見分ければいい？　ひとことで言えば、マリアナには無理だ。それに、どんなに専門的知識をひけらかしていようと、ジュリアンにも無理だ。彼はサイコパスについて問われれば、脳の前頭葉や側頭葉の損傷の話をし、あるいは、反社会性人格障害、悪性自己愛といった無意味なラベルを次々に持ちだし、加えて高い知性、表面的な魅力、誇大性、病的な虚言、道徳の軽視など、もっともらしい特徴を挙げるだろう。だが、そのいずれもあまり説明にはならない。ひとりの人間がどんな経緯で、あるいはどんな理由で、そのような非情な怪物になり、ほかの人間を壊れたおもちゃのようにめちゃめちゃに扱うようになってしまうのか、ということを明確にするものではない。

　むかしは精神病質（サイコパシー）はたんに〝邪悪〟と呼ばれていた。他人を傷つけ殺すことに喜びを覚えるような悪い人間の話は、メディア（ギリシャ神話に登場するコルキス王女。自分を裏切った夫イアソンへの復讐として、幼い息子二人を殺害する）がわが子に斧を向けたときから、あるいは、おそらくはそのずっと前から文字にされてきた。

　〝サイコパス〟という言葉は、切り裂きジャックがロンドンを恐怖に陥れたのと同じ一八八八年に、ドイツの精神科医が生みだしたもので、ドイツ語で〝苦しむ心〟を意味する〝プスュヒョパーティシュ〟に由来する。マリアナにとっては、この〝苦しみ〟というのが鍵だった——そういう怪物たちもまた苦しみのうちにあるという理解。彼らを被害者として見ることで、マリアナはより論理的に考えることができたし、より同情的にもなれた。

サイコパシーやサディズムは、どこかから湧いてくるものではない。いきなり伝染するウイルスともちがう。それには幼少期からの長い経緯があるのだ。

幼少期とは受け身の経験だとマリアナは思っている。つまり、他者への共感を知るには、まずは——親や養育者から——共感を示されなければいけない。タラを殺した男も、かつては幼い男の子だった。その子は共感も優しさも示されなかった。その子は苦しんだ——それも、ひどく苦しんだ。

とはいえ、とんでもない虐待環境で育つ子は大勢いる——そして、彼らは成長しても人殺しにはならない。それはなぜか？　マリアナのかつての指導者（スーパーバイザー）はよく言っていた——〝子供時代を救うのに多くのものはいらない〟。少しの優しさ、理解あるいは受け容れ。子供の現実に気づき、認め、その子の正気を保ってくれる人がいればいい。

マリアナが思うに、今回の場合は、そういう人がいなかったのではないだろうか。優しいおばあちゃん、大好きなおじさん、善意の隣人や先生はおらず、だれも彼の痛みに気づいて、それに名前をつけ、現実のものにしてくれなかった。彼にとっては虐待者にまつわることのみが現実であり、また、幼い子供の羞恥心（しゅうちしん）、恐怖、怒りの感情は、ひとりで対処するには危険すぎたし、その方法も知らなかったから、彼はその感情に対処しなかった。すなわち、それらを感じることをしなかった。彼はそうした感じることのなかった痛みと怒りとともに本当の自分を、黄泉の国に、無意識という霧深い世界に、生贄に捧げてしまったのだ。

彼は本当の自分との接点を失ってしまった。タラをあの離れた場所におびき出した男は、周囲から見てもそうだが、本人からしてみても知らない他人なのだ。その人物はみごとな演じ手なのだろう、とマリアナは思った——完璧なほど礼儀正しくて、愛想がよく、魅力的。だが、タラが何かで彼を挑発した——すると、彼のなかにいた怯えた子供が飛びだしてきて、ナイフに手を伸ばした。

だが、誘因はなんだったのか？

問題はそこだ。男の心をのぞいて、考えを読むことができればいいのだが——どこにいるかはわからないが。

「やあ」

うしろから声がして、マリアナはぎょっとした。慌ててふり返った。

「ごめん」彼は言った。「怖がらせるつもりはなかった」

フレッドだった。列車で出会ったあの青年。書類をわきにはさんで、自転車を押しながらりんごを食べていた。彼はにやりと笑った。

「僕を憶えてる？」

「ええ、憶えてるわ」

「きっとまた会うって言ったでしょう？　あれは予言だった。話したとおり、ちょっと霊感があるんだ」

マリアナは笑った。「ケンブリッジは狭い場所だからね。ただの偶然でしょう」

「信じてよ。物理学を学ぶ者として言ってるんだ。偶然というものは存在しない。今書いているこの論文で、じつはそのことを証明してる」

フレッドは書類の束にあごをしゃくったが、腕の下からすべって、数式の書かれた紙が道にばらまかれた。

「くそっ」

自転車を地面に放り、駆けまわって紙を回収した。マリアナもひざをついて手伝った。

「ありがとう」最後の何枚かを集めながら、フレッドが言った。

彼は顔の真ん前にいて、マリアナの目をじっとのぞき込んだ。一瞬、ふたりは見つめ合っていた。きれいな目をしている、とマリアナは思ったが、すぐにその考えを頭から追いはらった。地面から立ちあがった。

「まだいたなんて、嬉しいな」フレッドは言った。「しばらく滞在するの？」

マリアナは肩をすくめた。「どうかしらね。ここにいるのは姪のためよ――悪い知らせを受けたところでね」

「殺人のこと？　その姪は、セント・クリストファー校の学生でしょう？」

マリアナは戸惑って瞬きをした。「ええと、あなたにそのことを話したかしら」

「ああ——言ったよ」フレッドは慌てて先を続けた。「みんな、その話をしてる——何があったかって。僕も自分なりにいろいろ考えた。いくつか仮説があるんだ」

「仮説って？」

「コンラッドのこと」フレッドは腕時計に目をやった。「今は急いで行かないといけないけど、飲みにいく気はないよね？　たとえば——今夜とか？　そしたら話ができる」彼は期待する顔でマリアナを見た。「嫌じゃなければだよ。もちろん、無理にとは言わない——大げさに考えないで……」

フレッドはもじもじした。マリアナはきっぱり断って、この苦境から彼を救ってやろうと思った。けれど、何かがそれを止めた。彼はコンラッドについてどんなことを知っているのだろう？　もしかしたら知恵を借りられるかもしれない——何か役立つ情報を持っているかもしれない。試す価値はあるだろう。

「わかったわ」マリアナは言った。

フレッドは驚きと興奮を顔に浮かべた。「本当に？　すごいや。九時でどう？　〈イーグル〉は？　僕の携帯電話の番号を教えておくよ」

「番号はいらない。お店に行くわ」

「わかった」フレッドはにやにやしながら言った。「デートだ」

「デートじゃありません」

「ああ、そうだね。なんでそんなことを口にしたんだろう。まあいい……じゃあ、夜に」

彼は自転車にまたがった。

マリアナは川沿いの小道を走っていくフレッドを見送った。それから踵（きびす）を返し、大学のほうへもどりはじめた。

さあ、はじまりだ。腕まくりして仕事に取りかからなければ。

4

マリアナはメインコートを突っ切って、中年女性の一団のほうへ急いだ。熱々のマグカップでお茶を飲み、ビスケットを分け合い、おしゃべりに花を咲かせている。彼女たちが寝室係（ベッダー）だ――今は休憩中の。

〝ベッダー〟というのは大学特有の用語で、制度化された慣例のようなものだった――何百年か前から、ベッドメイク、ごみ回収、部屋掃除のために、大勢の地元女性が大学に雇い入れられてきた。もっとも、付け加えるなら、ベッダーは学生と日々顔を合わせることから、その役割が部屋の世話から悩み相談に変わることもめずらしくなかった。マリアナもセバスチャンと出会うまでは、ベッダーだけが日々の話し相手だったこともあった。

ベッダーの集団は近寄りがたかった。歩いていきながら、マリアナは少々怖じ気づいた。本音では学生たちのことをどう思っているのだろうかと、これが初めてではないが疑問に思った。労働者階級の出の彼女らは、ここにいる特権的でぬくぬく育った若者たちのような恵まれた立場にはない。

わたしたちみんなを憎たらしく思っているかもしれない、とマリアナはふと思った。そうだとしても責めはしない。

「おはようございます、みなさん」マリアナは声をかけた。

会話がやんで、しんとなった。女性たちは好奇心をのぞかせつつ、かすかに怪訝そうにマリアナを見た。マリアナは笑顔で言った。

「ひょっとして教えていただけないかと思って。タラ・ハンプトンのベッダーを探しているんです」

数人の頭が、うしろでタバコに火をつけている女性のほうを向いた。

年齢は六十代後半か、もしかしたらもっと上かもしれない。青いスモックを着ていて、掃除用具のはいったバケツと羽根のはたきを持っている。太ってはいないが、のっそりして、顔がまんまるだった。赤く染めた髪は根元が白く、毎日描く眉は、今日は額の高い位置にあって、驚いた表情をしているように見えた。自分ひとりが名指しされて、少しいらついているようだった。彼女は引きつった笑顔をマリアナに向けた。

「タラのベッダーはわたしですよ。エルシーです。どんなご用ですか」

「マリアナと言います。ここの元学生です。そして、ええと……」マリアナはとっさに考えて言った。「今は心理療法士をしています。タラの死の影響について、学内のいろんな人と話をするよう学寮長に頼まれているんです。もしよかったら……少しお話しできないかと思いまして」

マリアナはぎこちなく締めくくった。エルシーが餌に食いついてくるとはあまり期待できなかった。その観測はあたった。

エルシーは唇を引き結んだ。「わたしには心理療法士なんていりませんよ。おかげさまで、頭にはなんの問題もありませんから」

「そういうことじゃなくて——じつは、むしろわたし自身のためなんです。その——現在、調査をしていまして」

「まあ、どっちにしたって、そんな暇はないから——」

「時間はかかりません。よければお茶をごちそうします。それにケーキも」

ケーキという言葉にエルシーの目が輝いた。態度も軟化した。彼女は肩をすくめ、タバコを吸った。

「いいでしょう。だけど、時間はかけられない。お昼までにまだ階段を掃除しないといけないから」

エルシーは石畳でタバコをもみ消した。エプロンをはずしてべつのベッダーに押しつけると、相手はそれを無言で受け取った。

それからマリアナのほうにやってきた。

「ついてきて。いい場所を知ってるの」

エルシーはずんずん歩きだした。マリアナもあとに続いたが、背中を向けたとたんに、ほかの女性たちがしきりにささやき合うのが聞こえてきた。

5

マリアナはエルシーについてキングズパレードを歩いた。花や本や服を売る、緑と白のテントや露店でにぎわうマーケット広場を過ぎ、ぴかぴかの黒い柵ごしに白く輝く評議員会館を過ぎた。スイーツ店の前を通ると、砂糖やチョコレートソースの甘ったるい香りがあいたドアから漂ってきた。

エルシーは〈コパーケトル〉の赤と白の日除けの前で足を止めた。「ここがわたしの行きつけよ」

マリアナはうなずいた。この喫茶店は学生時代からあり、憶えていた。「どうぞ、お先に」

エルシーに続いてなかにはいった。店内は学生や観光客でにぎわっていて、それぞれが異なる言語で会話をしていた。

エルシーはケーキの並ぶガラスのカウンターに直行した。ブラウニー、チョコレートケーキ、ココナッツケーキ、アップルパイ、レモンメレンゲなどを、ひととおり見て吟味した。「本当はだめなんだけど。まあ……ひとつくらいなら」

カウンターのなかにいる、髪の白い年配のウェイトレスに顔を向けた。「チョコレートケーキをひとつ。それとイングリッシュブレックファストをポットで」そしてマリアナを顔でさした。「お金はこの人が」

マリアナは紅茶を注文し、ふたりは窓際のテーブルに座った。

沈黙が流れた。マリアナは微笑んだ。「もしかして、わたしの姪のゾーイをご存じですか？　タラの友達だったんですが」

エルシーはうめき声をもらした。よい印象はないらしい。「あら、あなたの姪御さんなの。わたしが世話をしてるわよ。なかなかの女主人だね、あの子は」

「ゾーイが？　どういう意味です？」

「わたしに対してずいぶんな態度だってこと——それも一度や二度じゃなく」

「そう——それは申し訳ありません。ゾーイらしくないわ。本人に言っておきます」

「そうして」

ぎこちない間があった。

そこへウェイトレスがお茶とケーキを持ってやってきた——今度は若くて愛らしい東欧

系だった。エルシーの表情がぱっと明るくなった。

「パウリーナ。元気だった？」

「元気ですよ、エルシー。あなたは？」

「聞いてないの？」エルシーは目を見ひらき、わざとらしく感情を込めて声を震わせた。「エルシーの大事な子のひとりが殺されたの――川辺で切り刻まれたのよ」

「ええ、もちろん聞いてます。かわいそうに」

「これからは行動に気をつけるのよ。危険だからね――あんたみたいにかわいい子が夜に出歩くのは」

「気をつけるようにします」

「そうして」エルシーは微笑んで、去っていくウェイトレスを見送った。それからケーキに注意を向け、おいしそうに食べはじめた。「悪くないね」口に運ぶ合間に言った。口のまわりにチョコレートがついていた。「ちょっと食べてみる？」

マリアナは首を振った。「いえ、結構です」

ケーキの効果でエルシーの機嫌がよくなった。彼女は口を動かしながらマリアナをしげしげと見た。「ところでさ」彼女は言った。「わたしが心理療法うんぬんの話を鵜呑みにするとは思わないでほしいわ。何が調査よ」

「読みが鋭いですね、エルシー」

エルシーはくすくす笑って、紅茶に角砂糖をひとつ落とした。「エルシーの目は節穴じゃない」

彼女には自分を三人称で呼ぶ不快な癖があるようだった。射抜くような目をマリアナに向けた。「なら聞かせて——本当はなんなの？」

「タラのことで聞きたいことがあって……」マリアナは内緒話をする口調で言った。「あなたは親しかったんですよね？」

エルシーはいくらか警戒した顔をした。「だれがそんなことを言ったの？　ゾーイ？」

「ちがいます——ベッダーとして彼女のいろんな面を見てきたと想像しただけです。わたし自身も、ベッダーにとてもなついてました」

「あらそう。よかったね」

「みなさんはとても重要なお仕事をなさっていると思います……ちゃんと評価されているかはわかりませんけど」

エルシーは力を込めてうなずいた。「ほんと、そうよ。ベッダーっていうと、出ている表面をちょこっと拭いたり、ゴミ箱を空にしたりするだけって思われがちだけど。でもね、子供たちは実家を出てきたばかりで、ひとりじゃなんにもできない。世話を焼いてもらわないとだめなの」彼女は愛らしく微笑んだ。「そこでこのエルシーが世話してあげるってわけ。毎日様子を見て、朝には起こしてやって、もしも夜中に首を吊ったら、死体を見つけるのもこのエルシーよ」

マリアナは驚いて、一瞬、言葉につまった。「最後に彼女を見かけたのは、いつですか？」

「死んだその日にきまってるでしょ……一生忘れないわ。哀れな娘が死に向かって歩いていくところを見たんだから」

「どういうことですか？」

「わたしは中庭にいて、仲間の何人かを待ってた――いつもいっしょにバスで帰るの。そしたら、タラが部屋から出てきたのが見えた。ひどく動揺してるみたいだった。手を振って声をかけたけど、なぜか聞こえないようだった。タラはそのまま歩いてった――そして帰らぬ人となった……」

「何時ごろでしたか？　憶えてます？」

「七時四十五分よ。時計を見たから憶えてる。バスに乗り遅れそうだったの」エルシーは舌打ちした。「最近じゃ、時間どおりに来やしないけど」

マリアナはエルシーにポットからお茶のお代わりを注いだ。

「ところで、タラの友達のことが気になっています。あなたはどんな印象をお持ちですか？」

エルシーは片眉をあげた。「ああ、あの子たちのことだね？」

「あの子たち？」

エルシーは微笑んだだけで答えなかった。マリアナは慎重に話を進めた。

「コンラッドは話のなかで〝魔女（ウィッチ）ども〟と呼んでました」

「あら、そう」エルシーはくすくす笑った。「クソ女（ビッチ）のほうが近いんじゃないかしらね」

「彼女たちのことが好きじゃないようですね」

エルシーは肩をすくめた。「実際には友達ですらなかった。タラはあの子たちを嫌ってた。タラによくしていたのは、あなたの姪だけでしょ」

「じゃあ、ほかの子たちは？」

「タラをいじめてたよ、かわいそうに。そのことでタラは、わたしの肩でよく泣いた。〝エルシー、あなただけが友達よ〟ってね。〝大好きよ、エルシー〟って」

エルシーは出ていない涙をぬぐった。マリアナは吐き気がした。今平らげたチョコレートケーキ並みに甘ったるい芝居だった。ひとことたりとも信じられなかった。妄想癖（もうそうへき）があるのか、昔ながらのただの嘘つきなのか、どちらかなのだろう。いずれにせよ、いっしょにいるのがだんだん苦痛になってきた。だがマリアナは我慢した。

「なんでタラをいじめてたんでしょう。理由がわかりません」

「どうせ嫉妬でしょうよ。タラはすごく美人だったから」

「なるほど……。もしかしたら、それ以外にも何かあったのかもしれませんね……」

「まあ、そういう話はゾーイに聞くのがいいんじゃないの？」

「ゾーイ？」マリアナは驚いた。「どういうことですか？　ゾーイがどう関係するんですか？」

エルシーは答える代わりに謎めいた笑みを浮かべた。「さて、それはいい質問だね」

その先は言わなかった。マリアナは腹が立った。「フォスカ教授についてはどうですか？」

「どうって？」

「タラに熱をあげていたとコンラッドは言っていました」

エルシーは感心もしないが驚きもしないようだった。「教授たって男でしょう？――ほかとなんにも変わりない」

「つまり？」

エルシーは鼻を鳴らしただけで何も言わなかった。会話が終わりに近づいてきた感じがあり、これ以上探っても冷たくあしらわれるだけのような気がした。そこでマリアナは、エルシーをここに連れてきて、おべっかとケーキで買収した本当の理由を、できるだけさりげなく話にはさみ込んだ。

「エルシー。ひょっとして……タラの部屋を見せてもらえません？」

「タラの部屋？」エルシーは断りそうな顔をした。けれど、少しして肩をすくめた。「まあ、べつにかまわないか。警察が来て家捜ししていったから、あした、きれいに掃除しようと思ってたけど……。じゃあ、このお茶を飲みおわったら、いっしょにぶらぶら歩いていくとしますか」

マリアナは満足して、微笑んだ。「ありがとう、エルシー」

6

エルシーはタラの部屋のドアの鍵をあけた。なかにはいって電気をつけた。マリアナもあとに続いた。

どこにでも見られるようなティーンエイジャーの個室だが、ふつうより散らかっていた。警察は痕跡を残さないように所持品を調べていったようで、タラはふらっと出かけただけで、いつでももどってきそうな感じがした。まだかすかに香水の残り香がし、調度にはマリファナの独特のにおいがまとわりついていた。

マリアナは自分が何を探しているのかわからなかった。警察が見逃した何かを見つけようとしているのだが、それは、つまりなんだろう？　手がかりが得られるかもしれないとゾーイが期待していた電子機器は、全部持ち去られていた――タラのパソコン、携帯電話、iPadは、すべてない。服は残っていて、一部はクローゼットにしまわれ、一部はアームチェアの上に放ってあったり床に積んであったりして、高価な服がぼろ布のように扱われていた。本も雑な扱いを受けていて、読みかけのままひらいて床に放置され、背表紙が割れていた。

「いつもこんなに乱雑だったの？」

「そうよ」エルシーは舌打ちし、甘やかすような声で笑った。「救いようがないね。わたしがいてお世話してやらなきゃ、いったいどうなってたか」

エルシーはベッドに腰かけた。どうやらマリアナに気を許したようだった。会話に壁を感じるどころか、今はむしろその逆だった。

「両親が今日、荷物を詰めにくることになってる」彼女は言った。「わたしがやりますと言ったの。そのほうが、あちらさんだって楽でしょうに。だけどなぜか、そうさせたくないらしい。気難しい人もいるもんだね。まあ驚かないけど。タラが親のことをどう思ってたか知ってるから。いろいろ聞いたよ。レディ・ハンプトンは澄ました嫌な女の典型で、わたしに言わせりゃ、レディなんかじゃない。夫のほうは……」

マリアナは、エルシーが出ていってくれれば集中できるのにと思いながら、話を聞き流した。小さな化粧台のところに行って、ながめた。ついている鏡には、フレームの縁に写真が貼ってあった。一枚は、タラと両親の写真だった。タラはびっくりするほど美しく、輝いて見えた。長い赤毛に、端正な顔立ち――ギリシャの女神の顔そのものだった。

化粧台にのったほかの品々を見た。香水の瓶がいくつか、化粧品、ヘアブラシ。マリアナはヘアブラシに目を留めた。赤い髪がからまっていた。

「とてもきれいな髪をしていたのよ」マリアナを見ていたエルシーが言った。「よく梳かしてあげた。タラはそうされるのが大好きだった」

マリアナは律儀に微笑んだ。縫いぐるみを手に取った——ふわふわのウサギが鏡に立てかけてあった。長年乱暴にされてぼろぼろになったゾーイの古いシマウマとはちがい、この縫いぐるみは妙にきれいで、ほとんど新品に見えた。

エルシーがすぐにその謎を解いてくれた。

「わたしが買ってあげたの。ここに来たばかりのとき、タラは淋しがっていたから。抱っこできる、やわらかいものが必要だった。それでそのウサギを買ってあげたの」

「優しいですね」

「エルシーは優しさのかたまりよ。湯たんぽもあげた。ここの夜はひどく冷えるからね。支給の毛布じゃ役にも立たない。段ボールみたいに薄くてさ」彼女はあくびをし、少し退屈しているような顔をした。「まだしばらくかかりそう？　いい加減に仕事にもどらないと。階段をもうひとつ掃除しないといけないから」

「待っていてもらうのは申し訳ないわ。もしよければ……あと何分かいてから、勝手に出ていってもいいですか？」

エルシーは一瞬考えた。「まあいいでしょう。じゃあ、わたしはちょっと外で一服して、仕事にもどるよ。出ていくときは、ドアをしっかり閉めてってね」

「ありがとうございます」

エルシーは部屋を出て、ドアを閉じた。マリアナは息を吐きだした。これでほっとした。あたりを見まわした。自分が何を探しているにせよ、それはまだ見つからない。目にしたらきっとピンと来るだろうと期待していた。何かしらの手がかり——タラの心のうちを知るヒントになるもの。マリアナの理解の助けとなるもの。でも、それはなんだろう？

チェストのほうに行った。引き出しをひとつずつあけて中身を確認した。気の滅入る陰気な作業だった。いわばタラの体を切りひらいて内臓を調べているような、外科的な気分がした。マリアナはタラのもっとも個人的な品々に目を通した——下着、化粧品、ヘア製品、パスポート、運転免許証、クレジットカード、子供のころの写真、赤ん坊時代のスナップ、自分用に書いたちょっとしたメモや記録、むかしの買い物のレシート、ばらのタンポン、空のコカイン容器、ばらのタバコ、マリファナの残骸。

不思議だった。セバスチャンとおなじように、タラも消えてしまった——持ち物すべてを残して。マリアナは思った——人が死んだあとは、残したすべては謎となり、所持品は当然ながら、他人の手でより分けられることになる。

もう、あきらめることにした。なんであれ、探していたものはここにはない。最初からそんなものは存在しないのかもしれない。マリアナは最後の引き出しを閉め、部屋を去ろうとした。

そして、ドアのところまで来たとき、何かにマリアナの足が止まり……そして、彼女はふり返った。もう一度、部屋を見まわした。

机の前の壁のコルクボードが目にはいった。お知らせ、チラシ、ポストカード、それに写真が二、三枚留めてあった。

ポストカードの一枚は、マリアナの知っている絵だった——ティツィアーノ作の絵画、『タルクィニウスとルクレティア』。マリアナは動きを止めた。絵をもっとよく見てみた。ルクレティアは自分の寝室のベッドの上にいて、裸で無防備な姿をさらしている。そこに覆いかぶさるようにしてタルクィニウスが立っている——光る短剣をあげ、突き刺そうと構えている。美しいが、とても不穏な絵だ。

ボードからポストカードを取った。裏返して見てみた。

裏面には黒いインクの手書きの文字で、何かの引用らしい文章が書いてあった。古代ギリシャ語の四行。

ἓν δὲ πᾶσι γνῶμα ταὐτὸν ἐμπρέπει:
σφάξαι κελεύουσίν με παρθένον κόρη
Δήμητρος, ἥτις ἐστὶ πατρὸς εὐγενοῦς,
τροπαῖά τ᾽ ἐχθρῶν καὶ πόλει σωτήριαν.

神託の一致するところによると、
敵を倒し、都を救うには、
高貴な生まれの乙女を、
デメテルの娘に捧げなければならない

マリアナは困惑の目でそれを見つめた。

7

マリアナが訪ねていくと、クラリッサは窓辺のアームチェアに座り、手にしたパイプの煙につつまれながら、ひざに置いた書類の添削をしていた。

「少しお話しできますか？」マリアナはドアのところから言った。

「あら、マリアナ？　まだこっちにいたのね？　さあ、いいから、おはいりなさい」クラリッサはマリアナを部屋に招き入れた。「座って」

「おじゃまじゃないですか？」

「学部生のエッセイの採点から解放されるなら、なんだって心底ありがたいわ」クラリッサは笑って書類を下に置いた。ソファに腰をおろそうとするマリアナに興味津々の目を向けた。「ここにいることにしたのね？」

「数日ですけど。ゾーイにはわたしが必要なので」

「よかった。何よりだわ。わたしもとても嬉しいし」クラリッサはパイプに火をつけなおして、しばらく吹かした。「さて、どんなご用かしら？」

　マリアナはポケットからポストカードを出し、クラリッサにわたした。「タラの部屋で見つけたんです。あなたがこれをどう理解するかと思って」

　クラリッサは絵を一瞬ながめてから、裏返した。片方の眉をあげ、引用文を声に出して読みあげた。「ἐὰν δὲ πᾶσι γνῶμα ταὐτὸν ἐμπρέπει: / σφάξαι κελεύουσίν με παρθένον κόρῃ / Δήμητρος, ἥτις ἐστὶ πατρὸς εὐγενοῦς, / τροπαῖά τ᾽ ἐχθρῶν καὶ πόλει σωτήριαν」

「それはなんですか？」マリアナは尋ねた。「わかります？」

「これは……エウリピデス（古代ギリシャの三大悲劇詩人の一人）でしょうね。まちがってなければ、『ヘラクレスの子供たち』。知ってるかしら？」

　マリアナはその悲劇を読むどころか聞いたことすらないことに、一瞬、恥の気持ちがよぎった。「どんな話でしたっけ？」

「舞台はアテナイ」クラリッサはパイプに手を伸ばして言った。「デモポン王はミュケナイ人から都を守るために戦いの準備をしていた」パイプを口の端にはさみ、マッチを擦って火をつけなおした。彼女は吸う合間に話した。「デモポンは勝算があるか知りたくて……神託にうかがいを立てた……。引用の箇所は、劇のその場面のものよ」

「そうですか」

「役に立った？」

「あんまり」

「あら」クラリッサは煙をはらった。「どこでつまずいているの？」

その質問にマリアナは微笑んだ。クラリッサはときどき聡明さゆえに鈍くなる。「わたしの古代ギリシャ語はちょっと錆びついていて」

「ああ……そう。それはそうよね。悪かったわ――」クラリッサはポストカードに目をやり、翻訳した。「ざっと言うと、こう……〝どの神託も一致している。敵を倒し、都を救うには……乙女を犠牲に捧げなければならない――高貴な生まれの乙女を――〟」

マリアナは驚いて目をひらいた。「高貴な生まれ？　そう書いてあるんですか？」

クラリッサはうなずいた。「πατρὸς εὐγενοῦς の娘、つまり高貴な男の娘を……κόρη Δήμητρος に犠牲として捧げないといけない……」

「〝Δήμητρος〟？」

「女神デメテル。そして〝κόρη〟の意味は知ってのとおり――」

「〝娘〟」

「そのとおり」クラリッサはうなずいた。「高貴な乙女を、デメテルの娘、すなわちペルセポネに捧げなければならない」

動悸(どうき)が激しくなるのを感じた。ただの偶然にきまってる、とマリアナは思った。とくに何かを意味するわけじゃない。

クラリッサが笑顔でポストカードを返してよこした。「ペルセポネはどちらかというと復讐心の強い女神だった。もちろん知ってるでしょうけど」

マリアナはうまく言葉が出せず、ただうなずいた。

クラリッサが顔をのぞき込んだ。「大丈夫、あなた？　ちょっと顔色が――」

「大丈夫です……ただちょっと――」

一瞬、自分の心情をクラリッサに説明してみようかと思った。けれど、何を話したらいいのだろう。この復讐に燃える女神が自分の夫の死にかかわっているという、迷信のようなことを考えていると？　そんなことを言えば、正気を疑われないわけがない。だから代わりに肩をすくめて言った。「ちょっと皮肉を感じただけです」

「皮肉？　ああ、タラが高貴な出で、犠牲に捧げられたと言えなくもないから？　ほんと、このうえなく不快な皮肉だわ」

「それ以上の意味はないと思いますか？」

「つまり、どんな？」

「自分でもわかりません。ただ……なぜ、これがタラの部屋にあったのか。このポストカードはどこから来たのか」

クラリッサは投げやりにパイプを振った。「ああ、その答えなら簡単よ……タラは今期、ギリシャ悲劇の論文を書いていた。劇の一部を書き写したとしても、まったく不思議ではないでしょう」

「ええ……そうかもしれませんね」

「たしかに、彼女らしくないとは言えるけど……。きっと、フォスカ教授もそう言うでしょうね」

マリアナは瞬きをした。「フォスカ教授？」

「彼がギリシャ悲劇を教えていたの」

「なるほど」マリアナはできるだけ何気なく言った。「そうなんですね」

「そうよ。なんといっても彼は専門家だから。すばらしい才能よ。ここにいるあいだに講義をのぞいてみるといいわ。すごく感銘を受けるから。あのね、彼の講義は学部で一番出席者が多いの——学生は教室にはいるのに階段の下から列をつくり、席が見つからない生徒は床に座る。そんなの前代未聞でしょう？」クラリッサは笑ったあとで慌てて付け加えた。「もちろんわたしの講義だって、いつもかなり出席者が多いわ。その点はとても恵まれてるわね。だけど、あそこまでじゃない……。ねえ、フォスカ教授に興味があるなら、ゾーイと話してみるべきよ。一番よく知ってるから」

「ゾーイが？」マリアナはそれを聞いて驚いた。「そうなんですか？　どうして？」

「だって彼はゾーイの学習指導教官ですからね」

「そう」マリアナは考えながらうなずいた。「わかりました。そうします」

8

マリアナはゾーイを昼食に誘った。ふたりは最近オープンした、近くの手頃なフランス料理店に足を運んだ。食べ盛りの学生が好んで親戚を連れていく店だった。

マリアナが学生だったころにあったレストランより、だいぶ洗練されていた。にぎわっていて、会話と笑い声と、カトラリーが皿にあたる音が店に響いていた。にんにく、ワイン、肉の焼けるにおいが食欲をそそる。ベストにネクタイ姿のエレガントなウェイターが、マリアナとゾーイを隅のブースまで案内した。テーブルには白いクロスがかかっていて、椅子は黒い革張りだった。

少し贅沢をして、まずはロゼのシャンパンのハーフボトルを注文した。マリアナらしくない行動に、ゾーイが眉をあげた。

「たまにはいいじゃないの」マリアナは肩をすくめた。「ふたりとも、元気をつけたほうがいいし」

「べつに文句はないけど」ゾーイは言った。

シャンパンがやってくると、分厚いクリスタルグラスのなかで輝くはじけるピンクの泡に、ふたりの気分はだいぶ華やいだ。最初はタラのことも、殺人事件のことも話題にしなかった。話から話へと飛び、近況を伝え合った。ふたりはセント・クリストファー校での勉強のこと、ゾーイが三年目を迎えて感じていること、人生や将来やりたいことが見えてこず、もやもやしていることなどについて話をした。

恋愛の話もした。付き合っている人はいるのかと、マリアナはゾーイに尋ねた。

「いるわけないでしょう。ここにいる子はみんな幼すぎる」彼女は首を振った。「おひとりさまで十分満足。この先も、恋なんてしない」

マリアナは微笑んだ。そんなふうに話すのを聞くと、まだとても若いのだと感じる。静かな川は、深い流れを秘めているもの。本人はこう言っているが、もしも恋に落ちたら、きっと深く激しい恋愛になるのだろうとマリアナは思った。

「そのうちね」マリアナは言った。「待ってなさい。いつか、そういうことになるから」

「ならない」ゾーイは首を振った。「遠慮しとく。わたしの知るかぎり、愛なんて悲しみをもたらすだけだから」

マリアナは思わず笑った。「ちょっと悲観的ね」

「現実的って言いたいんじゃない？」

「ちがうわよ」

「セバスチャンとの場合はどうなった？」

わざと弱いところを狙ってさらりと放たれた一撃に、マリアナは不意を突かれた。一瞬、声が出なかった。

「セバスチャンは悲しみ以上のものをもたらしてくれた」

ゾーイはすぐにすまなそうな顔をした。「ごめん。動揺させたくて言ったんじゃなくて、ただ――」

「大丈夫よ。動揺はしてない」

だが、大丈夫ではなかった。この素敵なレストランにいてシャンパンを飲んでいると、しばらくのあいだは、殺人事件も嫌な出来事の数々もなかったものにできたし、今この瞬間という、小さな守られた場のなかで幸せにしていられた。しかし今、そこにゾーイが穴をあけ、悲しみ、不安、恐怖がふたたびどっと迫ってくるのをマリアナは感じた。

ふたりはしばらく黙って食べた。少しして、マリアナは低い声で言った。

「ゾーイ。あなたは大丈夫なの……？　タラのことだけど」

ゾーイは一瞬、無言だった。肩をすくめた。顔をあげることはしなかった。

「なんとかね。元気じゃないけど。ずっと考えちゃうの——あんな死に方をしたことについて。どうしても——頭から離れない」

ゾーイはマリアナを見た。マリアナはもどかしい共感を覚えた。問題をすっかり片づけて、ゾーイの痛みを取り除いてあげたい。小さいころよくやったように、傷に絆創膏を貼って、よくなりますようにとキスしてあげたい。でも、それは不可能だ。マリアナはテーブルの向こうに手を伸ばし、ゾーイの手を握りしめた。

「今はそうは思えないでしょうけど——でも、きっと楽になるから」

「そう？」ゾーイは肩をすくめた。「セバスチャンが死んでから、もう一年以上になる——でも全然楽にならない。今でもつらいよ」

「そうね」マリアナは反論する気になれず、うなずいた。ゾーイの言うとおりなのだから、否定してもしょうがない。「わたしたちにできるのは、みんなとの思い出を大切にすることと——それができる最善のことね」

ゾーイはマリアナの視線を受け止めて、うなずいた。「そうだね」

マリアナは続けた。「そして、タラのためにできる一番のことは——」

「犯人を捕まえること？」

「そう。絶対に捕まえるわよ」

ゾーイはその考えに慰められたようだった。彼女はうなずいた。「それで、何か進展はあった？」

「じつはね」マリアナは微笑んだ。「タラのベッダーのエルシーと話をしたの。そしたら彼女は――」

「ちょっと待ってよ」ゾーイはあきれたように目をまわした。「言っとくけど、エルシーはソシオパスだからね。タラはあいつを嫌ってた」

「そうなの？　エルシーは、ふたりはとても仲がよかったって……。それから、あなたに失礼な態度をされたとも言ってたわ」

「だってサイコなんだもん。ぞっとする」

サイコという言葉では表現しないが、マリアナもゾーイの印象にまったく不賛成なわけではなかった。「そうだとしても、失礼な態度を取るのはあなたらしくない」マリアナはためらいつつ続けた。「それから、あなたはわたしに話した以上のことをいろいろ知ってるんじゃないかと、エルシーはほのめかしてた」

マリアナはゾーイを注意深く観察した。だが、ゾーイは肩をすくめて軽く受け流した。

「言わせておけばいい。タラから部屋に出入り禁止にされたって話もしてた？　いつもノックなしにはいってきて、シャワーから出てくるところを待ち伏せしようとするから。ほとんどストーカーだった」

「そうなの」マリアナは一瞬考えてからポケットに手を入れた。「これについてはどう思う？」

タラの部屋で見つけたポストカードを出した。文章を訳して、ゾーイの意見を尋ねた。

「タラが書いた可能性はあると思う？」

ゾーイは首を振った。「ないでしょうね」

「どうしてそう思うの？」

「タラははっきり言って、ギリシャ悲劇になんてまったく興味がなかった」

マリアナは思わず笑みをこぼした。「送った人に心当たりは？」

「さあ、どうだろう。ずいぶん変わったことをするよね。すごく気味の悪い文だし」

「フォスカ教授についてはどう思う？」

「どうって？」

「彼が書いたとは思わない？」

ゾーイは肩をすくめた。自信がなさそうだった。「可能性はあるでしょうけど――でも、なんで古代ギリシャ語で書いて送るの？　それに、なんでそのメッセージ？」

「疑問はそこね」マリアナはひとりでうなずいた。ゾーイのことをじっと見つめた。「彼のことを教えて。教授のことを」

「何を？」

「どんな人か、とか」

ゾーイは肩をすくめ、かすかに眉を寄せた。「ねえ、マリアナ。教授のことは、むかしひととおり話したよ。教わるようになった最初のころに。マリアナとセバスチャンに話した」

「そう？」記憶がよみがえってきて、マリアナはうなずいた。「ああ、そういえば――アメリカ人の教授。それね。思いだしたわ」

「ほんと？」

「ええ、なぜか頭に残ってた。あなたが教授を好きなんじゃないかってセバスチャンが疑ってた記憶があって」

ゾーイは顔を引きつらせた。「それはまちがってる。そんなことはなかった」

弁解がましい口調で、それに、ずいぶんむきになって言ったので、じつはゾーイは本当に好きだったのではないかとマリアナはふと疑った。そうだったとして、どうだというのだ。学生がチューターに恋心をいだくのはめずらしいことではないし、相手がエドワード・フォスカのようなカリスマ性のある色男なら、なおのことだ。

けれども、マリアナはゾーイの態度を読みちがえているのかもしれない……。まったくべつの何かを感じ取ったのかもしれない。

ともかくこの件は、しばらくは放っておくことにした。

9

ランチのあと、ふたりは川沿いを歩いて大学にもどった。

ゾーイはチョコレートのアイスクリームを買って、夢中になって食べていた。歩きながら、しばらくはなごやかな沈黙が続いた。

そのあいだずっと、マリアナはダブルイメージのようなものが見えているのを意識した――現在の風景に、べつの映像が淡く重なっていた。まさにこの石の割れたおなじ道を歩きながら、やはりアイスクリームを食べている、幼かったころのゾーイの記憶。学生だったマリアナを訪ねてきて、セバスチャンと初めて会った日のことだ。ゾーイがシャイだったこと、セバスチャンが簡単な手品を見せてなごませたことを、マリアナは憶えている。ゾーイの耳のうしろから一ポンド硬貨を出すという手品で、その後何年もゾーイはその手品を喜んだ。

もちろん今ではセバスチャンもいっしょに歩いていて、現在の上にもうひとり、ぼんやりした像が重なった。

妙なことが記憶に残っているものだ、とマリアナは思った。雨風で傷んだ古い木のベンチを、歩きながら横目でながめた。マリアナの期末試験のあと、セバスチャンとそのベンチに座り、ふたりでクレームドカシスを混ぜたプロセッコでお祝いをして、前の晩にセバスチャンがパーティでくすねてきた青い箱のゴロワーズを吸った。彼にキスをしたこと、唇にタバコに混ざってかすかにリキュールの香りが残っていて、とても甘い味がしたことを、マリアナは憶えていた。

ゾーイがマリアナを見た。「ずいぶん無口だけど。平気?」

マリアナはうなずいた。「ちょっと座っていかない?」それから慌てて言った。「このベンチじゃなくて」先のほうにあるべつのベンチを指さした。「あそこに」

ふたりはそこまで歩いていって、腰をおろした。

柳の木漏れ日の下の、川を目の前にした安らげる場所だった。柳の枝がそよ風に揺れ、先端が気だるく水面をなぞっている。マリアナはパントが橋をくぐっていくのをながめた。

そこへ一羽の白鳥が泳いできて、マリアナは目でそれを追いかけた。

くちばしがオレンジ色で、目のまわりに黒い模様があった。少しくたびれて見えた。かつて美しかった羽は、首のあたりが汚れてくすみ、川の水で緑に染まっている。それでも、目を引く生き物であることは変わらない。ぼろぼろでも悠然として、とても尊大だった。白鳥は長い首をまわして、マリアナのいる方向を見た。

気のせいだろうか――それとも、実際にマリアナを真っすぐに見ているのだろうか。少しのあいだ、白鳥はじっとこっちを見つめていた。その黒い目で、冷静に彼女を評価しているようだった。

やがて品定めは終わった。白鳥は首をもどし、マリアナは解放され、そして忘れられた。目で追ううちに、白鳥は橋の下へ消えていった。

「ねえ、教えて」ゾーイを見て言った。「彼のことが嫌いなんでしょう？」

「フォスカ教授のこと？　そんなことは言ってないはずだけど」

「そういう印象を受けたの。嫌いなの？」

ゾーイは肩をすくめた。「さあね……。あの教授は――見ていて目がくらむというか」

意外な答えで、言わんとすることがマリアナにはよく理解できなかった。「そして、目がくらむのは嫌なの？」

「当然でしょ」ゾーイは首を振った。「わたしは自分の行き先をちゃんと見ていたい。それに、あの教授には何かがあるの――どう表現していいかわからないけど――なんか演技しているというか、自分を偽ってるというか。自分の本当の姿を人に見せようとしないっていうのかな。でも、たぶんわたしがまちがってるのかも……。ほかのみんなは、彼をすごい人だと思ってる」

「そうね、クラリッサも彼はとても人気だと言っていた」

「もう、びっくりよ。崇拝者の集まりみたい。とくに女子はね」

タラの追悼礼拝でフォスカを取り巻いていた白い服の女性たちのことが、ふと頭にのぼった。「タラの友達のことを言っているの？　あの女の子のグループ。あなたも友達じゃないの？」

ゾーイは激しく頭を振った。「まさか。わたしはあの子たちを伝染病みたいに避けてる」

「そうなの。彼女たちはあまり受けがよくないようね」

ゾーイは鋭い視線でマリアナを見た。「それはだれに聞くかによるでしょうね」

「つまり？」

「あの子たちはフォスカ教授のお気に入り……彼のファンクラブよ」

「ファンクラブって、どういうこと？」

ゾーイは肩をすくめた。「教授の個人的な勉強会のメンバー。秘密の集まりの」

「どうして秘密なの？」

「内輪だけのものだから――教授の〝特別な〟生徒たちだけの」ゾーイはうんざりした目をした。「教授は〈乙女たち(メイデンズ)〉って呼んでる。こんな間抜けな話ってある？」

「〈メイデンズ〉？」マリアナは顔をしかめた。「全員が女子なの？」

「そういうこと」

「そう」

マリアナはやっとわかった――少なくともわかりはじめた。この話がどこにつながるのか、なぜゾーイの口が妙に重かったのか、なんとなく見えてきた。

「タラも〈メイデンズ〉だったのね？」

「うん」ゾーイはうなずいた。「そう」

「なるほど。ほかの子たちは？　会えるかしら？」

ゾーイは顔をゆがめた。「会いたいの？　フレンドリーって感じの子たちじゃないよ」

「今はどこにいる？」

「今？」ゾーイは時計を見た。「ええと、あと三十分でフォスカ教授の講義がはじまる。みんなそこに来ると思う」

マリアナはうなずいた。「じゃあ、わたしたちも行くわよ」

10

マリアナとゾーイはぎりぎりの時間に英語学部に到着した。

階段教室の棟の外にある掲示板を見て、その日のスケジュールを確認した。フォスカ教授の午後の講義の場所は、二階の一番大きな教室だった。ふたりはそこへ向かった。

階段教室は明かりのよくはいる広々した空間で、暗い色の木の机が上のほうから段状に並び、一番下にある舞台には演台とマイクが設置してあった。

フォスカの講義の人気はクラリッサから聞いたとおりで、教室は人であふれていた。ふたりはうしろのほうの高い場所に空いている席を見つけた。待っている学生たちからは期待が感じられ、ギリシャ悲劇の授業というよりコンサートか演劇の公演のようだとマリアナは思った。

やがてフォスカ教授がはいってきた。

黒のしゃれたスーツに身をつつみ、髪はうしろできっちり結って小さくまとめている。

メモをはさんだフォルダーを手に舞台を進んでいって、演台にあがった。マイクを調整して、しばし教室を見わたし、そして頭を垂れた。

聴衆のあいだに興奮の波が広がった。話し声がやんでいって、しんとなった。マリアナは少々懐疑的な気持ちにならざるを得なかった――グループ理論を学んだ経験から、一般的に、教師に夢中になる集団には注意がいると心得ていた。そうした状況は大抵いい結末を迎えない。フォスカの姿は講師というより悩めるポップスターで、今にも歌いだすのではないかとマリアナは半ば期待した。だが彼は、顔をあげても歌わなかった。驚いたことに、目に涙があふれていた。

「今日はタラのことを話したい」フォスカは言った。

周囲でささやく声がし、いくつかの頭がふり返り、たがいに目を見交わす様子が見られた。学生らはこれを待ち望んでいたのだ。泣きだす子さえ何人かいた。

フォスカの目からも涙がこぼれ、頰を流れたが、彼はぬぐおうとしなかった。涙にあえて反応せず、声は落ち着いて揺るぎないままだった。とてもしっかりした発声で、マイクはいらないようにマリアナには思えた。

ゾーイはなんと言っていた？　フォスカはいつも演技をしている？　本当にそうなら、とても上手な演技で、まわりの聴衆とおなじようにマリアナも心を動かされずにはいられなかった。

「みんなの多くが知ってのとおり、タラはわたしの生徒だった」フォスカは言った。「今ここに立っているわたしは――深い悲しみのうちにある。もう少しで〝絶望している〟と言うところだ。今日は休講にしたかった。だがわたしは、タラの強さ、勇気が、何より好きだった。われわれが絶望に屈したり、憎しみに負けたりすることを、彼女は望まないだろう。われわれは前に進まないといけない。それこそが悪に対する唯一の報いで……友を偲ぶ一番の方法だ。わたしは今日、タラのためにここにいる。きみたちもおなじだ」

拍手が鳴り響き、聴衆から歓声があがった。フォスカはそれを受けて小さくお辞儀をした。自分のメモを集めてふたたび顔をあげた。「それでは、みなさん――授業にはいろう」

フォスカ教授はみごとな演者だった。ほとんどメモを参照することがなく、講義全体を即興で進めているような印象を聞き手に与えた。生き生きとして、人を惹きつける魅力とウィットと情熱があり、何より存在感がすごかった。まるで聴衆のひとりひとりと直接語り合っているかのようだった。

「今日は、数あるテーマのなかでも、ギリシャ悲劇における敷居（リミナル）について話をするのがいいんじゃないかと思った。さて、リミナルとはどのような意味か？　死か不名誉かの選択を迫られたアンティゴネーや、ギリシャのために死を覚悟したイピゲネイア、あるいは自らの目をつぶして道をさまようことを決意したオイディプスなどを思い浮かべてほしい。リミナルとは、ふたつの世界のあいだのこと、人間であることのぎりぎりの境目のことだ。すべてをわが身から剝ぎ取られる場所、この世を越えてその先にあるものを経験しようとする場所。そして、心に響く悲劇はそれがどんな感覚なのか、われわれに想像させてくれる」

フォスカはそう言ってから、背後の大型スクリーンにスライドを映しだした。ふたりの女性の大理石のレリーフで、裸の若者の両脇にそれぞれが立ち、右手を若者に差しのべている。

「このふたりの女性がだれかわかる人は？」

あちこちで首が振られた。マリアナにはなんとなく察しがついたが、自分の答えがまちがっていることを強く願った。

「このふたりの女神は、エレウシスの秘儀に若者を導こうとしている。言うまでもなく、これはデメテルと、娘のペルセポネだ」

マリアナは息を吞んだ。気が散らないように必死に耐えた。どうにか集中した。

「エレウシスの秘儀は」フォスカは言った。「まさに生と死のリミナルにいる体験を、そして死を乗り越える体験をさせてくれる。この一派はなんだったのか。エレウシスはペルセポネの物語だ。コレ、すなわち〈乙女(メイデン)〉との別称を持つ彼女は、死の女神であり、冥界の女王で……」

フォスカは話しながら、一瞬マリアナと目を合わせた。そしてごくかすかに微笑んだ。知っているのだ、とマリアナは思った。セバスチャンの身に何が起きたか知っていて、だからこんなことをしている。わたしを苦しめるために。

でも、知りようがあるだろうか？　不可能だ。あり得ない。マリアナはだれにも、ゾーイにさえ、話したことがないのだから。ただの偶然——それだけ。なんの意味もない。マリアナは無理にでも自分を落ち着かせ、講義に集中した。

「エレウシスの地で娘を失ったデメテルは世界を冬の闇に陥れ、とうとうゼウスが介入せざるを得なくなった。ゼウスは毎年六カ月のあいだだけ、ペルセポネに死からよみがえることを許した。それが今の我々が経験する春と夏だ。そして、ペルセポネが冥界にいる六カ月のあいだは、秋と冬が訪れる。光と闇——生と死。このペルセポネの旅は、生から死、また生へと終わりなく続き、それがエレウシスの信仰を生んだ。そして、冥界への入り口であるエレウシスにおいて、人々はこの秘儀に参加し、女神とおなじ体験をすることができるんだ」

フォスカが声を落とすと、一言一句を聞き逃すまいと首を伸ばして前のめりになる姿が、あちこちに見られた。学生は意のままに操られていた。

「エレウシスの儀式の核心部分は、数千年来、秘密のままだ。儀式、秘儀は〝口にすることはできない〟――なぜなら、それ自体が人々を言葉を超えた先へと導く試みだからだ。儀式にあずかった者はもとにはもどれない。幻覚、霊的なものの出現、死後の世界への旅路、そんな話も伝わっている。儀式はすべての人にひらかれていた――男、女、奴隷、子供。ギリシャ人である必要さえなかった。唯一の条件は、ギリシャ語を理解することだ。言われたことが理解できないといけないからね。まず準備として、人々は〝キュケオン〟と呼ばれるものを飲まされた――大麦でつくられた飲料だ。この特定の大麦には麦角菌(ばっかくきん)という黒い菌がふくまれていて、これには幻覚作用があり、数千年後には、この菌からLSDがつくられることになる。ギリシャ人は知ってか知らずか、みんな軽くトリップしていたんだ。幻覚の一部は、もしかしたらこれが原因だったかもしれないな」

フォスカがウィンクしてそう言うと、笑いが起こった。おさまるのを待って、今度は真面目な口調で先を続けた。

「少しのあいだでいい、想像してみてほしい。きみたちは、今、その場所にいる――興奮と不安を感じるだろうか。真夜中に〈死霊託宣所〉のそばにみんなが集められ、神官に導かれて石室へ、そして奥の洞窟へとはいっていく。明かりは神官らの持つ松明しかない。とても暗くて、煙かったことだろう。冷たく湿った石。地下世界へとどんどんくだっていって、巨大な広間に出る——まさに〈冥界〉との境にあるリミナルな空間だ。テレステリオンと呼ばれるこの場所で、秘儀は行われる。ものすごく広くて、大理石の柱が四十二本もそびえ、さながら石の森といったところだ。一度に数千人の入信者がはいることができ、アナクトロンと呼ばれるべつの神殿をまるごと収容する大きさがあった。アナクトロンは神官だけがはいれる神聖な場所で、〈乙女〉の聖具がそこに保管されていた」

フォスカは話をしながら黒い瞳を輝かせた。自分の言葉の呪文でそれを出現させたかのように、彼は目の前に光景を見ていた。

「そこで何が行われたか、正確なことは永遠にわからないだろう——エレウシスの秘儀はいつまでたっても秘密のままだ。ただし、秘儀を授けられた者たちは、死と再生を経験して、夜明けとともに光のもとに出てくる。人間とは何か、生きているとは何かという新たな理解を得て」

フォスカはそこで言葉を切り、聴衆をしばしながめた。そして、これまでとは異なる、静かで、切実で、感情に訴えるトーンで先を続けた。

「いいか——これこそが、古代ギリシャ演劇の肝なんだ。人間であるとは、どういうことか。生きるとは、どういうことか。もしも読んでいてそこのところを見落としているとしたら——死んだ言葉が並んでるだけに見えているなら——それは、肝心な部分を全部を見落としているということだ。演劇についてだけじゃない——今あるきみらの人生においても同じことが言える。もしも、超越的なものに気づいてないなら、幸運にも自分が触れている、生と死の荘厳な神秘に気づいてないなら——それで歓喜に満たされ、畏敬（いけい）の念に打たれることがないなら……きみらは生きてないも同然だ。それが悲劇のメッセージだ。この奇跡にあずかりなさい。自分のため——そしてタラのために——きみたちは**人生を生きろ**」

教室がしんと静まり返った。そしてその後、熱く激しい拍手がいっせいに湧き起こった。拍手はしばらく鳴りやまなかった。

11

ゾーイとマリアナは講義室から出るために階段に並んだ。

「で？」ゾーイは興味津々の顔で言った。「どう思った？」

マリアナは笑った。「〝目がくらむ〟っていうのは的確な表現ね」

ゾーイはにんまりした。「でしょ」

ふたりは太陽の下に出た。マリアナは周囲にたまっている学生たちをよく見てみた。

「彼女たちはいるの？　〈メイデンズ〉は？」

ゾーイはうなずいた。「あそこ」

示された先には、ベンチをかこんでおしゃべりをする六人の女の子がいた。四人が立ち、ふたりが座り、何人かはタバコを吸っていた。

学部をうろうろしているほかの学生たちとはちがって、だらしなくも、服が奇抜すぎることもない。着ている服は上品で高そうに見えた。どの子も身だしなみに気を配っていて、化粧をほどこし、身ぎれいにして、マニキュアを塗っている。とくに目を引くのは、そのたたずまいだ。見るからに自信たっぷりで、優越感すらにじみでていた。

　マリアナはしばらく観察した。「たしかにフレンドリーには見えないわね」

「そう。お高くとまった嫌な連中。自分たちのことをちょっとした〝重要人物〟だと思ってる。そのとおりかもしれないけど――だとしても……」

「どうして？　なぜ重要人物なの？」

　ゾーイは肩をすくめた。「なぜって……」ベンチのひじ掛けにもたれた背の高い金髪の子を指さした。「たとえば――あの子はカーラ・クラークっていうんだけど。お父さんは、あのカシアン・クラーク」

「だれ？」

「やだ、マリアナ。俳優だよ。すごく有名な人」

　マリアナは笑った。「ふうん、そうなの。ほかの子は？」

　ゾーイはひとりずつをそっと指でさした。「短い黒髪のかわいい子が左にいるでしょ？あれはナターシャ。ロシア人よ。お父さんは新興財閥（オリガルヒ）だかなんだかで、ロシアの半分を所有してる……。ディヤはインドのお姫さま――去年は大学の成績上位者のなかでもトップだった。ほとんど天才。そして彼女が話しているのがヴェロニカ――お父さんはアメリカの上院議員――大統領選に出るんじゃないかと思う」ゾーイはマリアナを横目で見た。

「なんとなくつかめたかな」

「ええ。みんな頭がよくて、そのうえものすごい特権階級ということね」

ゾーイはうなずいた。「休暇の話を聞いてるだけで吐き気がするから。ヨットとか、個人所有の島とか、スキー場の別荘(シャレー)とか、そんなのばっかりで……」

マリアナは微笑んだ。「わかる気がする」

「みんなが嫌うのも当然でしょ」

マリアナはゾーイを見た。「みんな、嫌ってるの？」

ゾーイは肩をすくめた。「まあともかく、嫉妬はしてるよね」

マリアナは一瞬考えた。「そう。じゃあ、行ってみますか」

「どういうこと？」

「彼女たちと話してみるの――タラのこと、それにフォスカのことについて」

「今？」ゾーイは首を振った。「無理。絶対うまくいかないって」

「どうして？」

「知らない相手なんだから、向こうは口をつぐむでしょう。それか、敵意を持たれるか――教授の名前を出したらとくにね。やめたほうがいいって」

「あの子たちを恐れてるみたいな口ぶりね」

ゾーイはうなずいた。「うん、怖いよ」

マリアナがそれに反応する前に、フォスカ教授が階段教室の棟から出てくるのが見えた。彼が歩いていくと、女の子たちはみんなで小さく教授をかこんで、親しげにささやき合った。

「行くわよ」マリアナは言った。

「え？　ちょっと、マリアナ、やめて――」

だがマリアナはゾーイを無視し、フォスカと学生たちのほうへずんずん歩いていった。近づいていくとフォスカが顔をあげた。彼はにっこりした。

「こんにちは、マリアナ。教室であなたを見た気がするな」

「そのとおりです」

「楽しんでいただけましたか」

マリアナは適当な言葉を探した。「とても……知ることが多くて、とても……印象的でした」

「ありがとう」

マリアナは教授のまわりにいる女の子たちに目を向けた。「教え子のみなさんですか？」

フォスカはうっすら笑みを浮かべて彼女たちを見やった。「何人かはね。より個性的な子たちがそうです」

マリアナは学生たちに笑いかけた。だが、冷たい無表情の壁に跳ね返された。

「マリアナと言います。ゾーイの叔母です」

ふり返ったが、ゾーイはうしろについてきてはおらず、姿が見えなかった。マリアナは微笑んだまま、ふたたび顔をもどした。

「タラの葬儀のとき、あなたたちのことがどうしても目に留まったわ。白い服でそろえて目立っていたから」マリアナは笑いかけた。「その理由を知りたくて」

わずかな躊躇があった。そしてグループのひとり、ディヤが、フォスカに目をやってから口をひらいた。「わたしの発案です。インドではお葬式でみんな白を着るので。それに白はタラの好きな色だったから、それで……」

彼女が肩をすくめると、べつの子があとを引き取った。

「それで、彼女のために白を着たんです」

「タラは黒が好きじゃなかったし」またべつの子が言った。

「なるほど」マリアナはうなずいた。「そういうことだったのね」

マリアナはもう一度笑いかけた。だれも笑い返さなかった。

少しの間があった。マリアナはフォスカを見た。「先生。お願いがあるんですが」

「どうぞ、なんなりと」

「じつは学寮長に依頼されたんですが、学生たちと気楽なおしゃべりをして、事件にうまく対処できているか、心理療法士として見てほしいと言われています」マリアナは女の子たちに目をやった。「生徒さんを何人かお借りできませんか」

できるだけ正直そうにそう言ったが、彼女たちのほうを見ている自分にフォスカのレーザーのような視線があたっているのを、マリアナは意識した——じっと観察して見定めようとしている。マリアナが本物なのか、密かに自分を調べようとしているのか、うかがっている様子が想像できた。フォスカは腕時計に目をやった。

「われわれは今からつぎの授業がある。でも、数人ならかまわないでしょう」みんなのうちのふたりにうなずきかけた。「ヴェロニカ。セリーナ。どうかな?」

ふたりの女の子がマリアナのほうを見た。感情を読み取ることはできなかった。

「いいですよ」ヴェロニカが肩をすくめて言った。アメリカのアクセントがあった。「精神科医ならもういますけど……。一杯ごちそうしてもらえるなら付き合います」

セリーナもうなずいた。「わたしもそうします」

「わかったわ。一杯ね」マリアナはフォスカに笑いかけた。「ありがとうございます」

フォスカの黒い目がマリアナの顔をじっと見つめた。彼は笑い返した。

「どういたしまして、マリアナ。望むものすべてが得られるといいですね」

12

マリアナが英語学部を出ていくと、ゾーイがエントランス付近に身を潜めていた。ゾーイにもいっしょにどうかと声をかけた。一杯ごちそうするという言葉に、彼女は慎重な態度で誘いに乗った。一行はメインコートの一角にある、セント・クリストファー校のバーに向かった。

バーは、何もかもが木でできていた――古くて反った、節の目立つ床板、オークのパネルを張った壁、さらに、大きな木のカウンター。マリアナと三人の若い女性たちは、蔦で覆われた外の壁が見わたせる、窓際の大きなオークのテーブルについた。マリアナはゾーイと並んで、ヴェロニカとセリーナの向かいの席に座った。

ヴェロニカがタラの追悼礼拝で情感たっぷりに聖書朗読をした子であることは、マリアナはすでに気づいていた。名前はヴェロニカ・ドレイク。アメリカの裕福な政治家一家の出で、父親はワシントン州選出の上院議員だ。

ヴェロニカは目立つタイプで、本人もそれを意識していた。金髪を長く伸ばしていて、話しながらその髪をはらったり、いじったりする癖があった。化粧は濃く、唇と大きな青い目を際立たせるメイクをしている。スタイルも抜群で、ぴったりしたジーンズでそれをひけらかしていた。さらに、自信満々の雰囲気があり、生まれたときからすべてが恵まれている人物ならではの、無自覚の威厳をまとっていた。

ヴェロニカはギネスを一パイント注文して、一気に飲んだ。彼女はよくしゃべった。話し方がどこか大げさだった。雄弁術の訓練でも受けたのだろうかとマリアナは思った。彼女は卒業後は女優になるつもりだと明かしたが、それを聞いてもなんら驚きはなかった。化粧、立ち居ふるまい、話し方を剝いだ裏には、まったくの別人がいるのかもしれないと思ったが、それがだれかはわからないし、おそらく本人もわかっていないのだろう。

一週間後には二十歳の誕生日を迎えるという。大学は現在厳しい空気につつまれているが、彼女はなんとかパーティをひらこうと画策していた。

「人生、前に進まないと、でしょ？　タラもそれを望んだはずです。とりあえず、ロンドンの〈グルーチョ・クラブ〉の個室を貸し切りにするつもり。ゾーイも絶対来てよね」彼女はあまり熱意のない口調で言い足した。

ゾーイは曖昧な声で応じ、自分の飲み物に集中した。

マリアナはもうひとりの、静かに白ワインを飲んでいるセリーナ・ルイスのほうを見た。ほっそりした小柄な子で、そこに座っている姿は、一部始終をながめながら口をつぐんでいる、枝にとまった小鳥を連想させた。

ヴェロニカとちがってセリーナは素顔だったが、化粧が必要なわけでもなく、きれいでなめらかな肌をしていた。長い黒髪をきっちりと編み、淡いピンクのブラウスを着て、ひざ下までのスカートをはいていた。

セリーナは出身はシンガポールだが、ずっとイギリスの寄宿学校で育った。声はやわらかで、話す英語にはまぎれもない上流階級のアクセントがあった。ヴェロニカが前に出るタイプなのに対して、セリーナはひかえめだった。しきりに携帯電話をチェックしていて、手が磁石のように携帯に吸い寄せられていた。

「フォスカ教授のことを教えてほしいのだけど」マリアナは言った。

「教授の何を？」

「教授とタラはとても親しかったと聞きました」

「どこでそんな話を聞いたんだか。ふたりは親しくなんてありませんでした」ヴェロニカはセリーナをふり返った。「でしょ？」

セリーナはメッセージを入力するのをやめて、携帯から顔をあげた。首を振って言った。

「そう、全然。教授はタラに親切にしてあげた——タラは教授を利用しただけです」

「利用した？」マリアナは言った。「どんなふうに？」

「セリーナが言いたかったのは、そういうことじゃなくて」ヴェロニカが横から言った。

「タラは先生の時間とエネルギーを無駄にしたってことです。先生はわたしたち学生のためにすごく力を尽くしてくれるの。あんなチューターはほかにいません」

セリーナもうなずいた。「世界一のすばらしい先生です。聡明だし。それに——」

マリアナは賛辞をさえぎった。「事件の日の夜のことを知りたいのだけど」

ヴェロニカは肩をすくめた。「わたしたちは夜のあいだ、ずっとフォスカ教授といっしょでした。先生の部屋で個別指導を受けていました。タラも来る予定だったけど、あらわれなかった」

「何時ごろの話？」

ヴェロニカはセリーナを見やった。「はじまったのは、たしか八時？　そして終わったのが、何時だっけ？　十時？」

「そう、そんな感じだった。十時か、十時過ぎか」

「フォスカ教授はその間ずっといっしょだったのね？」

ふたりとも即答した。

「はい」ヴェロニカは言った。

「いいえ」セリーナは言った。

ヴェロニカの目にいらだちが一瞬のぞいた。咎（とが）めるような眼差しをセリーナに向けた。

「何言ってるの？」

セリーナは慌てた顔をした。「ええと――そういうことじゃなくて、先生は数分だけ席をはずしました。外でタバコを吸うために」

ヴェロニカも折れた。「ああ、そうだった。忘れてたわ。一瞬だけだったけどね」

セリーナはうなずいた。「わたしがいるときは部屋では吸わないんです。喘息（ぜんそく）持ちだから。先生はすごく気を遣ってくれます」

着信音が突然鳴り、彼女の携帯にメッセージが届いた。セリーナは携帯をつかんだ。読むと顔がぱっと輝いた。

「もう行かないと。今から人と会うので」

「そうなの？」ヴェロニカは目をぐるりとまわした。「例の謎の男？」

セリーナはヴェロニカをにらみつけた。「やめてよ」

ヴェロニカは笑い、歌うような声で言った。「セリーナには秘密の恋人がいる」

「恋人じゃないって」

「だけど秘密は秘密でしょ——この子、相手がだれだか言わないんですよ。わたしにさえ」ヴェロニカは訳知り顔でウィンクした。「ひょっとして……結婚している男？」

「ちがう、既婚者じゃない」セリーナは顔を赤くして言った。「彼はなんでもないの——ただの友達。もう行かないと」

「じつは、わたしもなの。リハーサルがあるから」ヴェロニカはゾーイに親しげに笑いかけた。「あなたが『モルフィ公爵夫人』に参加できなくて、ほんとに残念よ。すばらしい公演になるわ。演出のニコスは天才だから。きっとそのうち、すごい有名人になると思う」彼女は誇らしげな顔でマリアナを見た。「わたしが公爵夫人をやるの」

「そうでしょうね。話を聞かせてくれてどうもありがとう、ヴェロニカ」

「どういたしまして」

ヴェロニカは茶目っ気のある目でマリアナを見たあと、セリーナをしたがえてバーを出ていった。

「うぇ……」ゾーイは空になったグラスを押しやって、長々と息を吐いた。「言ったでしょ。毒気がすごいって」

異論はなかった。マリアナもあまりふたりを好きになれなかった。

だがそんなことより、長年患者に接して磨かれた直感で、ヴェロニカとセリーナのふたりともが嘘をついているという印象を持った。
だとしたら何について、そして、なんのために？

13

長年、それがはいっている戸棚をあけることさえ恐ろしかった。

だが今日、気づくと椅子に乗って、手を伸ばして籐（とう）で編んだ小さな箱をつかんでいた――忘れたいものを集めた、その箱を。

明かりのある場所に座り、蓋をあけた。なかをざっと調べた。二、三人の女の子に宛てて書いた、送られることのなかった悲しく切ないラブレター、農場暮らしを題材にした幼稚な物語、書いたことすら憶えてない下手くそな詩。

だが、このパンドラの箱のなかから最後に出てきたのは、忘れもしないあるものだった。あの夏につけていた、茶色い革の日記帳。十二歳のとき――母を失ったあの夏に。

ひらいて、ページをぱらぱらめくった――子供っぽい拙（つたな）い字で書かれた、長い日記。どうでもいい内容に見えた。でも、このページに書かれた中身が起こらなければ、おれの人生はまるでちがっていたことだろう。

ところどころ、字が読みづらいところもあった。とくに最後のほうにかけては、狂気に——あるいは正気に——駆られて大慌てで書きなぐったような、不安定な、のたくる文字になっていた。そこに座っているおれは、霧が晴れていくような感覚がした。目の前に一本の道があらわれ、そしてその道は、あの夏へとずっと続いていた。自分の子供のころへと。

知らない道筋ではなかった。夢のなかで何度もたどった。砂利道をくねくねと進んでいって、農場の家へと向かっていく。

もどりたくない。

思いだしたくない……

それでも——必要なことだ。なぜなら、これはただの告白にとどまるものではないからだ。失われたものを探し、消え去った希望や忘れられた疑問を探す試みなのだ。子供の日記がほのめかしている恐ろしい秘密を解釈しようとする探求なのだ——そして今、自分は水晶玉をのぞく占い師のように、それを見て読み解こうとしている。

ただし、知りたいのは未来ではない。

過去だ。

14

マリアナは九時にフレッドに会いに〈イーグル〉へ行った。

ケンブリッジでもっとも古いパブで、今なお一六〇〇年代当時と変わらぬ人気を誇っている。板張りの小部屋がいくつもつながった造りで、パブのなかはろうそくの火がともり、ラムのローストとローズマリーとビールのにおいが漂っていた。

メインとなる空間は英空軍（RAF）バーとして知られていた。何本かの柱がゆがんだ天井を支え、その天井は第二次世界大戦時の落書きであふれている。マリアナはバーで待っているうちに、頭上の死んだ男たちのメッセージが気になってきた。英米のパイロットはペン、ろうそく、タバコのライターを使って自分の名や飛行隊番号を天井に書き、裸の女性の漫画などを口紅で落書きしていた。

緑と黒の格子縞のシャツを着た、童顔のバーテンダーの注意を引いた。彼は食洗器から湯気の立つグラスのトレイを出しながら笑顔で応じた。「なんにしますか？」

「ソーヴィニヨン・ブランをグラスでお願い」

「はい、ただいま」

彼は白ワインをグラスに注いだ。マリアナは代金を支払い、座れる場所を探した。どこもかしこも、手を握りロマンチックに語らう若いカップルだらけだった。セバスチャンといつも座った隅のテーブルは、見るのを避けた。

時計を見た。九時十分。

フレッドは遅刻だ――もしかしたら来ないのかもしれない。そう思うとほっとした。十分待って、それから帰ろう。

マリアナは観念して隅のテーブルのほうに目をやった。空いていた。歩いていって、席についた。

椅子に座り、かつてよくやったように、木のテーブルのひび割れを指でなぞった。この場所に座って冷えたワインを飲み、目を閉じて、まわりから聞こえる、どの時代でも変わらないおしゃべりや笑い声を耳にしていると、むかしにもどったような気分になれた――目をつむっているかぎり、白いTシャツに、ひざの破れた褪せたジーンズのセバスチャンがあらわれるのを待つ、十九歳の自分になれた。

「やあ」と彼が言った。

ただし声がちがった——セバスチャンの声ではなくて、目をあけるまでのほんの一瞬、頭が混乱した。そして魔法は解けた。

声の主はフレッドで、彼は一パイントのギネスを手ににっこり笑っていた。目が輝いて、顔が火照っていた。

「遅れてごめん。指導が長引いて、大急ぎで自転車をこいできた。そしたら街灯に衝突しちゃって」

「大丈夫？」

「僕は大丈夫。街灯のほうがひどい目にあった。そこ、いいかな？」

マリアナがうなずくと、フレッドは腰をおろした——セバスチャンの席に。マリアナは一瞬、ほかの場所に移ることを提案しようかと思った。けれど思いとどまった。クラリッサはなんと言っていた？　うしろをふり返るのはやめなければ。今に目を向けなければ。

フレッドはにやりとした。ポケットからナッツの小さなパックを出した。それをマリアナに勧めた。マリアナは首を振った。

フレッドはマリアナをじっと見つめながら、カシューナッツを口に放って嚙み砕いた。何か言いだすのを待つあいだ、気まずい沈黙が流れた。マリアナは自分にいらいらした。この熱心な青年を相手に、わたしはここで何をやっているのだろう。ずいぶんばかな考えを起こしたものだ。マリアナは柄ではないが、ぶっきらぼうな態度で押し通すことにした。失うものはないのだから。

「ねえ。わたしたちのあいだには、何も起こらないからね。いい？　永遠に」

フレッドはカシューナッツを喉につまらせて、咳き込んだ。ビールをごくりと飲み、どうにか息を整えた。「失礼」はにかんだ顔で言った。「ちょっと――いきなりだったから。言いたいことは理解したよ。僕じゃ釣り合わない、もちろんだ」

「ばかね」マリアナは頭を振った。「そういうことじゃない」

「じゃあ何？」

マリアナは居心地が悪くて、肩をすくめた。「理由はいくらでもある」

「ひとつ言ってみて」

「あなたはだいぶ若すぎる」

「え？」フレッドは顔を赤くした。腹立ちと情けなさを感じているようだった。「そんなことないって」

「歳はいくつなの？」

「そこまで若くない――もうすぐ二十九だ」

マリアナは笑った。「ほら、やっぱり」

「どうして？　あなたは何歳？」

「切りあげたくなくなる年齢。三十六歳よ」

「だからどうなの？」フレッドは肩をすくめた。「歳は関係ない。こんなふうな――気持ちでいるときには」フレッドはマリアナを見た。「電車で初めて会ったとき、強い胸騒ぎがしたんだ。自分はいつかこの人に結婚を申し込むんだって。そしてあなたはイエスと言うって」

「まちがいだったわね」

「どうして？　もしかして……結婚してるの？」

「ええ――というか、そうじゃなくて――」

「まさか、夫が出ていった？　どうしようもないばかだな」

「わたしもよくそう思うわ」マリアナはため息をつき、話を終わらせるために早口に言った。「彼は――亡くなったの。一年ほど前に。つらいから――その話はしたくない」

「ごめん」フレッドは勢いをそがれたようだった。少しのあいだ口をひらかなかった。

「ばかは僕だな」

「そんなふうに思わないで。あなたが悪いわけじゃない」

マリアナは急にどっと疲れを感じ、自分にいらいらした。ワインを飲み干した。「もう帰らないと」

「いや、だめだよ。事件についての僕の考えを、まだ聞いてもらってないんだから。コンラッドについても。そのためにここに来たわけでしょう？」

「じゃあ、聞かせて」

フレッドは小狡（こずる）そうな表情でマリアナを横目で見た。「警察はまちがった男を捕まえたと、僕は思う」

「そう。どうしてそう思うの？」

「会ったことがあるから。コンラッドのことは知ってる。人を殺すようなやつじゃない」

マリアナはうなずいた。「ゾーイもおなじ考えよ。だけど、警察は犯人だと考えてる」

「じつは思ってたんだけどさ。この事件を自分で解決してみたいっていう気持ちが、なんとなくあってね。パズルを解くのが好きだから。僕の頭はそういうのに向いている」フレッドはマリアナに笑いかけた。「どうかな？」

「どうかな？」

「僕とふたりで」フレッドはにやりとして言った。「いっしょに組むっていうのは？　力を合わせて解決するんだ」

マリアナは一瞬考えた。助けになるかもしれないと思い、心が揺らいだ——でも、後悔するのは目に見えている。マリアナは首を振った。

「遠慮するわ。せっかくだけど」

「まあ、もし気が変わったら教えて」フレッドはポケットからペンを出し、ビールのコースターの裏に自分の電話番号を走り書きした。それをマリアナにわたした。「これ。何かあったら電話して。どんなことでもいいから」

「ありがとう——でも、ここには長くいないから」

「ずっとそう言ってるけど、まだいるよね」フレッドは歯を見せて笑った。「きみからはいい印象を感じるんだ、マリアナ。予感だよ。僕は予感をとても信じてる」


パブを出ながら、フレッドは嬉しそうにマリアナにしゃべりかけた。「ギリシャの出身でしょう？」

マリアナはうなずいた。「そう。アテネで育ったの」

「ああ、アテネには面白いものがいっぱいあるよね。ギリシャは僕も大好きだ。島はいろいろ行った？」

「いくつかはね」

「ナクソスは？」

マリアナは凍りついた。急にフレッドの顔が見られなくなり、道端でぎこちなく立ちつくした。

「今、なんて?」小さな声で言った。

「ナクソスは? 去年、行ったんだ。僕は泳ぐのが大好きでね——といっても、だいたいダイビングだけど。それには最高の場所だよ。行ったことある? 絶対あそこは——」

「もう帰るわ」

マリアナはあふれた涙を見られる前に背を向けて、ふり返ることなく進みつづけた。

「そう」フレッドの声がした。ちょっと驚いているようだった。「わかった。じゃあ、またそのうちに——」

マリアナは答えなかった。ただの偶然よ、そう自分に言い聞かせた。なんの意味もないこと——忘れなさい。なんでもないのだから。

島の名前が出たことをどうにか頭からはらいのけ、マリアナは歩きつづけた。

15

フレッドと別れたあと、マリアナは早足でカレッジまでもどった。

夜になって気温も落ち、わずかに冷気が感じられた。川面（かわも）には霧が立ち込めている。先のほうを見ると、もやが濃い煙のように地面を這い、通りが白くかすんでいた。

少しして、あとをつけられていることに気づいた。

〈イーグル〉を出てすぐのころから、おなじ足音がうしろからずっと聞こえていた。重量感のある足取り、男の足取りだ。硬いブーツの靴底がくり返し荒々しく石畳をたたき、それが人気のない通りにこだましている——マリアナの少しうしろのほうで。どのくらいの距離かは、ふり返らないと判断できなかった。マリアナは勇気をかき集め、肩ごしに目をやった。

だれの姿もなかった——見える範囲の近い場所には。白い霧があたりをつつみ、通りをすっかり呑み込んでいた。

マリアナは歩きつづけた。角をまがった。

少しして、足音が追いかけてきた。

マリアナは足を速めた。足音も速くなった。

うしろをふり返った——すると今度は何者かが見えた。

男の影が、うしろの遠くない場所にあった。街灯を避けて壁に身を寄せ、暗い場所を歩いている。

マリアナの心臓が激しく打った。逃げる場所がないかあたりを探した。通りの反対側に、腕を組んで歩く男女がいた。マリアナは急いで車道におりて、彼らのいるほうにわたった。ところが、歩道につくと、男女は建物の前の階段をあがって、鍵をあけてなかにはいってしまった。

マリアナは足音に耳をすませながら歩きつづけた。肩ごしに見やると、そこにいた。顔は暗くて見えないが、黒っぽい服の男がマリアナのあとを追って、霧のかかる道路をわたってきた。

マリアナは左手の細い路地に目をやった。一瞬で決断して、そこをはいった。そして、うしろをふり返らずに一気に駆けだした。

路地に沿ってずっと川のほうまで走った。前方に木の橋があった。そこまで行って急いで橋をわたり、そして、川の反対側に出た。

川の付近には闇を照らす街灯はなく、あたりはますます暗かった。霧が濃くなって、冷気と湿気が肌にまとわりつき、雪を思わせる冷たいにおいがした。

マリアナは木の枝をそっと押しまげた。そして、裏にまわり込んで奥に隠れた。幹につかまり、湿ったなめらかな樹皮を手に感じながら、できるだけ静かにじっとしていた。速い呼吸をどうにか整え、息を殺した。

そして、目を凝らして待った。

すると案の定、何秒後かに男の姿——あるいは影——があらわれ、忍び足で橋をわたって対岸にやってきた。

姿は見失ったが、なおも足音がした。さっきよりやわらかな、土の地面を踏む音。数フィートと離れてない場所をこそこそ動いている。

やがて音がしなくなった。まったく何も聞こえなくなった。マリアナは息を詰めた。

男はどこにいる？　どこへ行った？

念のため、永遠と思えるほど長い時間、そこで待った。男はいなくなった？　どうやらそうらしい。

マリアナはそっと木のうしろから出た。一瞬、自分のいる場所がわからなかった。そして気がついた——前には川があり、流れが闇にきらめいている。それをたどっていけばいい。

川岸を急ぎ足で進み、セント・クリストファー校の裏口のところまで帰りついた。石橋をわたり、レンガの壁にある大きな木の門の前に立った。

手を伸ばし、冷たい真鍮(しんちゅう)の輪をつかんで引っぱった。門はびくともしない。鍵がかかっているのだ。

マリアナはどうしたらいいか迷った。とそのとき……足音がした。

おなじ急ぎ足。おなじ男だ。

だんだんこっちにやってくる。

マリアナはうしろをふり返ったが、なんの影もなく、暗闇のなかへと消えていく白い霧が見えるだけだった。

それでも、男が橋をわたって近づいてくるのが聞こえる。

もう一度門を試したが、まったく動かない。もう逃げ場はない。マリアナは自分がパニックになりかけているのを感じた。

「だれなの？」闇に向かって叫んだ。「そこにいるのはだれ？」

返事はない。足音がどんどん近づいてくる——

マリアナは悲鳴をあげようと口をあけ――

するとふいに、左の少し先のほうで何かがきしむ音がした。壁の小さな門がひらいた。藪（やぶ）に半分隠れていて、マリアナはこれまでその存在に気づかなかった。正門の三分の一ほどの大きさの、ニス塗りされていない簡素な木の門だった。懐中電灯の光線がなかから闇を照らした。光が顔にあたり、マリアナは目がくらんだ。

「何かお困りですか？」

すぐにモリスの声だとわかり、その瞬間にほっとした。懐中電灯が目からどけられると、腰をかがめて低い門をくぐってきたモリスが真っすぐに立つ様子が見えた。黒いオーバーコートをはおり、手には黒い手袋をはめている。モリスはマリアナをのぞき込んだ。

「大丈夫ですか？　ちょうど見回りをしていたところです。ご存じと思いますけど、裏門は十時に施錠されます」

「忘れてたわ。ええ、わたしなら大丈夫」

モリスは橋のあたりを懐中電灯で照らした。マリアナは不安な思いでその光を目で追った。だれかがいる気配はなかった。

耳をそばだてた。静寂。足音はしない。

男はいなくなっていた。

「なかに入れてもらえる?」モリスに目をもどして言った。

「もちろんです。こちらからどうぞ」モリスはうしろの小さな門を手で示した。「ここをよく近道に使うんです。通路をたどっていくとメインコートに抜けられますよ」

「ありがとう」マリアナは言った。「本当に助かったわ」

「お安いことです」

モリスの横を通って、あいた門まで進んだ。頭をさげて、少し身をかがめてなかにはいった。古いレンガの通路はとても暗くて、湿っぽいにおいがした。背後で門が閉まった。モリスが鍵をかけるのが聞こえた。

マリアナは通路を慎重に進みながら、今あったことについて考えた。ふいに自信がなくなった――本当にあとをつけられていたのだろうか? そうだとして、だれに? それとも妄想的になっていただけだろうか?

ともかく、セント・クリストファーの構内にもどってこられて、マリアナはほっとした。

メインコートの食堂のある棟の、オーク材を張った廊下に出た。正面の扉から外へ出ようとして、ふとうしろを見た。そして足を止めた。

薄暗い照明の通路には、いくつもの肖像画が掛かっていた。一番奥にある一枚の絵が、マリアナの目に留まった。その絵だけでひとつの壁を独占していた。じっとながめた。知っている顔だった。

正しく見えているか自信がなくて、何回か瞬きし——そして、トランス状態に陥った女のように、ふらふらとそっちへ近づいていった。

前まで行って、絵の顔の高さに顔を合わせた。じっくり見てみた。やはりあの人。テニスンだ。

とはいえ、ほかの絵で見たことのある、白髪に長いひげの、老いたテニスンではなかった。若いころのアルフレッド・テニスン。まだほんの青年といっていい。

これが描かれたときは、三十にもなってなかっただろう。むしろもっと若く見えた。だがこれは、まぎれもなくテニスンだ。

これまで見たなかで一番ハンサムな顔をしていた。こうして間近に見てみると、マリアナはその美しさにはっとした。くっきりした力強いあご、色気のある唇、肩まであるくしゃくしゃの黒髪。一瞬エドワード・フォスカを思いだしたが、すぐにその考えを振りはらった。だいいち目が全然ちがう。フォスカの目は暗い色だが、テニスンの目は淡い青、水のようなブルーをしている。

これが描かれたのは、おそらくハラムの死から七年ほどがたったころで、ということは、

『イン・メモリアム』がついに完成するまで、まだ十年という長い年月が待っている。さらなる悲しみの十年が。

それでも、ここに描かれているのは絶望に打ちひしがれた顔ではなかった。この顔からは、そもそもほとんど感情が読み取れない。悲しみもなければ、メランコリアの気配もない。あるのは静けさと氷のように冷たい美しさ。だがそれ以外のものがほぼ見あたらなかった。

なぜだろう？

マリアナは目を細め、そして思った。テニスンは何かを見ているようだ……近いところにある何かを。

そう、彼の淡いブルーの瞳は、視界のすぐ先の、少し横にはずれた場所にある何か、マリアナの頭のうしろにある何かを見つめている。

何を見ているのだろう？

マリアナは少しがっかりした気分で絵から離れた——テニスンに個人的に失望させられたかのように。彼の瞳に何を見出したかったのか、自分でもわからない——ちょっとした慰め？　苦痛を癒やしてくれる何か、あるいは力強さ、いっそのこと、深い悲しみでもよかった。

何もないよりは。

マリアナは肖像画を頭から追いだした。そして、自分の部屋へと急いだ。

ドアの前で、何かが彼女の帰りを待っていた。

床の上の黒い封筒。

ひろいあげ、封をあけた。なかには二つ折りにしたメモ紙がはいっていた。広げて中身を読んだ。

斜体の優雅な字で書かれた、黒いインクの手書きのメッセージだった。

マリアナへ
こんにちは。もしよければ、あしたの朝、いっしょに少しおしゃべりでもしませんか？　十時にフェローズガーデンでどうでしょう。
エドワード・フォスカ

16

もし古代ギリシャに生まれていたら、おれが誕生するときにはさまざまな不吉な前触れや、未来の災厄を教える星の並びが見られたことだろう。日蝕、燃える彗星、縁起の悪い予兆——

だが現実には何もなかった——むしろおれの誕生は、なんの出来事もなかったことこそが特徴だった。おれの人生をゆがめて、おれをこんな怪物に仕立てることになる父は、その場にさえいなかった。農場の働き手たちと夜更けまでカード遊びに興じ、葉巻を吸い、ウイスキーを飲んでいた。

姿を思い浮かべようとして、目を細くすると、かすんでぼやけた母がかろうじて見える。美しい母はまだほんの十九歳の少女で、病院の個室にいる。廊下の先のほうからは、看護師のおしゃべりや笑い声が聞こえてくる。母はひとりだが、それは問題ではなかった。ひとりなら、それなりの平安が得られる——乱暴される心配をせずに、考えにひたることができる。彼女は自分が赤ん坊を心待ちにしていることに気づく。赤ん坊はしゃべらないからだ。

夫が息子を望んでいるのは知っていたが、女の子が生まれますようにと密かに祈った。もし男の子なら、将来は男になる。

男は信頼が置けない。

ふたたび陣痛がはじまると、彼女はほっとする。おかげで考えずにすむ。彼女は喜んで体のことに集中する。呼吸して、数を数える。激しい痛みが、黒板のチョークを消すようにすべての考えを頭から消し去ってくれる。やがて彼女はその痛みに身を委ね、我を忘れる——

夜明けにおれが誕生するそのときまで。

母が落胆したことに、おれは女の子ではなかった。父は知らせを聞き、男子だと知って大喜びした。王様もそうだが、農家にもたくさん息子が必要だ。おれは父の第一番目の息子だった。

誕生を祝うため、父は安いスパークリングワイン一本を手に、病院にやってきた。

だがそれは祝いだったのか？

それとも悲劇の山場だったのか？

おれの運命はそのときからもう決まっていたのだろうか？　すでに手遅れだったのか？　誕生時に息をふさいで殺されるべきだったのか？　死んで腐るがまま山に捨てられるべきだったのか？

もし母がこれを、責めを負うべき相手を探そうとするおれの試みを読むことができたとしたら、何を言うかはわかる。母は我慢できないだろう。

だれのせいでもない、そう言うはずだ。いちいち自分の人生の出来事を美化して、意味付けをするんじゃない。意味なんてない。人生にはなんの意味もない。死にだって意味はない。

もっとも、母もむかしからそんな考えだったわけじゃない。

母にはべつの自分があった。押し花をしたり、詩に線を引いたりする、もうひとりの母がかつてはいた。戸棚の奥に隠された靴箱のなかに、おれはその秘密の過去を見つけた。むかしの写真、押し花、求婚時代に父が母に書いた、綴りまちがいの多い愛の詩。だが、父はすぐに詩を書くのをやめた。そして母は詩を読むのをやめた。

母はろくに知らない男と結婚した。その男は、それまで知っていたみんなから彼女を引き離した。そして辛苦の世界へと連れ去った――冷え込む明け方、朝から晩までのきつい肉体仕事。子羊の体重を量り、毛を刈り、餌を与える。来る日も来る日も。ひたすらそのくり返し。

夢のような時間ももちろんあった。たとえば出産シーズンには、無邪気な小さな生き物が、白いきのこのようにぽこぽこ産まれてくる。あれはなかでも最高のひとときだ。

だが母は子羊に愛情を持たなかった。持たないことを学んだのだ。

最悪なのは死だった。つねに続く、終わりのない死――そして、それに伴うプロセス。体重が少なすぎたり多すぎたり、妊娠しない羊に、殺すためにマーキングをする。すると、血の染みのついた恐ろしいスモックを着た男が毎度やってくる。父は手を貸したくて、そばをうろつく。父は殺すのを楽しんでいた。喜んでいるように見えた。

母はそれが行われるあいだは、いつも逃げて身を隠した。ウォッカ一本をこっそり浴室に持ち込んで、シャワー室にこもった。そこなら泣いても外には聞こえないと思ったようだ。おれは農場のできるだけ遠い端まで行った。そこで耳をふさいだが、それでも悲鳴は聞こえてきた。

農場の家にもどると、どこもかしこも死のにおいがした。台所のそばの、屋根だけの作業小屋で解体された死体――赤く染まった側溝の水。計量とパックは家の台所で行われるので、あたりは血なまぐさかった。固くなった肉がテーブルにこびりつき、あちこちに血が溜まって、その上を太った蝿が飛びまわっていた。

不要な部分――内臓などの残骸（ざんがい）――は、父の手で埋められた。父は農場の奥にある穴のなかに、全部を投げ捨てた。

おれはいつもその穴を避けた。怖かった。逆らったり悪さをしたりしたら、生きたまま穴に埋めると、父に脅されていた――それか、父の秘密をばらしたりしたら。

だれにも見つけてもらえないぞ、だれも永遠に気づかない、父はいつもそう言った。

おれはよく、その穴に生き埋めにされるところ――まわりは腐った死骸だらけで、肉を餌にするウジやら虫やら灰色の動物やらがうごめいている――を想像した。そして恐怖に震えるのだった。

今でもそれを考えると身震いがする。

17

マリアナは翌朝十時にフォスカ教授に会いにいった。

礼拝堂の時計が十時を告げるとともに、フェローズガーデンに到着した。教授はすでにそこにいた。白いシャツの首元のボタンをはずし、その上に濃いグレーのコーデュロイのジャケットという格好で、髪は結ばずに肩に垂らしていた。

「おはよう」彼は言った。「会えて嬉しいです。来てもらえるか不安だったんでね」

「このとおりです」

「しかも時刻ぴったりだ。それはあなたの何を語っているんでしょうね、マリアナ」

彼は微笑んだ。マリアナは笑い返さなかった。できるかぎり自分のことは出さないようにすると決めていた。

フォスカが木の門をあけて、庭園を手で示した。「行きましょうか」

マリアナは彼に続いてなかにはいった。フェローズガーデンを利用できるのは、教官(フェロー)とそのゲストのみで、学部生は立ち入りを許されない。マリアナもなかにはいった記憶はなかった。

そのあまりの美しさ、のどかさに、彼女はたちまち感銘を受けた。チューダー様式の沈床庭園で、古くて不揃いなレンガの壁が周囲をかこんでいる。真っ赤なカノコソウの花がレンガの隙間や割れ目から顔を出し、ごくゆっくりと壁を壊そうとしていた。それ以外にも、ピンク、青、燃える赤のカラフルな植物が、周囲を彩っていた。

「素敵ですね」マリアナは言った。

フォスカはうなずいた。「本当にね。わたしはよく来るんですよ」

小道を歩きながら、フォスカはこの庭園やケンブリッジ全般の美しさについて語った。「ここには一種の魔法がある。あなたも感じるでしょう?」マリアナを横目で見た。「きっと当初から感じたはずだ――わたしといっしょでね。目に浮かぶようだ――故郷から出てきたばかりの学部生。わたしもそうだったが、初めての国、そして、初めての暮らし。垢抜けてなくて――孤独で……。ちがいますか?」

「わたしの話ですか、それともあなたの?」

フォスカは微笑んだ。「ふたりとも、とても似た経験をしたんじゃないでしょうか」

「そうかしら」

フォスカがマリアナのほうを向いた。何か言おうとするように顔をじっと見たが、考えを変えた。ふたりは黙って歩いた。

とうとう彼が口をひらいた。「ずいぶん無口ですね。予想とはまったくちがうな」

「どんなことを予想してたんですか？」

フォスカは肩をすくめた。「さあ。尋問かな」

「尋問？」

「じゃあ聞き取り」マリアナにタバコを勧めた。マリアナは首を振った。

「わたしは吸いません」

「もうだれも吸わなくなった——わたし以外はね。禁煙して失敗したんです。衝動を抑えられなくて」

フォスカはタバコを口にくわえた。アメリカのブランドで、端に白いフィルターがついている。マッチで火をつけ、煙を細長く吐きだした。その煙が宙を舞って消えていくのを、マリアナは目で追った。

「ここで会おうと誘ったのは、話す必要があると思ったからです。あなたがわたしに興味を持っているらしいことを耳にした。わたしの学生にも、いろいろな質問をしたりしてね……。ところで」フォスカは続けた。「学寮長に確認しました。あなたに学生と話をするょう頼んだ覚えは、公式にもそれ以外にもないとのことだ。そこで質問ですが、マリアナ、あなたの狙いはなんなんですか」

目を向けるとフォスカがじっとこっちを見ていて、鋭い眼差しでマリアナの内心を読もうとしていた。マリアナは視線を避けて、肩をすくめた。「興味が湧いたというだけ……」

「とくに、わたしに？」

「〈メイデンズ〉にです」

フォスカは驚いた顔をした。「それはまたどうして」

「特別な学生だけを集めるというのは、おかしい感じがして。ほかの学生たちのライバル心や敵意の理由になるだけでしょう」

フォスカは笑みを浮かべてタバコを一服した。「あなたはグループセラピストなんでしょう。ということは、少人数の集まりが、優秀な知能を開花させるのに最適な環境となることを、だれより知っているはずだ……。わたしがしているのは、そういうことです——場を設けること」

「優秀な知能の——たまり場？」

「言うなれば」

「優秀な女性たちの」

フォスカは瞬きし、冷ややかにマリアナを見た。「優秀な知能の持ち主は女性であることが多い……。そんなに受け容れがたいことですか？　怪しいことは何も行われていない。わたしはアルコールに対して気前のいい、ただのおとなしい男だ――もし虐待が横行しているとしたら、被害者はわたしのほうだ」

「虐待だなんて、だれも言ってませんけど」

「遠慮することはない、マリアナ。わたしを悪者に見立てているんでしょう――弱い立場の学生を食い物にする悪者に。しかし、実際会ったからわかるでしょうが、彼女たちには弱いところはまったくない。集まりの場では、不適切なことは何ひとつ起こらない――詩について語らい、ワインとともに知的な議論を楽しむ、ただの小さな勉強会です」

「でも、そのうちのひとりが亡くなった」

フォスカ教授は顔をしかめた。その目にまぎれもない怒りがよぎった。彼はマリアナをじっと見た。「わたしの魂の内側が、あなたには見えるんですか？」

マリアナはその質問に困惑し、目をそらした。「いいえ、もちろんそんなことはありません。言いたかったのは――」

「まあいいでしょう」フォスカはタバコをもう一服した。怒りは表面上すっかり消えていた。「〝心理療法士（サイコセラピスト）〟という言葉は、知ってのとおり、ギリシャ語で〝魂〟を意味するプシュケと〝癒やし〟を意味するテラペイアに由来する。あなたは魂を癒やす人なんですか？　わたしの魂も癒やしてもらえませんか？」

「いいえ。それができるのはあなただけです」

フォスカはタバコを下に落とした。足で踏んで土のなかでもみ消した。「あなたはわたしを嫌おうと心を決めているみたいですね。なぜかは知らないが」

腹立たしいことに、考えてみればマリアナ自身にもその理由がわからなかった。「そろそろ行きましょうか？」

ふたりは門に向かってもどりはじめた。フォスカはマリアナのことをずっと横目でうかがっていた。「あなたに興味がある」彼は言った。「何を考えているのか、つい気になってしまう」

「何も考えてません。わたしは――聞いてるんです」

実際そのとおりだった。マリアナは探偵ではなくともセラピストであり、聞く方法は知っている。話されたことだけでなく話されないこと、言葉にならないあらゆる言葉を、どう聞き取ればいいのか。すなわち嘘、回避、投影、転移などの、ふたりの人間のあいだに起こる心理現象に耳を傾けるのだが、それには特別な方法が求められた。マリアナは、フォスカが無意識のうちに伝えてくる感情のすべてに耳をすます必要があった。セラピーの世界では、そうした感情は転移と呼ばれ、それが彼について知るべきすべてをマリアナに教えてくれる――彼は何者で、何を隠しているのか。もちろんマリアナが自分の感情をはさまずにいることが必須だが、それは簡単ではなかった。歩きながら自分の体の声に耳を傾けてみると、高まってくる緊張が感じられた。力のはいったあご、食いしばった歯。胃に焼けるような感覚があり、肌がちくちくするのを感じ、マリアナはそれを怒りと結びつけた。

だがどっちの怒りなのか。自分の？

ちがう――彼だ。

彼の怒り。そう、マリアナはそれを感じることができた。歩いている今は無言だ――だがその沈黙の下に怒りがある。本人はもちろんそれを遠ざけようとしているが、たしかにそこにあって、表面下でふつふつと沸いている。会っているあいだにマリアナが何かで怒らせたのだ。マリアナは予測ができず読みにくい、面倒な相手だった――そして彼の怒りを誘った。マリアナはふと思った。こんな簡単にいらだつのだとしたら、本気で挑発したらどうなるのだろう？

確かめたいかどうかは、またべつの問題だ。

門のところまで来ると、フォスカは足を止めた。マリアナのことをじっと見ながら何かを検討していた。彼は答えを出した。「もしよければ、話の続きをしませんか……夕食をとりながら。たとえば、あしたの夜にでも」

フォスカはマリアナを見つめて反応を待った。マリアナは瞬きせずに視線を受け止めた。

「いいでしょう」マリアナは言った。

フォスカは顔をほころばせた。「よかった……。わたしの部屋に八時で？　それから、もうひとつ――」

止める間もなく身を乗りだしてきて――

マリアナの唇にキスをした。

ほんの短い一瞬だった。マリアナが反応したときには、すでに身を引いていた。

フォスカは立ち去り、あいた門から出ていった。歩きながら口笛を吹いているのが聞こえてきた。

マリアナは拳でキスをぬぐった。

よくもこんなことを！

襲撃を受けたような気持ちだった――攻撃をしかけられた気分だった。そして、彼が不意打ちと威嚇を成功させて、勝ちを収めたのを感じた。

マリアナは午前中の太陽の下で、火照りと冷えを感じながら立ちつくした。怒りに燃える彼女には、ひとつ、たしかなことがあった。

今感じているこの怒りは、彼のものではない。

自分のものだ。

まるごとすべて自分のものだ。

18

フォスカと別れたあと、マリアナはフレッドからわたされたビールのコースターを出した。電話をかけて、今から会えないか尋ねた。

二十分後に、セント・クリストファー校の正門でフレッドと落ち合った。マリアナは彼が柵に自転車をつなぐのをながめた。フレッドはバッグに手を入れて、赤いりんごをふたつ取りだした。

「僕はこれを朝食と呼んでいる。ひとつどう?」

フレッドがりんごを差しだした。マリアナは反射的に断ろうとしたが、自分の空腹に気づいて、うなずいた。

フレッドは嬉しそうな顔をした。ふたつのうちのいいほうを選んで、袖口で磨いてマリアナにくれた。

「ありがとう」マリアナは受け取って、りんごにかじりついた。しゃきしゃきで甘かった。

フレッドはにっこりし、口をいっぱいにしながら言った。「電話をもらってすごく嬉しかった。ゆうべは……わりと急に帰っていったから——何かで怒らせちゃったのかと」

マリアナは肩をすくめた。「あなたのせいじゃない。あれは……ナクソスのせいよ」

「ナクソス？」フレッドは混乱の表情でマリアナの顔をのぞき込んだ。

「じつは——夫が亡くなったのが、あの場所だったの。あそこで……溺れた」

「まさか」フレッドは目を見ひらいた。「そんなことが。なんて気の毒な——」

「知らなかったの？」

「知ってるはずがある？　もちろん初耳だよ」

「じゃあ、ただの偶然？」マリアナはフレッドを注意深く観察した。

「だけど……言ったでしょう。僕にはちょっと特殊な能力があるんだ。だから、何かを感じたのかもしれない——それでナクソスのことがふと頭にのぼった」

マリアナは顔をしかめた。「悪いけど信じられないわ」

「でも本当のことだ」気まずい沈黙が流れた。少ししてフレッドが慌てて付け加えた。

「もし傷つけたのだとしたら、謝らせて——」

「それはないから。大丈夫よ。もう忘れて」

「それで電話をくれたの？　この話をするために？」

マリアナは首を振った。「そうじゃない」

なぜフレッドに電話したのか、自分でもよくわからなかった。まちがいだったかもしれない。フレッドの助けが必要だと自分を納得させたが、じつはそれは言い訳で、たぶんマリアナは淋しかっただけで、それにフォスカとの対面で動揺していたのだ。こんなことをしている自分に腹が立った。でももう遅い。彼はもうここにいる。それなら、この機会をおたがい利用したほうがいい。「来て」マリアナは言った。「見てほしいものがあるの」

ふたりは大学にはいり、メインコートを突っ切って、アーチ道を通りエロスコートに抜けた。

中庭に出て、マリアナは一瞬ゾーイの部屋を見あげた。今は不在だ——クラリッサの授業に出ている。ゾーイには、あえてフレッドのことは黙っていた。ゾーイに対して、それに自分に対しても、彼のことをどう説明していいかわからなかった。

タラの部屋に通じる入り口のそばまで来て、マリアナは一階の窓を顔で示した。「あそこがタラの部屋よ。亡くなった日の夜、七時四十五分ちょうどに部屋を出るのをベッダーが見てる」

フレッドがエロスコートの裏手にある門を指さした——そこからはバックスに出ることができる。「そして、あそこを通って出ていった?」

「ちがうの」マリアナは首を振り、べつの方向の、アーチ道を抜けるルートを指さした。

「タラはメインコートを通って出ていった」

「ふうん。妙だな……。裏門から川に出られるのに。パラダイスに行くには、それが一番の近道だ」

「ということは……タラはべつの場所に向かおうとしていた」

「コンラッドが言ってたとおり、彼と会うために？」

「可能性はあるわね」マリアナは少しのあいだ考えた。「もうひとつ――ポーターのモリスは、タラが八時に正門を出ていくのを見ている。だから、七時四十五分に部屋を出たのだとしたら――？」

マリアナはそこで言葉をとめた。フレッドがあとを引き取った。

「せいぜい一、二分の距離に、なぜ十五分もかかったのか？　なるほど……。まあ、いろいろ考えられる。メールを打っていたとか、友達に会ったとか――」

フレッドが話しているあいだ、マリアナはタラの窓の下の花壇に注目した――紫とピンクのジギタリスが一画に植わっている。

そして、その土のところにタバコの吸い殻が落ちていた。かがんでひろった。特徴的な白いフィルターがついていた。

「アメリカのタバコだ」フレッドが言った。

マリアナはうなずいた。「そう……フォスカ教授が吸っているような」

「フォスカ？」フレッドが声を抑えて言った。「その人なら知ってる。このカレッジに通ってる友達が何人かいるんだ。話はたくさん聞こえてくる」

マリアナはフレッドに目を向けた。「話？　つまりどんな話のこと？」

「ケンブリッジは狭い場所だよ。みんないろいろ噂する」

「たとえば？」

「フォスカが有名だっていう話――悪名が高いというか……。ともかく彼のパーティはね」

「パーティというのは？　知ってることを教えて」

フレッドは肩をすくめた。「多くは知らない。自分の学生だけを集めたパーティだ。でも――聞いたところでは、だいぶワイルドらしい」フレッドは表情を読むようにマリアナをじっと見つめた。「教授が関係してると考えてるの？　タラの殺人と？」

マリアナは慎重に考え、その問いに答えることにした。「じゃあ聞いてもらうことにするわね」

ふたりで中庭を一周しながら、マリアナはタラがフォスカを非難していた経緯を詳しく語った。それから、フォスカのその後の否認、裏付けのあるアリバイ、それでもなお、マリアナの疑念が消えないこと。フレッドは笑うかあざけるかするだろうと思った。少なくとも信じてもらえないだろうと。だが、ちがった。そんな彼がありがたかった。彼への好意がふくらみ、初めて孤独感が癒やされるのをマリアナは感じた。

「ヴェロニカやセリーナたちが嘘を言ってるのでないとすれば」マリアナは話を締めくくって言った。「フォスカはずっと彼女らといっしょだった――外にタバコを吸いに出た数分をのぞいて……」

「十分な時間だよ」フレッドは言った。「窓からタラを見かけて、おりてきて、ここの中庭で会っただけなら」

「そして、十時にパラダイスで落ち合う約束をした？」

「そう。あり得なくはないよね」

マリアナは肩をすくめた。「そうだとしても、彼にはやれたはずがない。タラが十時に殺されたんだとしたら、その前までに向こうに行くのは無理だったでしょう。あそこまでは、最低でも歩いて二十分はかかるし、車だときっともっとかかるから……」

フレッドは一瞬考えた。「川を通ったなら話はべつだ」

マリアナはぽかんとした顔でフレッドを見た。「え？」

「パントで向かったのかもしれない」

「パント？」突拍子もないことに聞こえて、マリアナは笑いそうになった。

「なぜ、だめなの？　川をじっと見張ってる人はいない――だれもパントには気づかない――夜ならなおさらだ。人目を引かずに行ってもどってこられたはずだ……数分のうちに」

マリアナは考えてみた。「そのとおりかもしれないわね」

「パントは操れる？」

「あまり上手じゃないわ」

「僕は操れるよ」フレッドはにやりと笑った。「偶然だけど、すごくうまいんだ――自分で言うのもなんだけど……。どうかな？」

「どうかなって？」

「ボートハウスに行って、パントを借りて実験してみるっていうのは？　いいと思うけど」

マリアナが答える前に、携帯電話が鳴った。ゾーイからだった。マリアナはすぐに出た。

「ゾーイ？　何かあった？」

「どこにいるの？」ゾーイの声からは緊張と不安がにじみ、何か問題が起きたのだとすぐにわかった。

「カレッジよ。あなたは？」

「クラリッサといっしょ。警察が来てたの――」

「どうして？　何があったの？」

間があった。泣かないようにこらえているのが伝わってきた。ゾーイは低いささやき声で言った。「またなの」

「またって――どういうこと？」

ゾーイの言っていることはわかった。それでも、はっきり言葉にしてもらう必要があった。

「また刺し殺された」ゾーイが言った。「また死体が見つかったの」

第三部

したがって、すばらしいプロットというのは、（一部の人が主張するような）二重の筋ではなく、一本の筋でなければならない。また、運命は不幸から幸福へではなく、反対に幸福から不幸へ転じるのでなければならず、それを引き起こす原因は、邪悪な何かではなく、本人の大きな過ちにあるのでなければならない。

——アリストテレス

『詩学』

1

死体はパラダイスのはずれの牧草地で発見された。そこは中世以来の共有地で、農民が古くから放牧の権利を持っており、朝、牛の群れを連れてきた農家の人が、その悲惨な発見をした。

マリアナは一刻も早く現場に行きたかった。猛烈に抗議されたが、ゾーイの同行は許さなかった。できるかぎり彼女を不快なことから守ろうと覚悟を決めていた。これが不快なことになるのは必至だった。

マリアナは代わりにフレッドと行くことにした。彼が携帯電話の地図を使って、牧草地までの道案内をした。

川沿いを歩き、いくつものカレッジや草地を通り過ぎながら、草や土や木のにおいを吸い込み、するとマリアナは、何年も前の、あの初めての秋に引きもどされた。イギリスにやってきて、ギリシャの蒸し暑さと引き換えに、イングランド東部地方の灰色の空と濡れた草地を得たあのときに。

以来イギリスの田園は、マリアナにとって魅力を失うことはなかった——今日の日が来るまでは。もはや魅力的なものなど何もなく、恐怖で気分が悪くなるだけだった。彼女が愛したこの牧草地や草地、セバスチャンと歩いた小道は、永遠に汚されてしまった。もう愛や幸せと同義ではなくなった——これから先は、血と死しか意味しない。

ふたりはほとんど無言で歩いた。二十分ほどしたところで、フレッドが前方を指さした。

「あそこだ」

目の前には牧草地が広がっていた。入り口のところには車の列ができていて、警察車両や報道のバンが、砂利道に縦一列に駐車していた。そのわきを通って規制線のところまで行くと、警察官が数人で報道陣を食い止めていた。小さな野次馬の群れもあった。

その野次馬たちを見て、海から引きあげられるセバスチャンの死体を見に浜辺に集まってきた、悪趣味な群衆のことがふと脳裏によみがえった。顔も憶えている——淫らな興奮を押し隠した心配顔。マリアナはあれが嫌でたまらなかった——そして、今ここでもおなじ表情を目にして、胸がむかついた。

「さあ」マリアナは言った。「行くわよ」

ところが、フレッドは動こうとしなかった。自信のなさそうな顔をした。「どこに?」

マリアナは規制線の先を指さした。「向こうに」

「どうやってなかにはいるの? 警察に見つかるよ」

マリアナはあたりを見た。「あなたがあそこに行って警察の気をそらして、その隙に、わたしがこっそりはいるというのは?」

「いいよ。それならできる」

「それともいっしょに来たい?」

フレッドは首を振った。マリアナとは目を合わせなかった。「正直言って、血はあまり得意じゃないんだ——死体とか、そういうのは。むしろここで待つほうがいい」

「わかった。すぐにもどってくるわ」

「幸運を」

「あなたもね」

フレッドは少し時間を取って勇気をかき集めた。それから警察のいるほうに歩いていった。声をかけ、質問をした。マリアナは機会を逃さなかった。

規制線に近づいて、テープを持ちあげてくぐった。そして、そのまま歩きだした。けれど、ほんの何歩か行ったところで声がした。

「おい！　何をしてるんだ」

マリアナはふり向いた。警察官のひとりが突進してきた。

「止まれ。何者だ？」

マリアナが答える前に、ジュリアンがあいだにはいった。現場を覆うテントから出てきて、警察官に向かって手を振った。「問題ない。わたしの関係者で、仕事の仲間だ」

警察官はマリアナを疑いの目で見ながらも、引きさがった。去っていくのを見届けたあとで、マリアナはジュリアンをふり返った。「恩に着るわ」

ジュリアンは笑いを浮かべた。「簡単にはあきらめないんだな。気に入ったよ。警部と鉢合わせしないことを祈ろう」彼はウィンクをした。「ちょっと見てみるかい？　病理医はわたしの古い友人だ」

ふたりはテントのところへ行った。病理医は外にいて、携帯電話に文字を入力していた。四十代くらいの長身の男性で、きれいに頭髪がなく、鋭い青い目をしていた。

「クバだ」ジュリアンは言った。「同業の仲間を連れてきたんだけど、かまわないかな」

「もちろんだ」クバはマリアナを見た。わずかにポーランド語の訛りのあるしゃべり方で言った。「見て気持ちいいものじゃありませんからね。前のよりさらにひどい」

彼は手袋をはめた手でテントの裏手を示した。マリアナは深呼吸をして、そちらへまわった。

そこにあった。

こんなに恐ろしいものは見たことがなかった。目を向けるのが怖かった。現実のものとは思えなかった。

若い女性の体、あるいはその残骸と言うべきものが、草のなかに伸びていた。胴体は見る影もなく切り刻まれていて、血と内臓と、泥と土がぐちゃぐちゃになったものが残っているだけだった。頭部はまったくの無傷で、目はひらかれ、見えないその目で何かを見つめている。忘却の淵へと続く道を。

マリアナは視線をそらすことができず、その目を見つづけた。このメデューサの眼差しに射すくめられて――死んでなお、見たものを石に変える力のある、その目に……『モルフィ公爵夫人』の台詞がふと頭にのぼった――〝彼女の顔に覆いを。目がくらむ――若くして死んだものだ〟。

彼女は若くして死んだ。あまりに若すぎた。たったの二十歳だ。来週が誕生日で、パーティを計画していた。

マリアナはそれを知っている。ひと目でだれかわかったからだ。

ヴェロニカだった。

2

マリアナは死体から離れて歩きだした。

実際に具合が悪くなった。見たものと自分とのあいだに距離を置かずにはいられなかった。逃げたいと思ったが、その術（すべ）がないのはわかっていた――この光景は、この先一生つきまとうだろう。血、頭、あの見ひらいた目――

だめ、考えちゃだめ。

マリアナは歩きつづけ、やがてとなりの牧草地との境の、ぼろぼろの木の柵のところまでやってきた。ぐらついて倒れそうだが、その柵にもたれた――頼りなくても支えがないよりましだった。

「大丈夫かい？」

ジュリアンが横にやってきた。マリアナを心配そうに見た。

マリアナはうなずいた。自分の目が涙でいっぱいなのに気づいた。恥ずかしくなって、ぬぐった。「大丈夫よ」

「事件現場をたくさん見ると、慣れてくるもんだよ。ともかくきみが勇敢なのは認める」

マリアナは首を横に振った。「全然そんなことない」

「それから、コンラッド・エリスに関しては、きみが正しかったね。殺害時刻には勾留されていたから、容疑は晴れることになり……」ジュリアンは近づいてきたクバをふり返った。「それとも、ふたりを殺したのは同一人物じゃないという考えかい？」

クバは首を振って、ポケットから電子タバコを出した。「いや、おなじ犯人だろう。やり方がいっしょだ――数えたところ、刺し傷は二十二カ所」タバコを吸引し、水蒸気の煙を吐きだした。

マリアナは彼の顔をのぞき込んだ。「彼女は何かを手に持っていました。あれはなんだったの？」

「ああ、気づいたんですね。松ぼっくりですよ」

「やっぱり。妙ね」

ジュリアンがマリアナを見た。「妙というのは？」

マリアナは肩をすくめた。「このへんに松の木はないから」一瞬考えてから口にした。「タラの遺体とともに発見されたものの一覧はないのかしら」

「奇遇だな」クバが言った。「じつはおなじことを思って、それで確認したんです。そしたら、やはりタラの死体といっしょに松ぼっくりが見つかっていた」

「松ぼっくりが？」ジュリアンが言った。「なかなか興味深いな。犯人にとっては何かしらの意味があるにちがいない……。だがどんな意味なのか」

ジュリアンが話すのを聞きながら、マリアナはフォスカ教授がエレウシスの講義で映したスライドの一枚をふと思いだした。大理石の松ぼっくりのレリーフだった。

そう、たしかに何かの意味がある、とマリアナは思った。

ジュリアンはもどかしそうにあたりを見まわしていた。頭を振った。「どうやってやりとげたんだ？　屋外でふたりを殺した――そして、血まみれのまま姿をくらまし、目撃者も、凶器も、証拠も、何も残さずに消えた」

「地獄の一端を見せるだけでね」クバは言った。「だけど血についてはまちがいだ。血まみれだったとはかぎらない。刺したのは死んだあとだから」

「え？」マリアナはクバをじっと見た。「どういうこと？」

「言ったままのことですよ。男は最初に喉を切った」

「それは確かなんですか？」

「ええ」クバはうなずいた。「どちらのケースも、深い切り傷が死因です――首の骨のところまで組織がすっぱり切られている。即死だったにちがいない。傷の深さから判断するに、背後から襲われたんでしょう。ちょっといいかな？」

クバはジュリアンのうしろに立ち、電子タバコをナイフ代わりにして、優雅に実演してみせた。ジュリアンの喉を切り裂く真似をするときには、マリアナは思わず顔をしかめた。

「ほらね。動脈からの血は前に噴きだす。その後、体を地面に寝かせ、刺しているあいだは血はそのまま下に滴って、土に吸い込まれる。だから、まったく血を浴びていなかった可能性もある」

マリアナは首を振った。「だけど——それじゃつじつまが合わない」

「なぜ？」

「だって——逆上した行為じゃないから。自分を抑えられなかったとか、怒りに任せてやったとか——」

クバは首を振った。「いや、むしろ反対でしょう。犯人はとても冷静で抑制が効いている——何かのダンスを演じているみたいに。とても緻密だ。ええと……リトゥアリスティチニ……」彼は英語の言葉を探した。「リチュアリスティック？　合ってるかな？」

「儀式的（リチュアリスティック）？」

クバを見つめながら、マリアナの頭に映像が順番によぎった。宗教儀式について講義する、壇上のエドワード・フォスカ。タラの部屋にあった、犠牲を求める古代ギリシャの託宣を書いたポストカード。そして、脳裏の奥にある映像――真っ青な空、そして、ぎらつく太陽と、復讐の女神に捧げられた廃墟となった神殿の、消しがたい記憶。

何かがある――考えなければならない何かがある。けれど、クバからさらに話を聞く前に、うしろから声がかかった。

「いったい何事だ？」

全員がふり返った。サンガ警部が立っていた。嬉しそうな顔ではなかった。

3

「この人がここで何をしてるんですか」サンガは顔をしかめて言った。

ジュリアンが前に進みでた。「マリアナはわたしが連れてきました。何かわかることがあるかもしれないと思って——実際、とても参考になりましたよ」

サンガは水筒の蓋をはずし、フェンスの支柱に危なっかしく置いてお茶を注いだ。顔が疲れている、とマリアナは思った。彼の仕事をうらやむ気にはなれなかった。ここへ来て捜査の規模は二倍になり、唯一の容疑者は消えてしまった。さらに追い打ちをかけるのは気が引けるが、やむを得ない。

「警部」マリアナは言った。「被害者がヴェロニカ・ドレイクであることはお気づきですか？　セント・クリストファー校の学生です」

警部はかすかに動揺した顔でマリアナを見つめた。「まちがいないんですね？」

マリアナはうなずいた。「それから、フォスカ教授が被害者のふたりを教えていたことはご存じですか？　ふたりとも教授の特別なグループのメンバーでした」

「特別なグループというのは？」

「ぜひとも本人に聞いてください」

サンガ警部は紅茶を飲み干してから答えた。「わかりました。ほかにも教えてもらえることはありますか、マリアナ？」

マリアナは相手の口調が気に入らなかったが、礼儀正しく微笑んだ。「今のところは以上です」

サンガはカップに残った中身を地面に捨てた。蓋を振って魔法瓶にかぶせて閉めた。

「捜査のじゃまをしないでくれと、すでに一度伝えたはずです。だから、はっきり言わせてもらおう。もしまた犯罪現場に立ち入ったら、わたしがこの手で逮捕する。いいですね？」

マリアナは返事をしようとして口をひらきかけた。だが、ジュリアンが先に反応した。

「申し訳ない。もう二度とありませんから。さあ、マリアナ」

ジュリアンはマリアナをその場から引っぱって、規制線のほうまで連れていった。

「サンガはきみが嫌いらしい」ジュリアンは言った。「わたしなら、じゃまはしないようにするよ。吠えられるのと嚙まれるのとでは、えらいちがいだ」ウィンクをした。「大丈夫。進展があったら、またちゃんと知らせるよ」

「ありがとう。恩に着るわ」

ジュリアンは笑顔になった。「泊まってるのはどこ？　警察がわたしに用意したのは、駅前のホテルだ」

「わたしは大学に泊まってる」

「いいね。今夜、一杯どうかな。たがいに近況の報告でも？」

マリアナは首を振った。「ごめんなさい。ちょっとそれは」

「どうして、だめなんだ？」ジュリアンは輝く笑顔で言ったが、その後、マリアナの目の向いている方向を見た。視線をたどった先には、規制線の向こうから手を振るフレッドの姿があった。

「ああ」ジュリアンは顔をしかめた。「なるほど、先約があるのか」

「え？」マリアナは首を振った。「ちがう。あれはただの友達よ――ゾーイの」

「そう」ジュリアンは信じていない顔で笑った。「大丈夫だ。また会おう、マリアナ」

少しいらだっているようにも見えた。ジュリアンは背を向けて去っていった。

マリアナもいらだっていた――自分自身に対して。規制線をくぐり、フレッドのほうにもどった。ますます腹が立ってきた。なぜフレッドがゾーイの友達だなどと、どうしようもない嘘をついたのだろう。後ろめたいことも、隠さないといけないことも何もない。なのに、なぜわざわざ？

フレッドへの思いについて自分に嘘をついているのだとしたら、もちろん話は変わってくる。そんなことがあり得るのだろうか。もしそうだとしたら、とても気がかりなことだ。ほかにはどんなことで自分に嘘をついているのだろう？

4

セント・クリストファー校の学生にふたりめの犠牲者が出て、なおかつ、殺されたのがアメリカの上院議員の娘であることが公表されると、その情報が世界じゅうのニュースのトップを飾った。

ドレイク上院議員はアメリカのメディアに追いかけられ、各国のマスコミにつきまとわれながら、妻とともにワシントンからの一番早い便に乗り、数時間後にはセント・クリストファー校に駆けつけた。

まるで中世の包囲攻撃のような光景だとマリアナは思った。侵入を試みるジャーナリストやカメラマンの大群を押しもどすのは、頼りない柵と、数人の制服警官と、ひとにぎりのカレッジのポーターたち。ミスター・モリスは最前線にいて、拳の力で大学を守る構えで袖をまくっていた。

正門前の石畳には、報道陣のために場所が広く確保されていたが、それがキングズパレードのほうまで拡大し、道に中継車のバンがずらりと並んだ。川沿いには特設のプレス用テントが置かれ、ドレイク上院議員夫妻はそこでテレビのインタビューに応じ、娘を殺した犯人の逮捕につながる情報があれば教えてほしいと、涙ながらに訴えた。

ドレイク上院議員の要請で、ロンドン警視庁も引っぱりだされた。ロンドンから追加の警察官が派遣され、彼らは通りの封鎖、戸別訪問、街頭のパトロールの任にあたった。

連続殺人だと認識されたことで、街全体が緊張につつまれた。一方コンラッド・エリスは釈放されて、すべての罪状が取りさげられた。

ぴりぴりとした張りつめた空気が漂っていた。ナイフを持ったモンスターがその辺にいて、人目を引くことなく通りをうろつき、人を襲ったあとは闇にまぎれて消えてしまうらしい……。姿が見えないことで、犯人は人間以上の存在、超自然的な存在になった。神話から出てきた生き物、幻の存在に。

だがマリアナは、犯人が幻でもモンスターでもないことを知っていた。ただの人間で、神話化されるほどの存在ではない。そんなものには値しない。

犯人にふさわしいのは——その感情を心に呼び起こすことができるとして——せいぜい〝憐れみ〟と〝恐れ〟だ。アリストテレスが悲劇のカタルシスの要素だと論じる、まさにそのもの。もっともマリアナは、憐れをもよおせるほど、この逸脱した男のことをよく知らない。
　だが恐ろしいのはたしかだった。

5

母は、こんな人生をおまえには望んでない、とよく言った。

そしてこうも言った。いつの日かふたりで、おまえとわたしで出ていく。だけど、それは簡単なことじゃないだろう、と。

〝わたしは教育を受けていない。十五で学校をやめてしまった。おまえはおなじ道を歩まないと約束して。おまえは教育を受ける必要がある——それがお金を稼ぐ鍵になる。生きていく術、安全を手に入れる術になる〟

その言葉を忘れたことはない。ほかの何より、おれは安全がほしかった。

いまだに安全だとは実感できない。

それは父が危険な男だったせいだ。ウイスキーを一定以上飲むと、いつも目に小さな炎がともった。そしてだんだん議論でからんでくるようになる。父の怒りを避けるのは、地雷原を歩くのといっしょだった。

それについては、おれは母よりはうまかった――安定状態を保ち、数歩先にいて、話題が安全な域から出ないようにし、話の進む方向を予測する。必要なら父をうまく誘導し、怒りに火がつくような話題から遠ざける。母は、遅かれ早かれ必ず地雷を踏んだ。うっかりしてか――あるいは、マゾ的な意図でか――何かを言ったり、やらかしたり、口答えしたり、批判したり、父の気に入らない料理を出したりした。

すると父の目がぎらついた。垂れさがった下唇。歯を剝いた顔。遅まきながら、母は父が怒っていることに気づく。テーブルがひっくり返されて、グラスが叩き割られる。無力なおれはかばうことも守ることもできず、母が逃げて寝室に駆け込むのをただ見ている。母は必死にドアの鍵を閉めようとする……が、間に合わず、父が乱暴にこじあけ、そして、そのあと――

理解できない。

なぜ母は家を出ていかなかったのか？　なぜ、二人分の荷物をまとめて、夜のあいだにおれを連れて出ていかなかったのか。いっしょに逃げることはできただろうに。だけど、母はそれを選ばなかった。なぜ？　怖かったから？　それとも、家族が正しかったのを認めるのが嫌だったのか――おまえはとんでもない誤りを犯した、いずれ尻尾を巻いて実家に逃げ帰ってくる、母はそう言われていた。

あるいはすべてを否定して、状況が奇跡のように好転するという希望にすがりついていたのか。おそらくそうだったのだろう。自分の見たくないもの、すぐ目の前にあるものを無視することにかけては、とても長けた人だった。

おれも、そのやり方を学んだ。

それから、自分が地面ではなく、地上に張られた細くて見えない網の上を歩いているのだということも、幼くして学んだ。すべったり落ちたりしないように、慎重にロープを伝わないといけなかった。おれの性質のどこかの部分には、いらいらさせるものがあるらしかった。おれには隠さないといけない恐ろしい秘密があった――それが何か、自分でも知らないながらに。

だが父は知っていた。おれの罪業を知っていた。

それで罰を与えた。

おれをかかえて二階にあがった。バスルームに連れていって、鍵を閉め――

そして、それがはじまる。

今、その怯えた幼い少年を想像したとき、おれは胸をえぐる悲しみを感じるか？　つらい共感の気持ちを感じるか？　まだほんの子供で、その子はおれの罪悪とは関係はない――その子は怯え、痛みに耐えている。おれは一瞬でも同情を感じるか？　その子の苦境、その子が経験するもろもろ不憫に思うか？
いや。思わない。
おれはいっさいの憐れみを心から追いだした。
おれはそれに値しない。

6

生きたヴェロニカが最後に目撃されたのは、アマチュア演劇クラブ劇場での『モルフィ公爵夫人』のリハーサルから帰っていった、午後六時だった。その後、忽然と姿を消し——そして翌日、遺体で発見された。

なぜ、そんなことができたのか。

なぜ犯人は、どこかからふらりとあらわれて、目撃者も証拠も残さずに彼女を公然とさらうことができたのか？　マリアナが導きだせる答えはひとつしかなかった。ヴェロニカは犯人に自分からついていったのだ。騒ぐこともなく協力的に、自らの死に向かっていった——なぜなら、あの場所へ連れていった男のことを知っていて、信用していたから。

翌朝、ヴェロニカが最後に目撃された場所に行ってみることにした。マリアナはパークストリートにあるＡＤＣ劇場に向かった。

一八五〇年代に改築されて劇場になったが、もとは古い馬車宿だった。入り口の上には黒い文字で劇場のロゴが描かれていた。

大きなボードには、公演予告として『モルフィ公爵夫人』のポスターが貼ってあったが、上演されることはないのだろうとマリアナは思った。公爵夫人役のヴェロニカがいないのだから。

正面の扉の前に行った。あくか試してみた。鍵がかかっていた。ロビーの明かりも消えている。

マリアナは一瞬考えた。そして向きを変え、角をまがって建物の横にまわった。二枚の大きな黒い鉄の門扉で閉じられた先には、かつて厩舎（きゅうしゃ）が置かれていた中庭があった。試してみると、鍵はあいていた。門はあっけなくひらいた。マリアナは中庭にはいってみた。

そこには楽屋口があった。行ってみたが、こちらは施錠されていた。

がっかりしてあきらめかけたが、ふとあることを思いついた。非常口のほうを見た。そこから上階の劇場のバーまで螺旋階段が伸びていた。

学生時代には、ＡＤＣのバーは遅い時間まであいている場所として知られていた。マリアナとセバスチャンは土曜の夜のはしごの最後にときどきそこを訪れて、バーで踊り、酔いにまかせてキスをした。

階段をぐるぐるあがっていって、上までたどりついた。前には非常口の扉があった。

あまり期待せずに手を伸ばして取っ手を引っぱった。驚いたことに、ドアはあいた。一瞬ためらった。そしてマリアナはなかにはいっていった。

7

ＡＤＣのバーはいかにも昔ながらの劇場のバーで、ベルベットのバースツールが置いてあり、ビールと染みついたタバコのにおいがした。

照明は消えていた。陰気で薄暗くて、マリアナはカウンターのところでキスを交わす男女の幽霊に一瞬気を取られた。

とそのとき、バンという大きな音がして、心臓が飛びあがった。

さらにもう一度。建物全体が揺れるほどの音だった。

なんなのか調べてみることにした。音がしたのは下の階だ。マリアナはバーを出て、建物の奥へとはいっていった。できるだけ音を立てないようにして中央の階段をおりた。

ふたたび大きな音が響いた。

ホール本体から聞こえた気がした。階段の下で耳をすまして待った。だが、なんの音もしない。

そっとホールの扉に近づいた。隙間をあけて、なかをのぞいた。

ホールは無人のようだった。舞台には『モルフィ公爵夫人』のセットが組まれている――ドイツ表現主義風の悪夢的な牢獄が再現され、壁は斜めで、鉄格子がゆがんだ角度に伸びていた。

そして、その舞台の上にひとりの青年がいた。

シャツを脱いで、上半身から汗を滴らせていた。ハンマー一本でセットまるごとを破壊しているようだった。その暴力的な様子には、警戒すべきものがあった。

マリアナはそっと通路をくだっていって、無人の赤い座席の列をいくつも過ぎ、舞台までたどりついた。

すぐ下に立つまで、相手はマリアナに気づかなかった。身長は百八十センチほど、短髪の黒髪、顔には一週間分ほどの無精ひげ。二十を過ぎているようには見えないが、若々しくも、懐っこくもない顔をしていた。

「だれだ?」マリアナをにらみつけて言った。

マリアナは嘘をつくことにした。「わたしは――心理療法士で――警察に協力しています」

「ふん。警察ならさっきまでいたよ」

「そう」マリアナは馴染みのあるアクセントだと思った。「あなたはギリシャ人？」

「なんで？」新たに興味が湧いた顔でマリアナを見た。「そっちも？」

妙なことだが、マリアナはとっさに嘘をつこうかと思った。なぜだか自分のことはいっさい知られたくなかった。だがなんらかの共通点を示せば、相手からより多くを引きだせる。「半分ね」マリアナは小さく微笑んだ。それからギリシャ語で言った。「アテネで育ったの」

そう聞いて相手は喜んでいるようにも見えた。穏やかになり、怒りも多少は冷めたようだった。「おれはテッサロニキの出身。会えて何よりです」歯を見せて笑ったが、鋭い剃刀のような歯だった。「あがるのを手伝いますよ」

そう言うと、いきなり乱暴に手を伸ばして、マリアナを軽々とステージに引きあげた。マリアナは両足でよろよろと着地した。「ありがとう」

「ニコスです。ニコス・コウリス。そちらは？」

「マリアナよ。学生さん？」

「そう」ニコスはうなずいた。「これの責任者」まわりの破壊されたセットを手で示した。「演出家だった。おれの演劇への野望が打ち砕かれる場に、あなたは居合わせている」彼は虚しく笑った。「公演は中止になった」

「ヴェロニカのことで?」

ニコスは顔をしかめた。「ロンドンからエージェントが見にくる予定だった。夏のあいだ必死に準備して、計画したのに。それが無駄になるなんて……」

猛烈な勢いで壁の一部を引き倒した。バタンと倒れて、床が振動した。

マリアナはじっと観察した。彼のすべてが憤怒で震えているようだった。かろうじて抑えている感情の糸が今にも切れて、無差別に攻撃をくりだし、セットではなくマリアナを打ち壊す勢いだった。かなりの恐怖感があった。

「できれば少し、ヴェロニカのことを聞かせてもらいたいのだけど」マリアナは言った。

「どんなことを?」

「最後に姿を見たのはいつだった?」

「ドレスリハーサルだ。少し批判的な意見を言わせてもらった。彼女はそれがお気に召さなかった。本当のことを言うと、役者としては二流だった。自分で思ってるほどの才能はない」

「そう。彼女の機嫌はどうだった?」

「おれが意見したあと? よくはなかったね」ニコスは歯を剝いて笑った。

「帰っていったのは何時ごろ? 憶えていたらでいいけど」

「六時ごろかな」

「そのあとどこに行くか言ってた？」

「いや」ニコスは首を振った。「だけど、たぶんあの教授に会いにいったんだろ」ニコスは椅子を重ねることに注意を向けた。

ニコスを見ながら、マリアナの心臓の鼓動が速くなった。口をひらくと息切れしたような声が出た。

「あの教授？」

「そう」ニコスは肩をすくめた。「名前は憶えてない。ドレスリハーサルを見にきてた」

「どんな外見だった？　説明できる？」

ニコスは少し考えた。「長身。ひげ。アメリカ人」腕時計に目をやった。「ほかに知りたいことは？　こっちも忙しいんで」

「以上よ。ありがとう。ただ、楽屋だけ見せてもらいたいのだけど。ヴェロニカの所持品で残っているものはないかしら」

「たぶん、ないね。警察が全部持ってった。もともと多くなかったし」

「それでも見てみたいわ。かまわなければ」

「どうぞお好きに」ニコスは舞台の袖を指さした。「階段をおりて左側」

「ありがとう」

ニコスは何かを考えているようにマリアナの顔を一瞬見た。けれども何も言わなかった。マリアナはそそくさと舞台袖にはいった。

薄暗くて、目が慣れるのに少しかかった。ふと気になり、マリアナはうしろをふり返って舞台を見た。大道具を打ち壊しているニコスの顔は、怒りでゆがんでいた。自分の思いどおりにならないことがよほど憎いらしい、とマリアナは思った。あの若者の内側にあるのは本物の怒りで、彼のそばを離れられてマリアナはほっとした。

前を向いて狭い階段を急いでくだり、劇場の奥へと進んで楽屋にはいった。

役者全員で使うにはだいぶ手狭な場所だった。衣装用のハンガーレールと場所を取り合うようにして、かつら、メイク道具、小道具、台本、鏡台が置かれている。マリアナは雑然とした様子を目に収めた――これではどれがヴェロニカのものか、区別のしようがない。役立つ何かがここで見つかるとは思えない。それでも……

鏡台を見た。役者それぞれにひとつずつ鏡があった――そこには口紅でハートやキスマークや、幸運を祈るメッセージが落書きされていた。鏡の枠には、ポストカードや写真などもはさまれている。

ある一枚のカードが、すぐにマリアナの目を引いた。それだけがほかから浮いていた。

よく見てみた。宗教画――聖人のイコンだ。美しくて、長い金髪の髪をしている……ヴェロニカのように。首には銀の短剣が突き刺さっている。さらにぞっとすることに、手に持つ盆には人間の目玉がふたつのっていた。

マリアナは見ていて気分が悪くなった。伸ばした手が震えた。鏡の枠からポストカードを抜いて、裏を返した。

するとそこには――やはりおなじように――古代ギリシャ語の手書きの引用文があった。

ἴδεσθε τὰν Ἰλίου
καὶ Φρυγῶν ἑλέπτολιν
στείχουσαν, ἐπὶ κάρα στέφη
βαλουμέναν χερνίβων τε παγάς,
βωμόν γε δαίμονος θεᾶς
ῥανίσιν αἱματορρύτοις
χρανοῦσαν εὐφυῆ τε σώματος δέρην
σφαγεῖσαν.

乙女を見よ
プリュギア人の町イリオンを
滅ぼすために、
あの方はおいでになる、髪に冠をつけ、
清めの水をふりかけ、
恐ろしい女神の生贄の祭壇へと歩いていく。
その美しい首が切り落とされて
そこは血にまみれるだろう。

8

第二の殺人のあと、セント・クリストファー校には茫然とした、生気を吸い取られたような空気が漂っていた。

ギリシャ神話のテーバイを滅ぼした病のような、何かの疫病か伝染病が、学内に蔓延しているみたいだった。目に見えない空気感染する毒が中庭を漂っていて、外界からの逃げ場だったこの古い砦も、今やなんの防御の役も果たさなかった。

学寮長は安全を宣言し、保証したが、我が子を連れて帰る親が続出した。マリアナはそれを責める気もないし、学生たちがここから出たいと思うのも無理のないことだと思った。マリアナ自身、ゾーイを抱きかかえてロンドンへ連れていきたい気持ちがあった。けれど、それを提案することは控えた。ゾーイがここに残るのはもはや当然のことで、それはマリアナについても同様だった。

ヴェロニカの殺害に、ゾーイはとくに大きな衝撃を受けた。それほどまで動揺していることに、本人が驚いていた。偽善者みたいな気分だ、と彼女は言った。

「だって、ヴェロニカのことは好きですらなかったのに——なんで涙が止まらないんだろう」

マリアナは、ゾーイはヴェロニカの死を利用してタラへの悲しみを表に出しているのかもしれない、と思った。その悲しみはあまりに大きく、あまりに恐ろしくて、これまで正面から向き合うことができなかった。だからこの涙はいい涙、健全な涙であり、マリアナはそのことをゾーイに話し、ベッドに座ってゾーイを抱きしめ、泣きじゃくる彼女を優しく揺すった。

「大丈夫よ、ゾーイ。いいの。どんどん泣いたほうが気分がましになるから」

やがてとうとう涙がおさまった。その後マリアナは、お昼を食べにいこうとゾーイを強引に誘った。二十四時間ほとんど何も口にしていないのだ。ゾーイは目を赤くして、ぐったりしながらも、誘いに応じた。広間へ向かう途中、クラリッサとばったり会い、ハイテーブルでいっしょに食べようと声をかけられた。

ハイテーブルというのは食堂のなかの、フェローとその招待客だけに許された場所だった。大広間の奥の、歴代学寮長の肖像画がオークの壁から見おろす下に、舞台のような一段高くなった壇があって、その壇上に席が設けられている。広間の逆の端には学生用のビュッフェがあり、ベストに蝶ネクタイで小ぎれいにきめた食堂のスタッフが取り仕切っていた。学部生たちはみな、広間に縦に並べられた長テーブルにずらりと一列に座った。学生の姿はあまり多くなかった。マリアナは来ている数人を観察しないではいられなかった。みんな料理をつつきながら、顔に不安を浮かべて小声で話をしている。ゾーイより元気そうな学生は、ひとりもいなかった。

ゾーイとマリアナはクラリッサといっしょに、ほかのフェローから離れて、ハイテーブルの一番端に座った。クラリッサはメニューをしげしげとながめた。恐ろしいことが続いていても、彼女の食欲は衰えることがなかった。「じゃあわたしは雉(きじ)のローストにするわ」彼女は言った。「それから……洋梨のワイン煮か。スティッキー・トフィー・プディングもいいわね」

マリアナはうなずいた。「あなたは何にする、ゾーイ?」

ゾーイは首を振った。「お腹はすいてない」

クラリッサが心配そうな目を向けた。「何か食べないとだめよ、あなた。元気がないみたいじゃない。何か口に入れて力をつけないと」

「ポーチドサーモンと野菜は?」マリアナは言った。「それでいい?」

ゾーイは肩をすくめた。「うん」

ウェイターが注文を取っていったあとで、マリアナはＡＤＣ劇場で見つけたポストカードをふたりに示した。

クラリッサは手に取って絵をよく見た。「ああ。まちがってなければ、聖ルチアね」

「聖ルチア？」

「聖ルチアを知らない？　聖人としては無名のほうかしら。ディオクレティアヌス帝によるキリスト教徒迫害のときの殉教者——西暦三〇〇年ころの話よ。目をくり抜かれ、その後、刺し殺された」

「かわいそうに」

「本当にね。そんなことから、目の見えない人の守護聖人になった。聖ルチアはよく、こうして自分の目を皿にのせた姿で描かれるの」ポストカードを裏返した。唇を静かに動かしながら、ギリシャ語の文を小声で読んだ。「さて、今回はエウリピデスの『アウリスのイピゲネイア』ね」

「なんて書いてあるんですか？」

「イピゲネイアが死に導かれるところよ」クラリッサはワインをごくりと飲んでから訳した。「〝乙女を見よ……髪に冠をつけ、清めの水をふりかけ……恐ろしい女神の生贄の祭壇へと歩いていく——そこは血にまみれるだろう〟——ギリシャ語ではαἱματορρύτοις ね——〝その美しい首が切り落とされて〟」

マリアナは気分が悪くなった。「なんてこと」

「食欲をそそるものでないのは、たしかだわ」クラリッサはポストカードをマリアナに返した。

マリアナはゾーイを見た。「どう思う？　フォスカが送ったかもしれない？」

「フォスカ教授？」カードを見ているゾーイの横から、クラリッサが驚いて言った。「まさか、あなた――これを彼が送ったと――」

「フォスカにはお気に入りの学生たちがいるんです。知ってましたか、クラリッサ？」マリアナはゾーイのほうをちらりと見た。「彼らはプライベートに――秘密裏に――集まっている。その学生たちのことをフォスカは〈乙女(メイデンズ)〉と呼んでいます」

「〈メイデンズ〉？」クラリッサは言った。「初めて聞いたわ。〈十二使徒〉を真似たのかしらね」

「〈十二使徒〉？」

「テニスンの秘密の文学グループよ――彼はそこでハラムと出会った」

マリアナはクラリッサを見た。一瞬声が出せなかった。それからうなずいた。「かもしれません」

「当然だけど、〈十二使徒〉は全員が男だった。察するに、〈メイデンズ〉のメンバーはみんな女性なんでしょうね」

「そのとおりです。そして、タラもヴェロニカもメンバーでした。奇妙な偶然だと思いませんか？　ゾーイ？　あなたはどう思う？」

ゾーイは居心地が悪そうだった。それでも、クラリッサのことを横目で見ながらうなずいた。「正直、たしかにあの人のやりそうなことだとは思う。こういうポストカードを送ったりとか」

「そう思うのはなぜ？」

「教授にはそういう古風なところがあるから――ポストカードを送るようなね。手書きのものをよく送るの。それに前期に、芸術としての手紙の重要性について講義をしたこともあった……でも、だからって、なんの証明にもならないよね」

「そう？」マリアナは言った。「ならないとも言いきれないと思うけど」

クラリッサはポストカードを指でたたいた。「この意味はなんだと思う？　この――これの目的が、わたしには理解できないわ」

「これは……ゲームでしょう。こうやって自分の意図を伝える――一種の挑戦状です。そして彼はそれを楽しんでいる」マリアナは慎重に言葉を選んだ。「それに……本人も意識してないかもしれませんが、それだけじゃない。こうした引用を選んだのには理由がある。

本人にとっては、何かの意味があるんです」

「つまりどういう？」

「わかりません」マリアナは頭を振った。「わたしには理解できない——でも、わたしたちはそれを理解しないと。彼を止めるにはそれしかありません」

「その〝彼〟というのは、エドワード・フォスカのこと？」

「かもしれません」

そう聞いて、クラリッサは非常に心を痛めているようだった。首を振っただけで、それきり何も言わなかった。マリアナは黙って目の前のポストカードを見つめた。

食事が運ばれてきて、クラリッサは自分の料理を黙々と食べ、マリアナはゾーイを見守って、少しでも多く食べ物を口に入れさせた。

食事のあいだにエドワード・フォスカの名が出ることはもうなかった。けれども彼は相変わらずマリアナの思考の隅に居て、頭のなかの暗がりに蝙蝠のように潜んでいた。

9

昼食のあと、マリアナとゾーイはカレッジのバーに軽く飲みにいった。

バーは明らかにふだんより静かだった。飲んでいるのは、ほんの数えるほどの学生たちだった。マリアナはひとりで座るセリーナを見つけた。彼女はこちらには気づいていなかった。

ゾーイがグラスのワインをふたつ注文してくるあいだに、マリアナはバーの奥まで歩いていった。セリーナはスツールに座り、ジントニックを飲みおえて携帯電話でメッセージを打っていた。

「こんにちは」マリアナは言った。

セリーナは顔をあげたが、返事をせずに注意を携帯電話にもどした。

「どうしてる、セリーナ？」

反応なし。マリアナが助けを求めてゾーイのほうを見ると、ゾーイは飲む真似をした。

マリアナはうなずいた。

「もう一杯どう？」

セリーナは首を横に振った。「いいえ。そろそろ行かないといけないから」

マリアナは微笑んだ。「秘密の恋人？」

これは明らかに言ってはいけない言葉だった。セリーナは驚くほど恐ろしい形相でマリアナを見た。

「いったい何が問題なの」

「え？」

「フォスカ教授になんの恨みがあるんですか？　あなた、取り憑かれてるか何かみたい。警察に先生の何を言ったの？」

「なんの話をしてるのかわからないわ」

そう言いつつも、サンガ警部がマリアナの言ったことをまともに取り合って、フォスカに話を聞いてくれたことに内心ほっとした。

「何かを言いつけたわけじゃない」マリアナは言った。「いくつかのことについて質問してみたらどうかと警察に勧めただけよ」

「警察はそのとおりにした。いっぱい質問した。わたしにもね。満足？」

「どんなことを警察に言ったの？」

「事実よ。水曜日の夜ヴェロニカが殺されたときに、フォスカ教授といっしょにいたってこと。夜のあいだはずっと先生の授業だった。もういい？」

「それで、教授はずっとそこにいたの？　タバコを吸いに出ることすらなかった？」

「それすらなかった」

セリーナはマリアナを冷たい目で見たが、携帯電話にあらわれたメッセージに気を取られた。それを読むと立ちあがった。

「もう行くわ」

「待って」マリアナは声を低くした。「セリーナ。あなたも十分に気をつけてね」

「もう、いい加減にして」セリーナはバッグをつかんで出ていった。

マリアナはため息をついた。セリーナが空けたスツールにゾーイが腰をおろした。

「成果なしだね」

「そうね」マリアナは首を振った。「だめだった」

「これからどうする？」

「わからない」

ゾーイは肩をすくめた。「ヴェロニカが殺された時間にセリーナといっしょだったなら、フォスカ教授にやれたはずはないよ」

「セリーナが嘘を言っていなければね」

「教授のためにセリーナが嘘をつくと本気で思う？　それも二度も？」ゾーイは疑わしげな顔をして肩をすくめた。「あのさ、マリアナ……」

「何？」

ゾーイはマリアナの目を避けた。一瞬、口をつぐんだ。「マリアナの教授に対する態度だけど――ちょっとおかしいよ」

「おかしいってどういうこと？」

「教授はどっちの事件のときも、ちゃんとアリバイがある――なのにまだ固執してる。それって教授の問題――それともマリアナの？」

「わたしの？」マリアナは耳を疑った。怒りで頬が火照るのを感じた。「何が言いたいの？」

ゾーイは首を振った。「もういいや」

「わたしに言いたいことがあるなら、はっきり言って」

「言ったってしょうがない。フォスカ教授のことは忘れるようにと説得しても、ますます意固地になるだけだから。すごい頑固だよね」

「わたしは頑固じゃない」

　ゾーイは笑った。「セバスチャンがよく言ってたよ。会ったなかで一番の頑固者だって」

「そんなふうに言われたことはないわ」

「でも、わたしには言った」

「なんの話なのか理解できないわ、ゾーイ。あなたの言いたいことがわからない。フォスカの何がどうだっていうの？」

「そっちが教えてよ」

「え？　惹かれてなんかないわよ——そういう話をしているんなら！」

　つい大声が出てしまった。バーの向こうにいる二、三人の学生が、その声にふり返った。ゾーイと長いこといっしょにいるなかで、記憶にあるかぎり初めて口論になりかけていた。マリアナは理屈ではない怒りを感じていた。それはなぜなのだろう？

　ふたりは一瞬たがいを見合った。

　ゾーイが先に引きさがった。「忘れて」頭を振って言った。「ごめんね。くだらないこと言って」

「こっちこそ、ごめんなさい」

ゾーイは腕時計を確認した。「もう行かないと。『失楽園』の授業があるの」

「いってらっしゃい」

「じゃあ、夕食で？」

「ええと……」マリアナは口ごもった。「夕食はだめなの。じつは――人と――」

フォスカ教授と夕食をする予定だとは言いたくなかった。とくに今は。ゾーイはそれこそ余計なことまで深読みするだろう。

「その――友達と会うの」

「だれ？」

「あなたの知らない人。大学時代の古い友人。さあ、行きなさい。遅れるわよ」

ゾーイはうなずき、マリアナの頬に軽くキスをした。マリアナはゾーイの腕をぎゅっと握った。「ゾーイ。あなたも気をつけるのよ。いい？」

「要するに、知らない男の車には乗るなって？」

「ばか言わないの。本気で心配してるんだから」

「自分の身は自分で守れるから、マリアナ。わたしは怖くない」

マリアナを一番不安にさせるのは、ゾーイの声にあるその無謀な勇気だった。

10

マリアナはゾーイが去ったあともしばらくバーに残り、グラスのワインをちびちび飲んだ。頭のなかで何度も今の会話をくり返した。

ゾーイが正しいとしたら？　フォスカが無実なら？

フォスカはどちらの事件でもアリバイがある。それなのにマリアナは、彼の周囲に疑惑の網を張りめぐらせた。二、三のヒントをつかんだだけで——そして、そのヒントというのは？　事実でもなければ、具体的な何かでもない。些末なことだ。ゾーイの目に浮かんだ怯えた表情、フォスカがタラとヴェロニカにギリシャ悲劇を教えていたこと、それに、あのポストカードはフォスカが送ったとマリアナが信じていること。

そしてマリアナの直感は、だれであれあのカードを送った人物が、ふたりの殺しにもかかわっていると告げていた。サンガ警部のような人物からすれば論理の飛躍で、妄想にも聞こえるかもしれないが、マリアナのようなセラピストには、直感だけが拠り所であることもしばしばあるのだ。もっとも、信じがたいことではあった――ここの大学の教授が、自分の学生をあんな恐ろしい方法で堂々と殺し、そのうえ逃げきる気でいるとは。

それでも……もしマリアナが正しかったら……

フォスカはもう逃げきったのだ。

けれど、もしまちがっていたとしたら？

明確に考える必要があったが、それができなかった。頭がくもっていて、それはワインのせいではなかった。自分の手にあまるのを痛感して、自信が失せてきたのだ。今から何をすれば？　つぎにどうすべきか、マリアナには見当もつかなかった。

落ち着いて、と自分に言い聞かせた。患者を診ていてこんな感覚に陥ったら――自分の力がおよばないと感じたら――いつもはどうする？

答えは一瞬で出た。もちろん援助を求める。指導（スーパービジョン）をしてもらう。

悪くない案だ。

指導者（スーパーバイザー）に会って損はない。それに、ここを出てロンドンに行き、この大学やその毒気に満ちた空気から数時間でも離れることができれば、おおいにほっとする。

それがいい、とマリアナは思った。そうしよう――ルースに電話して、あすロンドンで会ってもらおう。

だがその前に、今夜はここケンブリッジで約束があった。

八時の夕食――相手はエドワード・フォスカ。

11

八時になり、マリアナはフォスカの部屋へ向かった。

堂々たる大きなドアを見つめた。〝エドワード・フォスカ教授〟と、ドアの横の黒い札にカリグラフィー風の白い文字で書いてあった。

クラシック音楽がなかから漏れている。ノックした。返事はない。

もう一度、もっと強くノックした。一瞬、反応はなく、そして――

「あいています」と遠くから声がした。「どうぞ、あがって」

マリアナは深呼吸して自分を落ち着かせ、それからドアをあけた。出迎えたのは楡の階段だった。古くて狭い階段で、ところどころ木が反ってゆがんでいた。気をつけながらのぼらないといけなかった。

音楽がさっきより大きく聞こえてきた。宗教的なアリアか詩篇に曲をつけたような、ラテン語の歌だった。以前どこかで耳にしたことがあったが、どこかはよく憶えていない。

美しいが不吉な旋律で、心音のように音を刻む弦楽器が、階段をあがるマリアナの不安な胸の鼓動を皮肉に模していた。

上のドアはあいていた。なかにはいった。最初に目に飛び込んできたのは、廊下に掛かる大きな十字架だった。美しかった――黒っぽい木の十字架で、装飾的で、ゴシック風で、複雑な彫刻が施されている――が、その大きさに気後れして、マリアナは急いで前を通り過ぎた。

リビングルームにはいった。あまりよく見えなかった。溶けて形のくずれたろうそくが点々ともっている以外、照明はなかった。お香の焚かれた陰鬱な闇に目が慣れるのに、しばらくかかった。黒い煙がろうそくの明かりを散らすので、いっそう見づらかった。

中庭に面した窓のある、広々とした部屋だった。ほかの部屋に通じる扉もいくつか見える。壁には絵画が飾られ、棚には本がぎゅうぎゅうに詰め込まれている。壁紙は濃い緑と黒で、葉や草のパターンがくり返されて、不穏な雰囲気を醸しだしていた――マリアナはジャングルにいるような感覚を覚えた。

マントルピースやテーブルの上には、彫刻や小物が飾ってあった。薄暗いなかで光っている人間の頭蓋骨、山羊の脚と角と尻尾を持つ、牧神(パン)の小さな像――もじゃもじゃの髪をして、酒の革袋を握っている。そして、その横には松ぼっくりがひとつ。

マリアナはふと、見られているのを確信した——背中と首筋に視線を感じた。うしろをふり向いた。

エドワード・フォスカがそこに立っていた。部屋にはいってきた音はしなかった。ずっと陰にいて、見ていたのだろうか？

「こんばんは」彼は言った。

黒い瞳と白い歯がろうそくの光にきらめき、乱れた髪が肩に垂れていた。黒のディナージャケットに小ぎれいな白いシャツを着て、黒い蝶ネクタイをつけている。ものすごく素敵に見えた。だが、そんなことを思った自分にすぐに腹が立った。

「ハイテーブルに行くとは思ってなかったわ」

「行きませんよ」

「でも、その格好は——」

「ああ」フォスカは自分の服に目をやり、微笑んだ。「こんな美しい女性と食事をする機会はそうあるものじゃない。それで、せっかくなのでドレスアップしようと思ったんです。飲み物をさしあげよう」

フォスカは返事を待たずに、銀のアイスペールから抜栓してあるシャンパンの瓶を取りだした。自分のグラスに注ぎ足してから、マリアナ用に一杯注いで、それをわたした。

「ありがとう」

エドワード・フォスカはしばらくその場からマリアナを観察し、黒い目で値踏みした。

「ふたりに」彼は言った。

マリアナは乾杯の言葉を返さなかった。グラスに口をつけて、シャンパンを飲んだ。泡が効いて、ドライでさわやかだった。味もよくて、緊張をほぐしてくれそうだった。マリアナはもうひと口飲んだ。

下の階のドアをノックする音がした。フォスカはにっこり笑った。「ああ。きっとグレッグだ」

「グレッグ？」

「食堂の」

バタバタと足音がした。そしてベストにネクタイ姿の、身軽でしなやかなウェイター、グレゴリーが、片手に保温用、反対の手に保冷用ボックスを持ってあらわれた。彼はマリアナに笑いかけた。

「こんばんは、ミス」教授に目をやった。「いいですか——？」

「もちろんだ」フォスカはうなずいた。「どうぞ、準備をしてくれ。サーブはわたしがやる」

「かしこまりました」

グレゴリーはダイニングルームに消えた。マリアナは訝しげにフォスカを見た。彼は微笑んだ。

「広間で食べるよりもプライバシーがほしかったんです。だけどわたしは料理は得意じゃない。そこで食堂に頼み込んで、広間をここへ持ってきてもらった」

「どうやって？」

「多額のチップという方法で。額は教えませんよ」

「ずいぶん手間をおかけしましたね、教授」

「エドワードと呼んでください。それに、喜んでやったことですから、マリアナ」

彼は微笑み、無言でマリアナを見つめた。マリアナは少し気まずくなって目をそらした。視線がコーヒーテーブルへ、そして松ぼっくりへと流れた。

「あれはなんですか？」

フォスカはマリアナが見ている先を追った。「松ぼっくりのことですか？　とくになんでもない。ただ故郷の思い出として置いてる。なぜ興味が？」

「松ぼっくりのスライドを見たような気がしたから。あなたのエレウシスの講義で」

フォスカはうなずいた。「ああ、そのとおりだ。秘儀の参加者は、最初に松ぼっくりをひとつ進呈される」

「そうなんですか。でも、どうして松ぼっくりなの？」

「重要なのは松ぼっくりそのものじゃない。それが象徴するものです」

「象徴するもの？」

彼は微笑み、じっとマリアナを見つめた。「種ですよ――松かさのなかの種。われわれのなかにある種――肉体に宿る精神。それに対して心をひらくことが重要なんです。内側を見つめて、自分の魂を見つける覚悟がね」

フォスカは松ぼっくりを手に取った。それをマリアナに差しだした。

「あなたにあげよう。さあ」

「いえ、いりません」マリアナは首を振った。「結構です」

意図したよりもきつい言い方になった。

「そう」

フォスカは面白そうに微笑んだ。松ぼっくりをテーブルにもどした。間があった。少ししてグレッグがあらわれた。

「全部整いました。デザートは冷蔵庫に入れてあります」

「ありがとう」

「いい夜を」グレッグはマリアナにうなずきかけて、部屋を出ていった。階段をおりていきドアが閉まる音がした。

ふたりだけになった。

沈黙が流れ、目と目が合い、緊張が漂った。少なくともマリアナはそれを感じた。フォスカが何を感じているのかはわからない――クールで魅力的な物腰の下に、何が隠されているのか。ほとんど読めない人だった。

彼はとなりの部屋を手で示した。

「行きますか?」

12

木のパネル張りの薄暗いダイニングルームにはいると、長いテーブルには白いリネンのテーブルクロスがかかっていた。銀の燭台(しょくだい)に挿した細長いろうそくには火がともり、ボトルの赤ワインは、デカンタに移してサイドボードに用意してあった。テーブルのうしろの窓からは、暗くなった空をバックに、中庭の真ん中に立つオークの木が見え、枝のあいだで星がまたたいていた。ほかの状況なら、こんな美しい古風な部屋で食事をするのは、とんでもなくロマンチックだろうとマリアナは思った。だが、今はちがった。

「座って」フォスカが言った。

マリアナはテーブルに近づいた。ふたつの席が向かい合わせに用意されていた。マリアナは着席し、フォスカは料理――ラムのもも肉、ローストポテト、グリーンサラダ――の並べられたサイドボードの前に立った。

「いいにおいだ」彼は言った。「まちがいない——自分でがんばった料理より、断然おいしいはずだ。わたしは舌はかなり肥えているが、キッチンでは最低限のことしかできない。つくれるのはイタリアの母が息子に教える、日常のパスタ料理くらいでね」

彼はマリアナに笑いかけ、肉用の大きなナイフを手に取った。刃がキャンドルの光にきらめいた。マリアナは、ラムを手際よく巧みにナイフで切り分ける様子を見守った。

「あなたはイタリア系なんですか？」マリアナは言った。

フォスカはうなずいた。「二世です。祖父母の代にシチリアから船でわたってきた」

「ニューヨークで育ったの？」

「厳密にはニューヨーク州。人里離れた農場で育った」

フォスカは数切れのラム肉とポテトとサラダを、マリアナのためによそった。それから自分にもおなじように皿に盛った。

「あなたはアテネ育ちですか」

「ええ」マリアナはうなずいた。「アテネの郊外」

「エキゾチックだ。うらやましいな」

マリアナは微笑んだ。「わたしに言わせればニューヨークの農場だって」

「実際に行けば、うらやましいなんて思わない。ひどい場所ですよ。一刻も早く出たかった」話す顔から笑みが消え、今ではまるで別人のようだった。険しい顔つきになり、老け込んで見えた。皿をマリアナの前に置いた。それから自分の皿を持ってテーブルの反対側にまわり、席についた。「わたしはレアが好きでね。大丈夫だといいのですが」

「平気よ」

「どうぞ召しあがれ」

マリアナは前に置かれた皿を見た。薄く切ったラム肉はかなりのレアで生々しく、光る赤い血がにじんで、白い磁器の皿にじわじわ広がった。見ていて気分が悪くなった。

「ディナーの誘いを受けてくれて、ありがとう、マリアナ。フェローズガーデンでも言ったとおり、あなたには興味をそそられる。自分に関心を持たれると、その相手に対して興味が湧くものだ。あなたはまちがいなくわたしに関心があった」彼はおかしそうに笑った。

「今晩は、その好意へのお返しの機会としたい」

マリアナはフォークを手にした。だが、肉を口に入れる気にはなれなかった。代わりにポテトとサラダに集中し、緑の葉を広がっていく血の海から遠ざけた。

フォスカの視線を感じた。ものすごく冷たくて——まるで毒蛇（バジリスク）の目のようだった。

「ラムに手をつけていないようだ。いかがですか？」

マリアナはうなずいた。肉を小さく切り、ごく薄い赤いかけらを口に入れた。水っぽくて金ください、血の味がした。嚙んで呑み込むのもやっとだった。

フォスカは微笑んだ。「よろしい」

マリアナはグラスに手を伸ばした。シャンパンの残りで血の味を洗い流した。グラスが空なのに気づいてフォスカが立ちあがった。「よければワインにしよう」サイドボードまで行って、濃い赤色のボルドーワインを二杯注いだ。席にもどって、マリアナにグラスをわたした。マリアナはワインを口に運んで飲んだ。土の香りの、ざらつきのあるフルボディのワインだった。すきっ腹に飲んだシャンパンが、すでに効いてきた感じがあった。ここでやめなければすぐに酔いがまわってしまう。だが、マリアナは飲むのをやめなかった。

フォスカはふたたび腰をおろし、マリアナを見て微笑んだ。「あなたの夫について聞かせてください」

マリアナは首を振った。嫌です、と。

フォスカは驚いた顔をした。「だめ？　どうして？」

「話したくないの」

「名前も？」

マリアナは低い声で言った。「セバスチャンよ」

その名を口にしただけで、なぜか彼が——マリアナの守護天使が——ふとあらわれ、マリアナは安心し、心が落ち着いた。セバスチャンが耳元でささやいた——怯えることはない。がんばれ。怖がらないでいい——

マリアナはその言葉に従うことにした。顔をあげ、目をしっかり見ひらいてフォスカの視線を受け止めた。「あなたのことを教えてください、教授」

「エドワードだ。どんなことを知りたいですか？」

「子供のころのことを教えて」

「子供のころ？」

「お母さんはどんな人でした？ お母さんのことは好きでした？」

フォスカは笑った。「母のことが？ ディナーを食べながら精神分析でもするつもりですか」

マリアナは言った。「気になっただけです。パスタのレシピ以外に、お母さんからどんなことを教わったのかと」

フォスカは首を振った。「母から教わったことは、残念ながらほとんどない。あなたは？ お母さんはどんな人でした？」

「わたしは母親を知りません」

「そう」フォスカはうなずいた。「わたしも母をよく知っていたとは言いがたい」

彼はしばらくマリアナを見ながら考えていた。頭が回転しているのがわかった。とても聡明な頭脳の持ち主だ、とマリアナは思った。彼はナイフのように鋭い。ここは気を抜かないようにしなければ。マリアナはさりげない口調で言った。「幸せな子供時代でしたか？」

「やはりセラピーのセッションにしたいようですね」

「セラピーのセッションじゃない――ただの会話よ」

「会話というのは双方向のものですよ、マリアナ」

フォスカは微笑んで、待った。しかたがないので、マリアナは応じることにした。

「わたしはとくに幸せな子供時代というわけではなかった。幸せなときもあったかもしれない。父のことはとても愛していたけど……」

「けど、その先は？」

マリアナは肩をすくめた。「死が多すぎた」

ふたりはしばらく見つめ合った。フォスカがゆっくりうなずいた。「ええ、あなたの目を見ればわかる。大きな悲しみが宿っている。テニスンの詩の主人公を思いだすな――〈堀をめぐらした村屋敷にいるマリアナ〉の詩の。〝あの人は来ない〟とそのマリアナは言う。〝こんなにも疲れ果てて、いっそ死んでしまいたい〟」

フォスカは微笑んだ。マリアナは裸にされたようで、腹が立って目をそらした。ワインに手を伸ばし、中身を飲み干した。それから彼と向き合った。

「あなたの番よ、教授」

「いいでしょう」フォスカはワインを口にした。「幸せな子供だったか？」首を振った。「いや、そうではなかった」

「どうして？」

すぐには答えなかった。席を立ってワインを取りにいった。彼はマリアナのグラスに注ぎ足しながら話した。

「真実が聞きたいですか？　父はとても暴力的な人だった。わたしは自分の、それに母の命の心配をしながら生きていた。父が母にむごいことをする場面を、何度も見せられた」

フォスカがここまで率直な告白をするとは、マリアナは思っていなかった。その言葉は真実のように聞こえたが、どんな感情とも完全に切り離されていた。まるで何も感じていないかのようだった。

「お気の毒に」マリアナは言った。「大変でしたね」

フォスカは肩をすくめた。しばらく返事をしなかった。自分の椅子にもどった。「マリアナ、あなたは人から聞きだすのが上手だ。きっと優秀なセラピストなんでしょう。自分をさらすまいと思っていたのに、結局、こうしてあなたにソファに座らされている」彼は微笑んだ。「セラピーのね」

　マリアナはためらいながら言った。「結婚のご経験は？」

　フォスカは笑った。「思考回路をなぞる発言だな。ソファからベッドに移るんですか」彼は微笑んで、さらにワインを飲んだ。「結婚したことはない。運命の女性に出会えなかった」マリアナを見つめた。「これまでのところは」

　マリアナは返事をしなかった。彼は見つめるのをやめなかった。その眼差しは重くて強くて、しつこかった。ヘッドライトに照らされたウサギの気分だった。ゾーイの言った表現を思いだした――〝目がくらむ〟。ついに耐えきれなくなってマリアナのほうから目をそらしたが、彼はそれを楽しんでいるようだった。

「あなたは美しい女性だ」フォスカが言うのが聞こえた。「でも、美しさ以上のものを持っている。独特のものがある――静謐さが。海の底、波のはるか深くにあって、動くものが何ひとつない、そんな静けさだ。完全に静止していて……そして、とてももの悲しい」

　マリアナは何も言わなかった。話の流れが気に食わなかった――仮にこれまで自分が会話の主導権を握っていたとしても、それが手から離れていくのがわかった。それに少し酔いがまわって、そのため、突然話題をロマンスから殺人に切り替えてきたフォスカに対して、マリアナは無防備だった。

「午前中、サンガ警部の訪問を受けた。ヴェロニカが殺されたときにわたしがどこにいたか、聞かれました」

反応があることを期待してか、彼はマリアナを見た。マリアナは何も顔に出さなかった。

「それで、なんと答えたんですか？」

「本当のことを。自分の部屋でセリーナの個別指導をしていた、と。信じられないなら彼女に確認するように言いました」

「そう」

「警部からはずいぶんたくさん質問されましたよ。最後の質問はあなたのことだった。何を聞かれたか、わかりますか？」

マリアナは首を振った。「さあ」

「なぜそんなにわたしを敵視するのか、不思議がっていました。わたしが何をしたせいなのか、と」

「それでなんと答えたの？」

「見当もつかない、だけど直接聞いてみる、と」彼は微笑んだ。「そこで尋ねたい。どういうことなんですか、マリアナ？　タラが殺されてから、わたしへのネガティブキャンペーンをずっと続けている。わたしは無実だと言ったら、あなたはどうしますか？　スケープゴートになってあげたいのはやまやまだが――」

「スケープゴートじゃないわ」

「そう？　わたしはよそ者だ――イギリス学術界というエリート主義のなかにいる、ブルーカラーのアメリカ人。とても異質な存在です」

「そんなことはないでしょう」マリアナは首を振った。「わたしからすれば、あなたはすっかり馴染んでいる」

「まあ、溶け込むためにがんばってきましたから。とはいえ、イギリス人の外国人嫌いはアメリカ人のそれよりずっと見えにくいかもしれないが、わたしはいつまでたってもよそ者で――ゆえに疑いの目をかけられる」彼は強い目をマリアナに向けた。「あなたといっしょでね――あなたもここの人間じゃない」

「わたしの話はいいでしょう」

「そうかな。なんといっても、われわれは同類同士だ」

マリアナは顔をしかめた。「それはちがう。同類なんかじゃないわ」

「やれやれ、マリアナ」彼は笑った。「わたしが自分の教え子を手にかけたと、まさか本気で信じてるんじゃないでしょうね？　ばかげている。殺されてもいい子がいないとも言いきれないが」彼はふたたび笑った。その笑い声に、マリアナの背筋に冷たいものが走った。

フォスカをじっと見た——たった今、本当の姿を垣間見た気がした。冷淡で、サディスティックで、思いやりというものがまるでない。自分が危険な領域に足を踏み入れようとしているのはわかっていたが、ワインのせいで気が大きく無謀になっていたし、こんなチャンスは二度とないかもしれないと思った。マリアナは慎重に言葉を選んだ。

「じゃあ、聞かせてください。具体的にどんな人間がふたりを殺したと思いますか？」

フォスカは意外な質問を受けたような顔でマリアナを見た。けれども、うなずいて言った。「じつは、わたしもそれについて考えてみた」

「そうでしょうね」

「それでまず気づいたのが、宗教的な要素があるということ。それは明らかでしょう。犯人はスピリチュアルな男。少なくとも自分ではそう思っている」

マリアナは廊下にあった十字架を思いだした。あなたのようにね、と心のなかで思った。

フォスカはワインを口にして、続けた。「殺人はただの無差別の攻撃じゃない。警察はそこのところをまだわかってないかもしれない。あの殺人は生贄的な行為だ」

マリアナは勢いよく顔をあげた。「生贄的な行為？」

「そのとおり。あれは儀式だ——再生と復活の」

「復活の要素は見られないわ。死があるだけで」

「それは見方によってまったく変わる」フォスカは微笑んだ。「それからもうひとつ。犯人はショーマンで、パフォーマンスが大好きだ」

あなたのようにね、とマリアナは思った。

「今度の殺人に、わたしはジャコビアン時代の復讐悲劇を思いだす。暴力と恐怖——それで衝撃を与えて、人々を楽しませる」

「楽しませる？」

「演劇という観点では」

彼は微笑んだ。マリアナはふいに、この人からできるだけ離れたいという衝動に駆られた。皿を押しやった。「ごちそうさまでした」

「もういいんですか」

マリアナはうなずいた。「十分いただきました」

13

コーヒーとデザートを居間でどうかとフォスカ教授に勧められ、マリアナはしぶしぶとなりの部屋に案内された。彼は暖炉のそばの大きなソファを示した。「どうぞ、かけて」並んで座って近い場所に身を置くことに、マリアナは抵抗を覚えた——なぜだか安心できなかった。そして、ふと思った。彼とふたりきりになることに自分がこんなに不安を覚えるのなら、十八歳の少女はどう感じるのだろう？

マリアナは首を振った。「疲れてるの。デザートは遠慮しておくわ」

「まだ帰らないで。コーヒーを淹れよう」

断る間もなく、フォスカは部屋を出てキッチンに消えた。

マリアナはここを出て逃げだしたいという衝動と闘った。頭がぼんやりし、いらいらし、そして自分に腹が立った。なんの成果もなかった。新たに得られた情報もなく、何かが明らかになることもなかった。もどってきた彼のアプローチをかわさないといけなくなる前に、あるいはもっと悪いことが起こる前に、とにかくここを去ったほうがいい。

どうすべきか考えながら、マリアナの目は部屋のなかをさまよった。コーヒーテーブルの小さな本の山に目が留まった。積んである一番上の本を見た。首を傾けて題名を読んだ。

『エウリピデス全集』。

マリアナは肩ごしにキッチンのほうをふり返った。彼の気配はない。素早く本に近づいた。

手を伸ばして本をつかんだ。なかから赤い革の栞(しおり)がはみだしていた。ページをひらいた。栞は『アウリスのイピゲネイア』のある場面の途中にはさんであった。ページの片側には英語が、反対側には原典の古代ギリシャ語が書いてあった。

いくつかの行にはアンダーラインが引いてあった。マリアナはすぐに気づいた。ヴェロニカに送られたポストカードに書いてあったのとおなじ数行だった。

ἴδεσθε τὰν Ἰλίου
καὶ Φρυγῶν ἑλέπτολιν
στείχουσαν, ἐπὶ κάρα στέφη
βαλουμέναν χερνίβων τε παγάς,

乙女を見よ
プリュギア人の町イリオンを
滅ぼすために、
あの方はおいでになる、髪に冠をつけ、

βωμόν γε δαίμονος θεᾶς
ῥανίσιν αἱματορρύτοις
χρανοῦσαν εὐφυῆ τε σώματος δέρην
σφαγεῖσαν.

清めの水をふりかけ、
恐ろしい女神の生贄の祭壇へと歩いていく。
その美しい首が切り落とされて
そこは血にまみれるだろう。

「何を見てるのかな？」

マリアナは飛びあがった——すぐうしろから声がした。マリアナは勢いよく本を閉じた。笑顔をつくって彼をふり返った。「べつに。ちょっとながめてただけ」

フォスカは小さなエスプレッソのカップをマリアナにわたした。「どうぞ」

「ありがとう」

彼は本に目をやった。「もうお気づきかもしれないが、エウリピデスはわたしのお気に入りでね。彼のことは旧友のように感じている」

「旧友？」

「そう。エウリピデスは、真実を語るただひとりの悲劇作家だ」

「真実？　何についての？」

「すべてですよ。人生。死。人間の信じられないほどの残虐さ。エウリピデスはそれをありのままに語る」

フォスカはコーヒーをすすりながらマリアナをじっと見た。そして、彼の黒い瞳の奥をのぞき込むマリアナには、もはや少しの迷いもなかった。確信していた。

自分は殺人者の目を見つめているのだ、と。

第四部

そうして、自分の父親とおなじように話し、ふるまう男があらわれると、たとえ大人であっても……その男に服従し、賞賛し、操られることを許し、信頼を置き、ついには奴隷にされたことに気づかないまま、その男に完全に身を委ねてしまう。人はふつう、自分の子供時代の延長上にあるものには気づかないのだ。

――アリス・ミラー

『魂の殺人』

朝がその日一日を示すように、
子供時代がその人物を示す。

――ジョン・ミルトン

『復楽園』

1

死、そしてそれに続いて起こることが、以前からおれの大きな関心事だった。

おそらく、レックスのとき以来。

一番古い記憶がレックスだ。美しい生き物だった——白黒の牧羊犬。最高の動物だ。耳を引っぱったり、上に乗っかろうとしたりしても我慢してくれたし、幼児にでき得る虐待のかぎりを尽くしてもなお、近づいてくるおれを見ると尻尾を振って、愛情を込めて歓迎してくれた。そうやって赦しを教えてくれた——一度ではなく、何度も。

赦しだけではない。レックスは死についても教えてくれた。

おれがもう少しで十二歳になるころには、レックスは老いてきて羊を追うのが大変になった。母は、レックスを引退させて、若い犬を飼って代わりをさせようと提案した。

おれは父がレックスを好きでないのを知っていた――嫌っているのかと思うこともあった。それとも父は、母を嫌っていたのだろうか。母はレックスに愛情を注いでいた――おれに勝るほどに。無条件に慕ってくる、物言わないレックスを、母は溺愛した。レックスはいつも母に連れ添って、一日ともに働き、そんなレックスに母は甲斐甲斐しく食事をつくり、世話をした。夫にはそこまでしないと、父はあるとき喧嘩の最中に言っていた。

母がもう一匹犬を飼おうと言ったときの父の言葉は忘れない。みんなは台所にいた。おれは床に座ってレックスを撫でていた。母はコンロで調理をしていた。父は自分用にウイスキーを注ごうとしていた。一杯目ではなかった。

父は〝犬二匹の餌代を払う気はない。その前にこっちを撃つ〟と言った。

父の言葉が頭に届いて、意味をちゃんと理解するのに、おれは数秒かかった。母は首を振った。

〝だめ〟と母は言った。このときばかりは本気だった。〝犬に手を出したりしたら、そしたら――〟

〝なんだ？〟と父は言った。〝おれを脅そうとしてるのか？〟

つぎに起こることは想像がついた。だれかのために盾となるのは、並大抵の勇気ではできない。あの日、母は、そうまでしてレックスをかばおうとした。

当然、父は逆上した。ガラスの割れる音がして、おれは自分が遅すぎたのを知った。腕から飛びだして、すでにドアを出かかっているレックスのように、隠れ場所に急ぐべきだった。逃げ場を失ったおれはその場の床に座り込むしかなく、父が放ったテーブルがぎりぎりのところを飛んでいった。母は皿を投げつけて応戦した。

父は割れた皿のあいだを母めがけて突進した。拳が振りあげられていた。母は調理台に追い詰められた。もう逃げられなかった。すると……

母はナイフをつかんだ。大きなナイフだった——子羊を切り分けるのに使うための。それを持ちあげて、切っ先を父の胸に向けた。心臓のところに。

〝いっそ、殺してやる〟と母は言った。〝本気だからね〟

しばらく沈黙が続いた。

母が父を刺すことは十分にあり得る、とおれは気づいた。だが残念なことに、母はそうしなかった。

父はその後、ひとことも発しなかった。背を向けてそのまま出ていった。台所のドアが乱暴に閉まった。

母ははじめ動かなかった。そのうちに泣きだした。自分の母親が泣くのを見るのはぞっとするものだ。ひどく無力でやるせない気持ちになる。

おれは〝僕が代わりに殺してやる〟と言った。

だが母はかえって激しく泣きじゃくった。

そのとき……銃声がした。

さらにもう一発。

家から出ていった記憶も、庭に駆けつけた記憶もない。憶えているのは、地面に横たわるレックスのぐったりとした血まみれの体と、ライフルを持って歩き去る父の姿だけだ。おれはレックスから命が流れていくのをながめた。目が虚ろになって、何も映さなくなった。舌は青くなった。四肢が徐々に硬直した。見るのをやめられなかった。この死んだ動物を見たことで自分の人生が永遠に汚されてしまったと、その年齢にしておれはすでに感じた。

やわらかい濡れた毛皮。傷を負った体。血。おれは目を閉じたが、なおもそれが見えた。

血が。

その後、母とレックスを運んでいって、捨てられたほかの死骸とともに腐るがまま穴に投げ入れ、底に沈めたとき、おれは自分の一部がレックスといっしょに落ちていったのがわかった。善良な部分が。

レックスのために涙を流そうとしたが、泣けなかった。あの哀れな動物は、おれに一度も危害を加えず、愛情と優しさだけを示してくれた。

それなのに、おれはレックスのために泣けなかった。

泣く代わりに、憎み方を学びはじめた。

黒い石炭のなかのダイヤモンドのように、憎悪という冷たく硬い核が、心のなかにつくられつつあった。

父を絶対に赦すまいと心に誓った。そしていつの日か復讐を果たすのだ。だがそれまでは、大人になるまでは、おれは身動きができなかった。

だから想像のなかに閉じこもった。空想のなかで父は苦しんだ。

そしておれも苦しんだ。

鍵をかけた浴室、あるいは家畜小屋の干し草置き場や、納屋の奥、そうした人の目のない場所で、おれはこの体から……さらにこの心から逃げだした。

そして、残酷でひどく暴力的な死の場面を再現した。苦しみにもだえる毒殺、むごたらしい刺殺――解体、えぐりだされる内臓。おれは腸（はらわた）を引きだされ、八つ裂きにされ、拷問されて死ぬのだ。血を流して。

おれはよくベッドの上に立って、異教の神官の手により生贄にされるのを待った。彼らの手にがっちりつかまれ、崖から海に放り投げられ、そして下へ下へと落下し、海に落ち、深く沈んでいく——そこには海の怪物たちが泳ぎ、おれをむさぼり食おうと持ち構えている。

おれは目を閉じて、ベッドから飛びおりる。

そしてずたずたに引き裂かれるのだ。

2

マリアナは足がふらつくのを意識しながらフォスカ教授の部屋をあとにした。ワインやシャンパンのせいではなかった――飲むべき以上の量を飲んだのはまちがいないが。それより、目にしたものの衝撃が大きかった――彼の本の、アンダーラインの引かれたギリシャ語の文。極端に頭が冴えているときに、しばしば酩酊とおなじ感覚を覚えるのは不思議なものだとマリアナは思った。

これは自分のうちにとどめておくわけにはいかない。人に話す必要がある。でも、だれに？

中庭で足を止めて考えた。ゾーイを探す意味はない――さっきあんな会話をしたばかりだ。まず真剣に取り合ってくれないだろう。必要なのは親身になって聞いてくれる相手だ。頭に浮かんだのはクラリッサだが、進んで信じてくれるかは疑問だった。

となると、あとはひとりしかいない。

携帯電話を出し、フレッドにかけた。彼は話ができるなら嬉しいと言い、十分後に〈ガーディーズ〉で会おうと提案してくれた。

何世代もの学生に〝ガーディーズ〟として親しまれてきた〈ガーデニア〉は、ケンブリッジの中心地にあるギリシャ料理の食堂で、手軽な料理を深夜まで楽しむことができた。歩行者専用の路地をくねくね歩いていくと、見えてくる前から〈ガーディーズ〉のにおいが漂ってきて、マリアナは高温の油でジュージュー揚げられるポテトと、魚のフライのにおいに迎えられた。

小さな店で、一度にわずかな人数しかなかにはいれないので、たいてい客は店の前にあふれ、路地で食べることになる。フレッドは入り口の前の、緑の日除けと〝ギリシャ式の一服を〟と書かれた看板の下で待っていた。

近づいていくと、フレッドはマリアナににっこり笑った。

「やあ。ポテトフライはどう？　おごるよ」

揚げ物のにおいに、マリアナは空腹を意識した。フォスカの部屋での血の滴るディナーには、ほとんど手をつけなかった。ありがたくうなずいた。

「いいわね」

「ただいまお持ちしますよ」

フレッドは弾む足取りで入り口をはいり、段差につまずき、ほかの客にぶつかって文句を言われた。マリアナは思わず苦笑した――これまで出会ったなかで一、二を争う不器用さだ。フレッドは熱々のポテトでふくらんだ白い紙袋をふたつ持って、すぐにまた出てきた。

「さあどうぞ」彼は言った。「ケチャップは？　それともマヨネーズ？」

マリアナは首を振った。「どっちもいらないわ」少しのあいだ息を吹きかけてポテトを冷ました。それからひとつ食べてみた。塩気があって酢が効いている。少しヴィネガーが強すぎた。マリアナは咳き込み、フレッドが心配そうな顔で見た。

「ヴィネガーが多かった？　ごめん。手元が狂って」

「平気よ」マリアナは笑顔で首を振った。「とてもおいしい」

「よかった」

ふたりはしばらくその場で黙ってポテトをつまんだ。マリアナは食べながらフレッドのことを盗み見た。やわらかな電灯の光のせいで、彼の少年っぽい顔立ちが余計に幼く見えた。まだ子供だ、と思った。熱心な真面目少年。その瞬間、フレッドに対して本物の好意が湧いてきた。

フレッドはマリアナの視線に気づいた。小さくおずおず微笑んだ。口をいっぱいにしながらしゃべった。「こんなこと言ったら、きっと後悔すると思う。でも、電話をもらってすごく嬉しかった。きっと僕に会いたかったってことだから。ちょっとだけだとしても——」マリアナの表情を見て、微笑みが消えた。「ああ、ちがうんだね。電話したのはそういうことじゃないのか」

「ある出来事があったの——それについて、あなたと話がしたいと思って」

フレッドはいくらか希望を持った顔をした。「じゃあ、やっぱり僕と話がしたかったんだね？」

「もうフレッド」マリアナは目をぐるりとまわした。「とにかく聞いて」

「じゃあ言って」

マリアナは、ポテトを食べるフレッドにこれまでのことを語った——ポストカードを見つけたこと、フォスカの本のおなじ箇所にアンダーラインが引いてあったこと。

話が終わってもフレッドは無言のままだった。ようやく口をひらいた。「これからどうするつもり？」

マリアナは首を振った。「わからない」

フレッドは口の食べかすをはらって、袋を丸めてゴミ箱に捨てた。マリアナは表情を読もうとしてフレッドをじっと見つめた。

「わたしの——考えすぎだと思う？」

「いや」フレッドは首を振った。「思わない」

「どちらの殺人についても、彼にはアリバイがあるのよ」

フレッドは肩をすくめた。「アリバイを証言したうちのひとりは死んだ」

「ええ」

「セリーナも嘘をついている可能性がある」

「そうね」

「もちろん、もうひとつの可能性もある——」

「というのは？」

「だれかといっしょにやってるって可能性。共犯者だよ」

マリアナはフレッドの目をのぞき込んだ。「それは考えもしなかった」

「どうして？　それなら同時にふたつの場所にいることの説明にもなる」

「あり得なくはないわね」

「納得していないようだけど」

マリアナは肩をすくめた。「人と組むようなタイプには思えないから。フォスカは一匹狼的な人間でしょう」

「おそらくね」フレッドは少し考えた。「とにかく、なんらかの証拠が必要だ――何か具体的なものが。そうじゃないと、だれにも信じてもらえない」

「どうやってそれを?」

「何か考えないと。あしたの朝会って、計画を立てよう」

「あしたはだめなの――ロンドンに行かないといけなくて。もどってきたら連絡するわ」

「わかった」フレッドは声を落とした。「ねえ、マリアナ。あなたに気づかれてるのをフォスカはわかってるはずだから……」

彼は最後まで言わずににごした。マリアナはうなずいた。

「心配しないで。気をつけてるつもりよ」

「そう」フレッドは口ごもった。「あとひとつだけ言わせて」彼はにっこり笑った。「今夜のあなたは信じられないくらい、すごく美しい……。どうか僕の妻になってくれませんか?」

「いいえ」マリアナは首を振った。「なりません。だけど、ポテトをごちそうしてくれてどうもありがとう」

「どういたしまして」

「じゃあ、おやすみ」

ふたりは微笑みを交わした。マリアナは背を向けて歩きだした。通りの先まで来て、顔に笑みを残したまま一瞬うしろをふり返った――だがフレッドはいなかった。

不思議なことに、まるで消えてしまったかのようだった。


大学にもどる途中、マリアナの携帯電話が鳴った。ポケットから出した。見ると、非通知の番号からだった。

迷ったが出てみた。「もしもし？」

無反応。

「もしもし？」

沈黙が流れた――そして、ささやくような声。

「やあ、マリアナ」

マリアナは立ちすくんだ。「だれなの？」

「見えているよ、マリアナ。ずっときみを見張ってる――」

「ヘンリー？」まちがいなかった。声でわかる。「ヘンリー、あなたなのね――？」

通話が切れた。マリアナはその場に立ちつくし、しばらく電話を見つめていた。心の底から不安を感じた。あたりを見た――だが、通りにはだれもいなかった。

3

翌朝、マリアナはロンドンに行くために早起きをした。

部屋を出てメインコートを突っ切りながら、アーチ道の向こうのエンジェルコートのほうを見た。

すると彼がいた――エドワード・フォスカが、自室に通じる階段室の前でタバコを吸っていた。

けれど、ひとりではなかった。だれかと話している――こっちに背中を向けている、大学のポーター。立派な背格好から、モリスなのは明らかだった。

マリアナは急いでアーチ道のところまで行った。陰に身を潜め、慎重に壁の先をのぞき込んだ。

何かが、これは調べる価値があると告げていた。フォスカの表情にある何かが。見たことのないいらだちの表情が、ずっと浮かんでいる。フレッドの言ったことが、ふと頭にのぼった――フォスカには共犯者がいる。

もしかしてモリスが？

フォスカがモリスの手にそっと何かをわたすのが見えた。分厚い封筒のように見えた。なかに詰まっているのは何？　お金？

想像が先走って暴走している自覚はあった。でもあえて止めなかった。モリスはフォスカを脅迫している――そういうこと？　今受け取ったのは、口止め料？

もしかしてこれは――マリアナが必要としているもの――具体的な証拠といえるものだろうか？

モリスが急にふり返った。フォスカから離れて――そしてマリアナのいるほうへ歩いてきた。

マリアナは身を引いて、壁に平らに体を押しつけた。モリスはアーチ道をやってきて、マリアナに気づくことなく通り過ぎていった。そしてそのままメインコートを突っ切り、門から出ていった。

マリアナはすぐにあとを追った。

4

マリアナは急いで門を出て、通りに出たモリスから十分な距離を置いた。あとをつけられていることにはまったく気づいてないようだった。口笛を吹きながらぶらぶら歩いている。散歩を楽しんでいて、急ぐ様子はなかった。

エマニュエル校を過ぎ、通りに立ち並ぶテラスハウスの前をずっと進み、柵につながれた自転車の前を過ぎた。やがて左にまがって横道にはいり、姿を消した。

マリアナはその場所まで急いだ。路地をのぞいた。狭い道で、両側には住宅が並んでいた。

道は行き止まりになっていて、そこでぷっつり途切れていた。古い赤レンガの壁でふさがれていて、一面が蔦で覆われていた。

驚いたことに、モリスは真っすぐにその壁に向かっていった。

そこまでたどりついた。ゆるんだレンガの隙間に指を突っ込み、しっかりつかんで体を持ちあげた。そして、軽々と壁をよじのぼり、乗り越えて、反対側に消えた。

しまった、と思った。マリアナは一瞬、悩んだ。

それから急いで壁のところまで行った。見て考えた。やれる自信はなかった。レンガを調べてみると、握れそうな隙間があった。

手を伸ばしてつかんでみたが、レンガが壁からはずれて取れた。マリアナはうしろに転んだ。

レンガをわきに投げた。もう一度、トライした。

今度はどうにか体を持ちあげることができた。やっとのことで壁を乗り越え、そして、反対側に落下し……

するとそこはべつの世界だった。

5

壁の向こうに道はなかった。住宅もない。野生の草、針葉樹の木々、伸び放題のブラックベリーの茂みがあるだけだった。少しして、マリアナは自分がどこにいるのか理解した。ここはミルロードの使われなくなった墓地だ。

二十年近く前に、一度来たことがあった。蒸し暑いある夏の日の午後に、セバスチャンと探検した。あのときは、この墓地は好きになれなかった。不吉で陰気な場所だという感想を持った。

今でもやはり苦手だ。

マリアナは身を起こした。周囲を見まわした。モリスの姿はない。耳をすました。静かで、足音はしない――鳥のさえずりすら聞こえない。死んだように静かだった。

先のほうを見ると、幾筋かの道が、苔や巨大な柊（ひいらぎ）に覆われた墓が点々とあるなかを通っている。墓石の多くは倒れたり、真っぷたつに割れたりして、雑草の上に暗いぎざぎざの影を落としていた。墓石に刻まれた名や日付は、年月と雨風でとっくのむかしから消えてしまっていた。忘れられた人たち――忘れられた人生。この場所は侘しさと虚しさにあふれている。マリアナは一刻も早くここを出たかった。

塀から一番近い小径をたどって歩いていった。ここで方向がわからなくなることは避けたかった。

足を止めて耳をすました――だが、やはり足音は聞こえなかった。

何も聞こえない。なんの音もしない。

モリスを見失った。

ひょっとしてマリアナの姿に気づいて、意図的にまいたのだろうか？　これ以上追う意味はない。

引き返そうとしたとき、大きな像が目に留まった。十字架の前で両腕を広げる男の天使で、欠けた大きな翼がついていた。マリアナは魅了され、一瞬その天使に見入った。変色して割れていたが、それでも美しく、どこかセバスチャンを思わせた。

そのとき、マリアナは何かに気づいた。像のすぐ向こうの、生い茂る葉の先。若い女性が小道を歩いている。すぐにだれだか気づいた。

セリーナだ。

セリーナはマリアナには気づかないまま、平らな屋根の、長方形の石棺のほうに近づいていった。かつては白い大理石だったが、今はまだらな灰色と苔の緑で覆われ、まわりに野生の花が咲いていた。

セリーナはその上に座り、携帯電話を出してながめた。

マリアナは近くの木の陰に隠れて、枝のあいだからのぞいた。

セリーナが顔をあげた——生い茂る緑のなかから男があらわれた。

モリスだった。

彼はセリーナに近づいた。どちらも何も言わなかった。モリスは山高帽を脱いで、適当な墓石に落ちないように置いた。それからセリーナの頭のうしろをつかみ、そしていきなりの乱暴な動きでセリーナを立たせ、激しいキスをした。

マリアナが見ている前で、モリスは唇を重ねたままセリーナを大理石の上に横たわらせた。そして上にまたがった。ふたりはセックスをはじめた——強引で動物のようなセックスだった。マリアナは嫌悪感をいだきながらも釘付けになった——目をそらすことができなかった。やがて、やはり唐突にふたりは絶頂を迎え、あたりは静けさにつつまれた。

ふたりとも、しばらく横になっていた。そのうちにモリスが起きだした。服を整え、帽子を取ってゴミをはらった。

ここから離れたほうがいい、とマリアナは思った。一歩うしろにさがった――足の下で枝が折れた。

ボキッと大きな音がした。

モリスが周囲を見まわすのが、枝のあいだから見えた。彼は静かにするようにセリーナに合図した。それから一本の木の裏にまわり、マリアナからは姿が見えなくなった。

マリアナは身をひるがえして、急いで小径のほうにもどった。けれど、入り口はどっちだっただろう？　ともかく、塀に沿って来た道をもどることにした。そして向きを変えると――

すぐうしろにモリスが立っていた。

荒い息をしながらマリアナをじっと見た。何秒間か、沈黙が続いた。

モリスは低い声で言った。「いったい何をしてる？」

「なんのこと？　失礼」マリアナは横を通り過ぎようとしたが、モリスが行く手をふさいだ。にやりと笑った。

「ショーは楽しんだかな？」

マリアナは頬が熱くなって、目をそらした。

モリスは笑った。「あんたのことはお見通しだ。一瞬だって騙されない。最初っから注意して見てたんだ」

「何が言いたいのかわからないわ」

「他人のことに首を突っ込むのはやめろってことだ――うちの死んだじいちゃんもよく言ってた。でないと、その首をへし折られるぞ。わかったか」

「わたしを脅してるの？」

感じているよりも勇ましい声が出た。モリスは笑っただけだった。最後にマリアナを一瞥し、ぶらぶらと歩き去った。

マリアナは体が震え、恐怖と怒りが湧いて、涙が出そうだった。体が麻痺して、その場から動けなかった。見あげると、あの像が目にはいった――天使がこちらを見つめ、抱擁しようと両手を広げている。

その瞬間、どうしようもなくセバスチャンのことが恋しくなった。マリアナを両腕でつつんで抱きしめて、マリアナのために戦ってほしかった。だが彼はもういない。

だからこの先は、自力で戦うことを学ばなければならない。

6

マリアナはロンドン行きの快速列車に乗った。

途中、どの駅にも止まることなく、目的地まで全力疾走しているようだった。急ぎすぎているようにさえ感じた——線路の上でガタゴト激しく揺れ、制御できずに右や左に振りまわされる。レールがキーキー軋む音は、まるでだれかが叫んでいるようで、マリアナの耳には甲高い悲鳴のようにも聞こえた。しかも、車両のドアはきちんと閉まらず、ひらいたり勢いよく閉まったりをくり返していて、バンと音がするたびにびっくりして思考をじゃまされた。

考えることはたくさんあった。マリアナはモリスとの一件に深く心を乱されていた。どういうことか考えてみた。つまり、セリーナが密かに付き合っている相手は、モリスだったということ？　秘密にしていたのも無理はない——学生と関係を持ったことがばれれば、モリスは職を失うことになる。

った。

それだけのことであってほしいとマリアナは思った。けれど、なぜだかそうは思えなかった。

モリスはフォスカとつながりがある。だが、どんなつながりなのか？　それとセリーナとの関係は？　ふたりでフォスカを脅迫しているのだろうか？　だとしたら、それは危険なゲームだ。相手はサイコパス——しかも、すでに二度も人を殺している。

マリアナがモリスを見誤っていたことは、今では明らかだ。古くさい演技に引っかかってしまったが、彼は紳士などではなかった。マリアナを脅してきたときの質の悪い目つきのことを思った。モリスはマリアナを怖がらせようとした——そしてそれは成功した。

バン——車両のドアが音を立てて閉まり、マリアナはぎょっとした。

思考を止めなさい、とマリアナは思った。わざわざ自分を追い詰めるようなことをしてどうするの。今は何かほかのことを考えて、気をまぎらわす必要があった。

バッグに入れたままだった『英国精神医学ジャーナル』を取りだした。ぱらぱらめくって読もうとしたが、集中することができなかった。ほかの何かが気になった。見られているような感覚がどうしてもぬぐえなかった。

首をうしろに向けて車内を見わたした——乗っているのは数人で、知った顔はなかった。少なくとも見てそれとわかる顔は。こっちを見ている人もいない。

それでも、すっきりしなかった――見られているという感覚はぬぐえなかった。そして列車がロンドンに近づくにつれて、嫌な考えが湧いてきた。

フォスカのことがマリアナの勘ちがいだとしたら？　犯人はマリアナの目には映らない知らないだれかで、今この瞬間、おなじ車両の近くに座ってこっちを見ているのかもしれない。マリアナはそのことを思って身震いした。

バン――ドアが鳴った。

バン。

バン。

7

列車は少ししてキングスクロス駅に到着した。駅から出ようとするときも、まだ見られている気がした。視線を受けて首のうしろがむずむずする感覚があった。

ふと、背後にだれかがいるのを確信し、マリアナはふり返った——モリスがいるのを半ば予想して——

だが、彼の姿はなかった。

それでも違和感は消えなかった。結局、不安と妄想を振りはらえないまま、ルースの家までたどりついた。きっと神経がおかしくなっているのだ、とマリアナは思った。それが理由にちがいない。

どんな状態であれ、レッドファーン・ミューズ五番地で待ってくれている老婦人以上に、マリアナが会いたい相手はいなかった。呼び鈴を鳴らすだけで、ほっとできた。

ルースはマリアナが学生だったころの指導セラピストだった。そしてマリアナが資格を取得してからは、スーパーバイザーを務めるようになった。セラピストの人生においては、スーパーバイザーは重要な役を担う。マリアナは自分の患者やグループのことをルースに報告し、一方でルースは、マリアナの心の緊張をほぐし、患者と自分の感情を切り分けるのを手助けするのだが、それは決して簡単なことではなかった。指導(スーパービジョン)を受けなければセラピストはすぐに参って、自分が受け止めなければならない苦痛に精神的に打ちのめされてしまう。そして、仕事を効果的に進めるうえで重要な、偏りのない視点を失ってしまいかねないのだ。

セバスチャンが死んでからは、マリアナはそれまで以上にルースの助けを必要として、より頻繁に面会するようになった。もはやそれは事実上のセラピーだったし、ルースは、やるなら真剣に身を入れてセラピーを再開すべきであり、自分が治療を担当すると申しでてくれた。けれどマリアナは拒んだ。理由はうまく説明できなかったが、ひとつ言えるのは、マリアナに必要なのはセラピーではなくセバスチャンその人だということだった。いくら会話を重ねたところで、彼の代わりにはならないのだ。

「マリアナ、いらっしゃい」ルースがドアをあけて言った。歓迎する顔でにっこり笑った。

「さあさあ、はいって」

「こんにちは、ルース」

家にあがって、いつもラベンダーの香りのするリビングルームにはいり、マントルピースの銀の時計が元気にチクタク鳴るのを耳にするのは、本当に気分がよかった。マリアナは色褪せた青いソファの端の、定位置に座った。ルースは向かいのアームチェアに腰をおろした。

「電話でのあなたは、ずいぶん悩んでいるようだったけど」ルースは言った。「そのことについて話してちょうだいな、マリアナ」

「どこから話しはじめたらいいんだか。たぶん、あの晩にゾーイがケンブリッジから電話してきたのが、事のはじまりだったと思います」

マリアナはこれまでのことを、できるだけわかりやすく網羅的に語った。ルースは耳を傾け、時折うなずきはしたが、ほとんど口をはさまなかった。話が終わると、ルースはしばらく黙っていた。ほとんど聞こえないくらいのため息をもらした――どんな言葉よりも雄弁にマリアナの苦悩を反映した、悲しく疲れたため息だった。

「そのことでとても緊張しているのを感じるわ」ルースは言った。「あなたは強くいないといけない。ゾーイのため、カレッジのため、自分自身のために――」

マリアナは頭を振った。「わたしはどうでもいいんです。でもゾーイのことを思うと。それにあの女の子たち……。怖くてたまらない――」目に涙があふれた。ルースが身を乗りだして、ティッシュの箱を前に押しやった。マリアナは一枚取って、目をぬぐった。

「ありがとう、ごめんなさい。自分がなぜ泣いているのかさえ、わからない」

「無力さを感じて泣いてるのよ」

マリアナはうなずいた。「そうですね」

「でも、それはまちがっている。自分でもわかってるでしょう？」ルースは励ますようにうなずいた。「あなたは自分が思うよりずっと力がある。結局のところ、そのカレッジだってひとつのグループでしょう——内側に病気をかかえた集団。そうしたもの——有毒で、悪意に満ちて、凶悪なものが——たとえばあなた自身のグループのなかで悪影響をおよぼしている場合には……」

ルースは言葉をそこで止めた。マリアナは考えた。

「そのときはどうするか？　いい質問ですね」マリアナはうなずいた。「たぶん……みんなと話をすると思います——グループで」

「まさしくわたしが考えていたことよ」そう言いながらルースの目が輝いた。「その女の子たち、〈メイデンズ〉と話をするのよ。個別にではなく、グループで」

「セラピーグループということですか？」

「悪くはないでしょう。その子たちとセッションの時間を持つ——そして、どんなものが出てくるか見てみる」

マリアナは心ならずも微笑んだ。「面白い案ですね。彼女たちがどう反応するかは、あまり想像がつきませんけど」

「とにかく、考えてみるといいわ。あなたも知ってのとおり、グループに対処する一番の方法は――」

「――グループとして扱うこと」マリアナはうなずいた。「ええ、わかっています」

マリアナはしばらく黙っていた。いいアドバイスだ――実行に移すのは簡単ではないが、マリアナが実際に知り、信じていることとも通じるし、しかも、さっそくいくらか深みから抜けだせた気分がした。マリアナは感謝の気持ちで微笑んだ。「ありがとう」

ルースは口ごもった。「それからもうひとつ。いくらか言いづらいことだけど……少し気になるの――そのエドワード・フォスカという男のことが。くれぐれも気をつけてちょうだい」

「気をつけてます」

「あなた自身のことを?」

「どういう意味ですか?」

「おそらくだけど、あなたはさまざまな感情や連想をかきたてられているはずよ……。お父さんの話題が出てこないのが不思議だわ」

マリアナは驚いてルースを見た。「父とフォスカとどう関係があるんです？」

「どちらもカリスマ性のある男性で、それぞれのコミュニティにおける有力な存在――さらに、聞いたかぎりでは、大変なナルシストでもある。あなたは父親に対してそうであったように、このエドワード・フォスカという男に対しても、味方に引き入れたいという衝動を感じているんじゃないかしら」

「いいえ」マリアナはそんなことを言われて腹が立った。「いいえ」もう一度言った。

「いずれにせよ、わたしはエドワード・フォスカには、とてもネガティブな感情を持っています」

ルースはためらった。「お父さんに対する感情も、必ずしもいいものではなかったでしょう」

「それはべつの話です」

「そうかしら？　いまだに難しいんじゃない？　父親を批判したり、あるいは、とても根本的なところで父親に期待に応えてもらえなかったことを認めるのは、今でもとてもつらいんでしょう？　お父さんはあなたが求める愛情を一度も与えてくれなかった。そのことを理解し、言語化できるようになるまでに、あなたは長い時間を要した」

マリアナは首を振った。「ルース、心から言わせてもらいますが、父が何か関係があるとは思いません」

ルースは悲しそうにマリアナを見た。「あなたに限ったことを言えば、お父さんがなんらかのかたちでこの件の中心にいるとわたしは感じている。そう聞いても、今はピンと来ないかもしれない。でも、もしかしたら、いつか大きな意味を持ってくるわ」

マリアナはどう答えていいかわからなかった。肩をすくめた。

「それから、セバスチャンのことは？」ルースは間を置いてから言った。「彼についてはどんな感情を覚えるの？」

マリアナは首を横に振った。「セバスチャンのことは話したくありません。今日のところは」

その後マリアナは長居はしなかった。父親の話になったことでセッションの雰囲気が暗くなり、ルースの家の玄関に出たときも、まだそれが尾を引いていた。

別れぎわに老婦人にハグをした。そのハグから伝わってくるあたたかさと愛情に涙が込みあげた。「ルース、本当にありがとう。いろいろと」

「何かあったら電話して――いつでもかまわないから。ひとりぼっちだと思ってほしくないわ」

「ありがとう」

「ねえ」ルースは少しためらいつつ言った。「セオと話すと役に立つこともあるんじゃないかしらね」

「セオ？」

「悪くないと思うの。なにしろサイコパシーは彼の専門分野だから。とても聡明な人よ。どんな意見も参考になるはず」

マリアナは考えてみた。セオは法心理療法士で、過去にロンドンでいっしょに机を並べたことがあった。ふたりともルースのセラピーを受けていたが、おたがいのことはあまりよく知らなかった。

「どうでしょう」マリアナは言った。「もうずいぶん会ってないから……。かまわないと思います？」

「まったく問題ないわよ。ケンブリッジにもどる前に会ってみるといいわ。今、電話してあげましょう」

ルースは電話をかけた。セオは、もちろんマリアナのことは憶えている、喜んで話をする、と応じた。ふたりはカムデンのパブで会う約束をした。

そして、その日の夜六時に、マリアナはセオ・フェイバーに会いにいった。

8

マリアナは〈オックスフォード・アームズ〉に先に着いた。待つあいだに白ワインを一杯飲んだ。

セオと会うのには興味があった――と同時に、警戒もしていた。彼とはセラピストのルースを共有しているため、ある意味ではきょうだい同士のような関係にあり、ふたりとも、相手が母親から得ている関心を自分に向けたがった。マリアナはかつて少々嫉妬もしたし、セオを憎く思うこともあった――ルースがかわいがっているのを知っていたからだ。セオの話をするときはいつもかばうような口調になるので、マリアナはセオは孤児だという筋書きを勝手につくりあげた。卒業式に彼の両親がぴんぴんした姿であらわれたときには、とてもショックを受けた。

実際、セオには宿なし子のような雰囲気があった――異質な雰囲気が。体形とは関係なくて、物腰がそう感じさせるのだ。ある種の寡黙さ、他人とわずかに距離を置くところ、マリアナとも共通するような、ぎこちなさ。

　セオは数分遅れてやってきた。マリアナにあたたかく挨拶をした。カウンターでダイエットコークを買ってきてから、マリアナのいるテーブルに座った。

　見た目は以前のままで、まったく変わっていなかった。年齢は四十ほどで、スリムな体形をしている。くたびれたコーデュロイのジャケットにしわしわの白いシャツという格好で、かすかにタバコのにおいが漂った。感じのいい、思いやりのありそうな顔つきをしているとマリアナは思った。けれど、それだけではなかった。目は——どう表現すればいいのだろうか——どこか不安げで、何かにさいなまれているようにさえ見える。好意は覚えるが、いっしょにいて落ち着かない感じがした。理由はよくわからなかった。

「会ってくれてありがとう」マリアナは言った。「急な話だったのに」

「かまわない。僕も興味をそそられてる。みんなといっしょで、ニュースを追ってるから。とても惹かれるものが——」セオは急いで言葉を訂正した。「いや、もちろん、ひどい話だ。でも、惹かれるのはまちがいない」彼は微笑んだ。「この件について、ぜひきみの知恵を分けてほしい」

　マリアナは笑った。「むしろ、あなたの知恵を借りようと思って誘ったの」

「そうなのか」セオは聞いて驚いたようだった。「でも、マリアナ、きみは現地にいる。

ケンブリッジに。僕はちがう。僕から言えることより、きみの直感のほうがずっと価値がある」

「こうしたことはあまり経験がないから——法心理学的なことは」

「経験があったって大差はないよ。僕が見てきたかぎり、どの事件もひとつずつ別個のものだから」

「面白いわね。ジュリアンは正反対のことを言っていた。どの事件もいつもおなじだって」

「ジュリアン？ ジュリアン・アシュクロフトのこと？」

「そう。今回の件で警察といっしょに動いてる」

セオは眉をあげた。「専門学校にいたときのジュリアンを憶えてるよ。少し……妙なところがあると思ってた。ちょっと血に飢えているというかね。ともかく、彼はまちがっている——それぞれの事件はまったくちがう。おなじ子供時代を過ごした人はいないから」

「同意見よ」マリアナはうなずいた。「でも、どこに注目すべきかとか、そういうのはないの？」

セオはコーラに口をつけ、肩をすくめた。「たとえば、僕がきみが追っている犯人だとしよう。僕は非常に不健康で、とんでもなく危険な存在だ。そうしたことをきみの前で隠しとおすことは、まったく不可能なことじゃない。長い期間だったり、セラピーのような環境では、もしかしたら無理かもしれない——だけど、表面的なレベルでは、世間に対して偽りの自分を演じるのはとても簡単だ。毎日顔を合わせる相手に対しても」セオは指にはめた結婚指輪をいじり、くるくるまわした。「アドバイスを言おうか？　だれか、というところは置いておく。まずは、なぜか、からはじめる」

「つまり、なぜ殺すのか？」

「そう」セオはうなずいた。「何か引っかかるんだ。被害者だけど——彼女たちは性的暴行を受けていた？」

マリアナは首を振った。「いいえ、そういうことは何も」

「なら、そこから何がわかるか？」

「殺人そのもの、つまり刺したり切り刻んだりすることに満足を得ているということ？　あり得なくはない。わたしはそこまで単純な話だとは思わないけど」

セオはうなずいた。「僕もだ」

「病理医の話では、死因は喉を切られたことで、刺されたのは死んだあとだそうよ」

「なるほど」セオは興味を引かれた顔をした。「ということは、パフォーマンス的要素がそこにあるということか。演出だ——観客のための効果を狙った」

「つまり、観客というのはわたしたち？」

「そういうことだ」セオはうなずいた。「なぜだと思う？　なぜ犯人はわれわれにこんな恐ろしい暴力を見せたいのか？」

マリアナは少しのあいだ考えた。「たぶん……被害者は狂気によって殺されたと信じさせたいのよ。連続殺人鬼に。ナイフを握った逆上した男に。でも実際は、完全に冷静で落ち着いていて――そして、殺人は慎重かつ入念に計画されたものだった」

「そのとおり。つまり、犯人はもっと知的で、もっと危険な人物ということになる」

マリアナはエドワード・フォスカを思い浮かべてうなずいた。「そうね、そう思う」

「聞いていいかな」セオはマリアナの顔をのぞき込んだ。「遺体を間近で見たとき、最初に頭に浮かんだのはどんなことだった？」

マリアナは瞬きをした――一瞬、ヴェロニカの目が見えた。その映像をはらいのけた。

「さあ。たぶん……恐ろしいっていうこと」

セオは首を振った。「ちがう。きみが考えたのはそういうことじゃない。本当のことを話して。まず思ったのはなんだった？」

マリアナは少し気まずくなって肩をすくめた。「とても妙なんだけど……劇の台詞だった」

「興味深い。続けて」

「『モルフィ公爵夫人』。〝彼女の顔に覆いを。目がくらむ――〟」

「そう」セオの目が俄然輝いて、彼は興奮して身を乗りだした。「そう、それだ」

「あの――よくわからないんだけど」

「〝目がくらむ〟。死体はそう演出されてるんだ――われわれの目をくらますために。恐怖で見えなくなるように。なぜか？」

「わからない」

「考えてみて。犯人はなぜ、われわれの目を見えなくさせようとしているのか？　何を見せたくないのか？　何から目をそらせたいのか？　それに答えるんだ、マリアナ。そうしたら犯人を捕まえることができる」

マリアナはその言葉を受け止めてうなずいた。ふたりは少しのあいだ、相手の顔を見ながら黙って考えにふけった。

セオは微笑んだ。「きみにはたぐいまれな共感の能力がある。それを感じるよ。ルースがすごく褒めていたのもうなずける」

「それほどでもないけど、ありがとう。言われると嬉しいわ」

「謙遜しないで。簡単なことじゃない。他人に対して心をひらいて受け容れるから、相手の気持ちを感じることができる……。それはいろんな意味で毒のはいった杯（さかずき）だ。僕はかねがねそう思っている」それから間を置いたあと、抑えた声で言った。「いいかな。こんなことを言うべきじゃないけど……ほかにも感じるものがある……」ふたたび間があった。「一種の――恐怖だ。きみは何かを恐れている。そして、それがどこか外にあると思ってる……」身振りで宙を示した。「でも、ちがう。それはここにある――」セオは自分の胸に触れた。「きみの深い場所に」

マリアナは目をしばたたいた。裸にされたような気がして恥ずかしかった。頭を振った。

「何を――何を言ってるんだかわからないわ」

「僕のアドバイスとしては――それに注意をはらったほうがいい。それと仲良くすること。自分の体が何かを伝えてきたら、われわれはつねに注意をはらうべきなんだ。ルースはそう言う」

セオはしゃべりすぎたと思ったのか、急に少し気まずそうな顔をした。腕時計に目をやった。「そろそろ行くよ。妻との待ち合わせがあるんだ」

「どうぞ行って。時間を割いてくれてありがとう、セオ」

「お安いことだ。会えてよかったよ、マリアナ……。ルースから聞いたけど、今では自分で開業しているんだって？」

「そうなの。あなたのほうはブロードムアに？」

「なんの因果か」セオは笑った。「正直なところ、この先どれだけ耐えられるかわからない。あの場所にものすごく満足しているわけじゃないから。新しい仕事を探す気でいるけど、なかなか時間がなくて」

そう言うのを聞いて、マリアナはふとあることを思いついた。

「ちょっと待って」

バッグに手を入れた。ずっと持ち歩いていた『英国精神医学ジャーナル』を出した。ぱらぱらめくって目当てのページを見つけた。セオに雑誌を見せ、四角でかこまれた広告を示した。

「見て」

エッジウェア病院内の司法精神科施設、〈ザ・グローヴ〉が法心理療法士を募集しているという広告だった。

マリアナはセオを見た。「どう思う？　ダイオミーディーズ教授は知り合いなんだけど、彼がそこを運営しているの。グループワークを専門としていて、わたしも一時期教えを受けた」

「ああ」セオはうなずいた。「その人がだれかは知っている」明らかに興味ありげに広告を見た。「〈ザ・グローヴ〉？　アリシア・ベレンソンが送られた場所だね？　夫を殺したあとで」

「アリシア・ベレンソン？」

「画家の……口を閉ざしている人」

「ああ――思いだした」マリアナは励ますように笑いかけた。「この仕事に応募してみたら？　そして、もう一度しゃべらせるようにするの」

「そうだね」セオは笑みを浮かべて、しばらく考えた。自分にうなずいた。「たぶん、そうするよ」

9

ケンブリッジまでの帰路はあっという間だった。

マリアナはずっと考えにふけり、ルースやセオとの会話をふり返っていた。殺人を故意におぞましいものにして、何かから目をそらそうとしている、というセオの仮説に、マリアナは興味をそそられたし、うまく説明はできないが、感覚的に納得できた。

それから、〈メイデンズ〉とセラピーグループを組んではどうかというルースの提案——簡単にはいかないだろうし、不可能かもしれないが、これもまちがいなく試す価値はありそうだ。

ルースがマリアナの父について言ったことは、もっとずっと厄介だった。

なぜ父の話を持ちだしたのか理解できなかった。ルースはなんと言っていた？

〝今はピンと来ないかもしれない——でも、もしかしたら、いつか大きな意味を持ってくる〟

ずいぶん謎めいた言い方だ。ルースはまちがいなく何かをほのめかしているが、それはなんだろう?

マリアナは窓の外を流れ去る野原を見つめながら考えた。アテネで過ごした子供時代のこと、それから父のことを思った。子供ながらに父を——ハンサムで、賢くて、カリスマ性のある男を——とても慕い、そして、崇拝し、理想化していたこと。父が思っていたような人でなかったのを理解するまでには、長い時間がかかった。

それがわかったのは二十代前半のころで、ケンブリッジ大学を卒業したあとのことだった。当時マリアナはロンドンに住んでいて、教師になるための訓練を受けていた。母を亡くした喪失に対処するためにルースのセラピーを受けるようになっていたが、気づくとマリアナは父のことばかりを話していた。

父がどんなにすばらしい人物か、ルースに力説せずにはいられなかった。どれだけ聡明で、働きづめで、たくさんの犠牲をはらって、ひとりで二人の子供を育てたかということ。そしてマリアナをどんなに愛しているかということ。

ルースは数カ月にわたりマリアナの言うことに耳を傾け、あまり口をはさまなかったが、ある日、とうとう話をさえぎった。

彼女が言ったことはシンプルで直接的で、破壊力があった。

ルースは最大限の優しい言葉で、マリアナは父親の真の姿から目をそむけているのだと言った。ルースはひとしきり話を聞いて、愛情深い父親だというマリアナの評価に疑問を持たざるを得なかった。説明を聞いたかぎりでは、その男は権威主義的で、冷淡で、感情表現がなく、しばしば批判的で、非常に思いやりがなく、そして残酷ですらあった。いずれも愛情とは無縁の特徴だった。

「愛とは無条件のものよ。火の輪くぐりをして、だれかを喜ばして得たり、得られなかったりするものじゃない。相手を恐れていては、その人を愛することはできないのよ、マリアナ。聞きたくないのはわかるわ。今のあなたはある種の盲目の状態にいる――だけど、目を覚ましてちゃんと見ないかぎり、その状態が一生続くことになって、自分自身を見る目や、他人を見る目に影響が出る」

マリアナは首を振った。「父のことを誤解してます。父は気難しい人だけど、わたしを愛してる。そして、わたしも父を愛しています」

「ちがうわ」ルースはきっぱり言った。「よく言って、それは愛されたいという願望ね。悪く言えば、自己陶酔（とうすい）的な男への病的な執着。感謝、恐れ、期待、従順な服従の綯（な）い交（ま）ぜになったもので、本当の意味での愛とはなんの関係もない。あなたは父親を愛してない。それに、自分のこともわかってないし、愛してない」

ルースの言うとおりだった——受け容れるどころか、聞いているだけでつらかった。マリアナは席を立って、怒りの涙をぼろぼろこぼしながら外に出た。ここには二度と来るまいと心に誓った。

けれど、ルースの家の前の通りに出たところで、足が止まった。ふと、セバスチャンのことや、彼に褒められるといつもとても居心地が悪いことを思った。

「自分がどれほど美人か、きみはわかってない」セバスチャンはよくそう言った。

「やめてよ」マリアナは恥ずかしさから真っ赤な顔で応じ、手でお世辞をはらいのけた。

セバスチャンはまちがっている、自分は賢くもないし美人でもない——マリアナは自分をそんなふうには見ていなかった。

どうして？

マリアナはだれの目を通して自分を見ていたのだろう？　自分の目？

それとも父の目を通して？

セバスチャンはマリアナの父の目でも、だれの目でもなく、彼自身の目で見ていた。マリアナもおなじようにしてみたら？　テニスンの詩のシャロット姫のように鏡を通じて人生を見ることはやめて、そして、ふり返って、自分で直接見てみたら？

それがはじまりとなった——まちがった思い込みや否定という壁にひびがはいり、光が射してきた。たくさんではないが、見るには十分だった。その瞬間がマリアナにとっての啓示となり、それによって、できればやりたくなかった自分探しの旅へと追い立てられることになった。そして結局、教師になる勉強をやめてセラピストの訓練をはじめた。あれから何年もたったが、父親に対する気持ちにすっかり整理がつくことはなかった。父が死んだ今となっては、もはや永遠に無理なのだろう。

10

マリアナは物憂い思いにふけりながらケンブリッジ駅で電車を降り、周囲の状況をほとんど目に入れないまま、セント・クリストファー校まで歩いた。もどってきて最初に見えた人物はモリスだった。数人の警官とともに守衛室の前に立っていた。姿を目にしたことで、対峙（たいじ）したときの不快なやりとりがすべてよみがえった。胃が痛くなった。

そちらを見ないようにし、モリスを無視して前を通り過ぎた。彼が何事もなかったかのようにマリアナに帽子を傾けるのが、目の端に見えた。自分が上位にいると思っているのは明らかだった。

それならそう思わせておけばいい、とマリアナは思った。

今朝あったことは、さしあたりは自分のうちに留めておくことに決めた。ひとつには、サンガ警部の反応が想像できたからだ。モリスがフォスカと共謀している可能性を伝えても、信じてもらえず鼻で笑われるだけだろう。フレッドの言うとおり、証拠がいる。今は黙っておいて、モリスにうまく切り抜けられたと思わせるほうが得策だ。そして、ぼろを出すまで泳がせるのだ。

ふと、フレッドに電話をして話がしたいと思った――そして、自分をすぐに止めた。いったい何を考えているのだ。まさか、彼への気持ちが芽生えてしまったとか？　あの男の子に？　だめ――そんなことは考えてもいけない。裏切りだし、それにぞっとする。もうフレッドには二度と電話しないほうがいい。

自分の部屋に着くと、ドアがわずかにあいていた。

マリアナは凍りついた。耳をすましたが、音は何も聞こえなかった。

そっとゆっくり手を伸ばし、ドアを押した。ドアがきしんでひらいた。

部屋をのぞき込んで、その様子に息を呑んだ。何者かが部屋を引っかきまわしていったように見えた。引き出しや戸棚はすべてあけて漁られ、マリアナの持ち物はばらまかれ、服はびりびりに引き裂かれていた。

彼女はすぐさま守衛室のモリスに電話し、警察官を探してくれるように頼んだ。

数分後にはモリスとふたりの警察官がマリアナの部屋にいて、被害の状況を調べていた。

「何も盗まれていないのはたしかなんですね？」ひとりの警官が言った。

マリアナはうなずいた。「そう思います」

「大学を出ていく不審者は見かけなかった。内部のだれかの仕業だという可能性が高いでしょう」

「恨みを持った学生の犯行のようですね」モリスが言った。マリアナに微笑みかけた。

「だれかを怒らせたりしませんでしたか、ミス？」

マリアナはモリスを無視した。警察官に礼を言い、おそらく強盗ではなさそうだという意見に同意した。指紋を調べると言われて、マリアナは承諾しようとしたが、あるものが目にはいって考えを変えた。

ナイフか、あるいは何か鋭利なもので、マホガニーの机に深くバツ印が刻まれていた。

「その必要はありません」マリアナは言った。「もうこれ以上のことは望みません」

「まあ、そうおっしゃるなら」

彼らが出ていくと、マリアナはそのバツ印の溝を指先でなぞった。

その場に立ち尽くし、ヘンリーのことを考えた。

そしてこのとき初めて、彼に恐怖を感じた。

11

時間というものについて考えていた。

本当に流れ去るものはないのかもしれない、と。それはつねにそこにあるのだ――つまり、自分の過去は。いつまでも追いかけてくるのは、それが消えて去ることがなかったからだ。

奇妙なことに、おれはいつまでもそこにいて、いつまでも十二歳で――あの恐ろしい日、誕生日の翌日の、あのすべてが変わった日のなかに閉じ込められている。

これを書きながらも、今それが起きているように感じられる。

母はおれを椅子に座らせて、何か告げようとしている。ふだん使わない家の正面の居間に連れてこられたので、何かがおかしいということは察しがつく。母は話をするのに、おれを座り心地のよくない椅子につかせた。

死期が迫っている、命にかかわる病気を患っている、そう言うのだと思った――そんなことを想像させる顔つきをしていた。

だがもっと悪かった。

母は出ていくと言ったのだ。父との関係はこのところとくにひどかった——目の痣、切れた唇が、証拠としてそれを物語っていた。そしてとうとう母は、父と別れる勇気をかき集めたのだ。

おれのなかで嬉しさが爆発した。〝歓喜〟以外にそれに近い言葉はなかった。

けれど、母が当面の計画を早口に話すのを聞くうちに、おれの笑顔は早くも消えた。母はいとこの家のソファで寝泊まりさせてもらい、その後、自立できるようになるまでは両親のいる実家に身を寄せるつもりだと言う。そして、おれの目を避ける様子や、口から出てこない言葉によって、おれを連れていくつもりがないのが明らかになった。

おれは衝撃を受け、母をじっと見つめた。

感じることも考えることもできなかった。母がほかに何を言ったかも、憶えていない。だが最後に母は、新しい住まいに落ち着いたらおれを呼び寄せると約束した。現実味のなさからいって、べつの惑星の話をされているようなものだった。母はおれを置き去りにしようとしていた。この場所に。父とともに。

おれは生贄にされようとしていた。地獄に突き落とされようとしていた。

そして、ときどき妙にずれている母は、ここでもそれを発揮して、父にはまだ出ていくことを話してないのだと言った。まずはおまえに伝えたかった、と。

父に言う気があったとは思えない。母にはこれが唯一の別れだった——今この場の、おれへの挨拶が。その後は、もしも多少なりとも知恵があったなら、母はかばんに荷物を詰めて夜のうちに逃げたことだろう。

おれならそうした。

母はおれに秘密を守るように言い、黙っていることを約束させた。美しくて、無謀で、お人好しの母——おれは多くの面で、母よりずっと大人で賢かった。まちがいなく、もっと狡猾（こうかつ）だった。おれは話すだけでよかった。船を放棄するという母の計画を、あの怒れる狂人に告げればいいのだ。そうすれば母は阻止される。おれは母を失わない。おれは母を失いたくなかった。

本当に？

おれは母を愛していた——そうだろう？

何かがおれに起きようとしていた——おれの考えに。それは母と話すうちからはじまり、その後、数時間かけて起こった——いわば、ゆっくりと忍び寄ってきた気づき——奇妙な啓示だった。

母はおれを愛しているのだと思っていた。

だが、母はひとりでないことがわかった。

すると、ふたりめの母が突然見えてきた――うしろのほうにいて、父がおれを苦しめるのを見ている母。なぜ父を止めなかったのか？　なぜ守ってくれなかったのか？　おれは守られるべき人間なのだと、なぜ母は教えてくれなかったのか？

母はレックスをかばった――父の胸にナイフを突きつけ、刺してやると脅した。だが、おれのためにそんなことをしたためしはなかった。

炎が燃えあがった――湧きあがる怒り、消すことのできない憤り。まちがいだとわかっていた――感情に呑まれる前に、抑え込むべきだとわかっていた。だが逆に、炎をあおった。そしておれは燃えあがった。

これまで耐えてきた恐怖――母を思い、母を守るために、おれはそれを我慢してきた。だが、母がおれを最優先に考えてくれたことはなかった。自分の身は自分で守らないといけないということらしい。父の言うとおりだ――母は自分本位で、身勝手で、思いやりがない。薄情な女だ。母は罰を受けるべきだった。

当時は、母にそれを言いたくても言えなかった。その語彙力がなかった。でも、何年かたち、たぶん二十代の前半くらいになって、年齢とともに弁が立つようになれば、正面からぶつかれたかもしれない。そして、酒を多く飲んだ夕食のあと、年を取った母に食ってかかり、かつて自分がされたように母を傷つけるのだ。おれは自分の恨みつらみを並べる――妄想のなかでは、母はその後泣きくずれ、ひれ伏しておれの赦しを乞う。そして、寛大にもおれはそれを与えてやる。

赦してやる――それはなんという贅沢だろう。だがその機会はなかった。

その夜、おれは憎しみに燃えてベッドにはいった……。赤熱したマグマが火山のなかから湧きあがってくるようだった。やがて寝入った……そして、下の階におりていって、引き出しから大きな肉切り包丁を出し、母の首を切り落とす夢を見た。その包丁でたたき切り、首が離れるまで引き切った。そしてその首を、母の赤白の縞模様の編み物用バッグに隠し、見つかるおそれのないベッドの下に置いた。胴体はほかの死骸といっしょに穴に捨てた――そこならだれにも見つかることはない。

夜明けの不快な黄色い光のなかで、夢から目を覚ました。頭がくらくらし、自分がどこにいるのかわからなかった――そして、怖かった。何があったのかと頭が混乱していた。

不安になり一階の台所に見にいった。包丁をしまってある引き出しをあけた。

一番大きな包丁を出した。どこかに血の跡がついてないか見て調べた。何もなかった。

包丁の刃は太陽の光にすっきりと輝いた。

そのとき足音が聞こえてきた。おれは慌てて背中に包丁を隠した。生きて無傷の母がはいってきた。

妙なことに、首がちゃんとついているのを見ても、おれはほっとしなかった。

むしろ、がっかりした。

12

翌朝マリアナは、朝食をともにするため広間でゾーイとクラリッサと落ち合った。フェロー用のビュッフェは、ハイテーブルの横のアルコーブに用意されていた。パン、ペストリー、それにバター、ジャム、マーマレードなどが豊富に取り揃えてあり、スクランブルエッグ、ベーコン、ソーセージなどのあたたかい料理を入れた、蓋付きの大きな銀の容器が並んでいた。

ビュッフェの列につきながら、クラリッサは朝食をしっかりとることのメリットを称えた。「一日の活力になるわ。それよりも大事なことはないでしょう。燻製ニシン（キッパー）があれば、わたしはいつもそれよ」

クラリッサは目の前にある選択肢を吟味した。「でも今日はないわね。じゃあ、ケジャリーなんていいんじゃない？　古き良き、懐かしの味。ほっとするじゃないの。鱈（たら）に、ゆで卵に、炊いたお米。これならまちがいないわね」

クラリッサのその見解は、誤りだったことがほどなく証明された。みんなでテーブルに着いて、最初のひと口を食べたときのことだった。クラリッサは顔を真っ赤にして、喉を詰まらせた。そして、口のなかから大きな魚の骨を取りだした。警戒の目でそれを見つめた。

「なんとまあ。どうやらシェフはわれわれを殺す気ね。あなたたちも気をつけて」

クラリッサが魚の残りをフォークで慎重に調べるあいだ、マリアナはロンドンへ行ってきたことをふたりに報告し、〈メイデンズ〉とグループセッションをしてはどうかとルースに提案されたことを伝えた。

それを聞いてゾーイの眉があがったのが見えた。「ゾーイ？　あなたはどう思う？」

ゾーイが探る目でマリアナを見た。「わたしは参加しなくていいんでしょう？」

マリアナは笑いを隠した。「ええ、あなたは参加しなくていい。安心していいわよ」

ゾーイはほっとした様子で肩をすくめた。「じゃあ、やったら。でも正直、あの子たちが同意するとは思えない。あの人にやれと言われないかぎり」

マリアナはうなずいた。「わたしもたぶんそのとおりだと思う」

クラリッサがマリアナの腕をひじでそっと突いた。「噂をすればよ」

マリアナとゾーイが顔をあげると、エドワード・フォスカがハイテーブルにやってくるところだった。

フォスカは三人とは離れたテーブルの逆の端に座った。フォスカはマリアナの視線を感じて顔をあげ、数秒間マリアナを見つめた。そして顔をそらした。

マリアナは唐突に立ちあがった。ゾーイがびっくりした顔で見た。

「何する気？」

「あたってみるしかないわね」

「マリアナ――」

マリアナはゾーイを無視して、フォスカ教授のいる長いテーブルの反対まで歩いていった。彼はブラックコーヒーを飲みながら薄い詩の本を読んでいた。

彼はそこに立っているマリアナに気がついた。顔をあげた。

「おはよう」

「教授」マリアナは言った。「お願いがあります」

「お願い？」フォスカは問いかける顔をした。「どのようなことかな、マリアナ？」

マリアナは彼の目を見つめ、視線をじっと受け止めた。「あなたの学生と――要するにあなたの特別な教え子たちと――わたしが話をするのは反対ですか？〈メイデンズ〉と」

「もう話したはずでしょう」

「グループとして、という意味です」

「グループ？」

「そう、セラピーグループです」

「それはわたしではなく、本人たち次第では？」

「あなたにやれと言われないかぎり、同意してくれそうもないので」

フォスカは微笑んだ。「つまり、わたしの許可というよりは、協力を求めているのかな」

「そうとも言えるかもしれません」

フォスカは口に小さな笑みを浮かべて、マリアナを見つめつづけた。「そのセッションをいつどこでやるかは、もう決めてあるんですか？」

マリアナは少し考えた。「今日の五時はどうかしら……ＯＣＲで？」

「わたしが彼女らにかなりの影響力を持っているとお考えのようだね、マリアナ。だけど、それはちがうと伝えておきますよ」少しして言った。「そのグループセラピーの具体的な目的は？　何を目標としているんですか？」

「とくに何かを達成したいとは考えていません。セラピーとはそういうものじゃない。わたしはただ、このところの恐ろしい出来事について整理する場を、若い彼女たちのために設けたいと思っているだけです」

フォスカはコーヒーをすすりながら考えた。「その誘いには、わたしもふくまれるんですか？　セラピーグループのひとりとして？」

「できれば来ていただきたくないわ。あなたの存在が彼女たちの妨げになるかもしれないから」

「それを協力の条件にしたら？」

マリアナは肩をすくめた。「そしたら断れないでしょうね」

「なら、わたしも参加することにしよう」

フォスカが笑いかけた。マリアナは笑い返さなかった。

「教授」マリアナはかすかに眉をひそめて言った。「何か必死に隠したいものでもあるんでしょうか」

フォスカは微笑んだ。「何も隠そうとはしてない。わたしが参加を希望するのは、言ってみれば、学生たちを守るためだ」

「学生たちを守る？　何から？」

「あなたですよ、マリアナ。あなたから」

13

その日の午後五時に、マリアナはOCRで〈メイデンズ〉を待った。

部屋は五時から六時半まで予約してあった。OCR――オールド・コンビネーション・ルーム――は、大学の人間が談話室として利用する広い部屋だった。大きなソファがいくつかと、低いコーヒーテーブル、そして、壁から壁までの長さのあるダイニングテーブル。壁には巨匠の絵画が掛かり、深紅と金色のベルベット調の壁紙に、静かな暗いトーンの絵が馴染んでいた。

大理石の暖炉では小さく火が焚かれ、ゆらめく炎が部屋じゅうの金色の調度に反射していた。居心地のいい閉ざされた雰囲気があり、マリアナはセッションにうってつけだという印象を持った。

九脚の椅子を丸く並べた。

それから、マントルピースの時計が見える位置にあることを確認して、一脚に座った。

五時を二、三分過ぎていた。

彼女たちは来るのだろうか、とマリアナは思った。来なかったとしても、少しも驚かないが。

けれども、そのすぐあとにドアがひらいた。

そして五人の若い女性が、ひとりずつ一列にはいってきた。無表情な顔つきから、無理やり来させられたのがわかった。

「こんにちは」マリアナは笑顔で言った。「来てくれてありがとう。どうぞ座って」

彼女たちは椅子の並びに目をやり、たがいを見合ってからおそるおそる腰かけた。長身のブロンドの子がリーダーのようで、周囲が彼女に従っている様子が傍目にもうかがえた。その子がまず腰をおろし、残りもそれに続いた。

彼女らは両側を空席にしてぴったり並んで座り、マリアナと向かい合った。愛想のない若い顔が壁のように前に並び、マリアナは急にいくらか怖じ気づいた。

どんなにきれいだろうと、知的だろうと、二十歳そこそこの若者数人に怖じ気づくなんて笑ってしまう、とマリアナは思った。学校時代にもどったような気分だった。人気者の女の子たちのグループを前にした、校庭の隅っこの醜いアヒルの子。マリアナのなかに潜む幼い部分は恐怖を感じた。そして、ふと思った——この若い女性たちの幼い部分は、どんな様子をしているのだろう。見かけ上の自信の裏に、似たような劣等感が隠されているのだろうか？　尊大な態度の下では、マリアナとおなじように萎縮しているのだろうか？　だがそれは想像しづらかった。

このなかでは唯一セリーナと話をしたことがあったが、彼女はマリアナの目を見られないようだった。モリスがマリアナとにらみ合った話を彼女にしたのだろう。セリーナは居心地の悪そうな表情で、ずっと頭を垂れて、ひざに目を落としていた。

ほかの学生たちは無表情な顔でマリアナのことを見ていた。こちらから話すのを待っているようだった。マリアナは何も言わなかった。彼女たちは無言で座っていた。

時計に目をやった。五時を十分過ぎた。フォスカ教授はあらわれない――幸いなことに、彼は来ないと決めたのかもしれない。

「そろそろはじめたほうがいいわね」マリアナはとうとう言った。

「教授は？」金髪の子が言った。

「何かで遅れているのね。教授抜きでスタートしましょう。まずは名乗ることからはじめましょうか。わたしはマリアナです」

少しの間があった。金髪の子が肩をすくめた。「カーラ」

ほかの子たちも続いた。

「ナターシャ」

「ディヤ」

「リリアン」

セリーナが最後だ。マリアナを横目で見て肩をすくめた。「わたしの名前は知ってるでしょ」

「ええ、そうね、セリーナ」

マリアナは考えを整理した。それからグループとしての彼女たちに話しかけた。

「こうしてみんなで座っていて、どんな気分かしら？」

沈黙が返ってきた。まるで無反応で、肩をすくめることさえなかった。マリアナは自分に対する冷たい敵意を感じた。めげることなく先を続けた。

「わたしがどんな気分か、お話ししましょう。奇妙ね。つい空いている椅子に目が行ってしまう」マリアナは輪のなかの三つの空席に顔を向けた。「ここにいるべきなのに、いない人たち」

「教授とかね」カーラは言った。

「教授だけじゃないわ。あとはだれのことだと思う？」

カーラは空いた椅子を見て、あざけるように目をぐるりとまわした。「だれのための椅子かって？　タラとヴェロニカなんでしょ？　ばかみたい」

「どうしてばかみたいなの？」

「だって来ないんだから。どう考えたって」

マリアナは肩をすくめた。「だとしても、ふたりがもうグループのメンバーでないということではないでしょう。グループセラピーではよくその話をするんだけどね——だれかが輪から抜けたとしても、その人は強力な存在感を発揮しつづけることがある」

マリアナは話しながら、空いた椅子のひとつに目をやった——するとそこにセバスチャンが座って、おかしそうな顔でこっちを見ていた。

マリアナは彼を追いはらい、先を続けた。

「そこで思うのだけど、こうしたグループに加わっていて、どんな気分かしら……。あなたがたにとってどんな意味がある？」

だれひとり反応しなかった。そろって無表情にマリアナを見ていた。

「グループセラピーでは、グループを家族に見立てることがよくある。きょうだいや親、おじ、おばの役を当てはめるの。ちょっと家族のようなところがあるでしょう？　言うなれば、あなたがたはふたりの姉妹を失った」

反応なし。マリアナは慎重に続けた。

「フォスカ教授はおそらくみんなの〝父親〟ね？」沈黙。マリアナはもう一度トライした。

「彼はいい父親ですか？」

ナターシャがいらついた大きなため息をついた。「すっごい、くだらない」彼女は強いロシア訛りで言った。「あなたの意図は明らかよ」

「つまり何？」

「わたしたちに教授の悪いところを言わせようとしてるの。わたしたちをそそのかそうとしてる。教授を陥れようとしてる」

「わたしが教授を陥れようとしていると、どうして思うの？」

ナターシャは軽蔑するようなため息をついただけで、返事すらしなかった。

カーラが代わりに言った。「ねえ、マリアナ。あなたの考えはわかってます。だけど教授は殺人とは無関係よ」

「そのとおり」ナターシャは強くうなずいた。「だって、みんなずっといっしょだったんだから」

その声には突然の激しさがあった。燃える怒りが。

「とても怒っているわね、ナターシャ」マリアナは言った。「それが感じられる」

ナターシャは笑った。「よかった――あなたに向けたものだから」

マリアナはうなずいた。「わたしに怒るのは簡単よ。わたしは脅威じゃないから。それより、ふたりの子供を死なせた〝父親〟に腹を立てるほうが難しいんじゃない？」

「何言ってるの――ふたりが死んだのは教授のせいじゃないでしょう」リリアンが初めて口をひらいた。

「じゃあだれのせい？」マリアナは言った。

リリアンは肩をすくめた。「自分たちのせいよ」

マリアナは彼女を見た。「え？　どうして自分たちのせいなの？」

「もっと気をつけているべきだった。タラもヴェロニカも、ふたりともばかだった」

「ほんと、そう」ディヤが言った。

カーラとナターシャも同意してうなずいた。

マリアナは彼女たちを見つめ、一瞬言葉を失った。悲しみを感じるより、怒りを感じるほうが易しいのは知っている――けれど、情動を敏感に読むのに慣れたマリアナでさえ、この場からひとつの悲しみも感じ取れなかった。悲嘆も、良心の呵責(かしゃく)も、喪失感もない。見下した感情しかない。軽蔑しか感じられなかった。

奇妙だった――ふつうは、外からの攻撃にさらされると、こうした集団はガードを強め、団結してひとつにまとまるものだ。だが、タラの死に対しても、ヴェロニカの死に対しても、なんらかの純粋な感情を示したのは、セント・クリストファー校ではゾーイだけだったように思えた。

ロンドンでのヘンリーのいるセラピーグループのことが、ふいに頭にのぼった。あれと似たものが、ここにもある――ヘンリーの存在がグループを内側から分裂させ、攻撃するせいで、グループが正常に機能できない様子と、どこか似たものが。

おなじことがこのグループでも起きているのだろうか？　もしそうなら、このグループは外部の脅威に反応しているのではないということだ。

脅威はすでにここにあるということ。

そのとき、ドアをノックする音がした。ドアがあいた――フォスカ教授がそこに立っていた。

彼はにっこり笑った。「仲間に入れてもらえますか？」

14

「遅れてしまって申し訳ない」フォスカは言った。「はずせない用事があって」

マリアナは少し顔をしかめた。「すみませんが、もうはじめてしまっています」

「でも、参加するのはかまいませんよね？」

「それはわたしが決めることじゃない。グループが決めることです」マリアナはまわりを見た。「フォスカ教授を入れるべきだと思う人は？」

言いおわる前から、輪にいる五人の手が挙がった。マリアナ以外の全員だった。

フォスカは笑った。「マリアナ、あなたは手を挙げませんでしたね」

マリアナはうなずいた。「ええ、挙げませんでした。でも、反対は却下されました」

フォスカが輪に加わると同時に、部屋の空気が変化するのがわかった。学生たちの緊張感が高まるのが感じられ、着席するときにフォスカがカーラと素早く目を交わしたのにも、マリアナは気づいた。

フォスカはマリアナに笑いかけた。「どうぞ続けて」

マリアナは少し間を取り、そして、べつの方向から進めてみることにした。他意がないかのように微笑んだ。

「先生はこのお嬢さんたちにギリシャ悲劇を教えてますよね」

「そのとおりです」

「『アウリスのイピゲネイア』は授業で取りあげましたか？　アガメムノンとイピゲネイアの物語は」

マリアナはそう言いながら教授をじっと観察したが、劇の名が出ても特別な反応はなかった。教授はうなずいた。

「ええ、やりましたよ。あなたも知ってのとおり、エウリピデスはわたしのお気に入りだからね」

「そうですね。じつは、わたしにはイピゲネイアの性格がむかしから不思議に思えるの。学生のみなさんはどんな感想かと思って」

「不思議？　どうして？」

マリアナは少し考えた。「そうですね、引っかかるんだと思う。あまりに受け身で……服従的なところが」

「服従的？」

「イピゲネイアは生きるために闘うことをしない。縛られても拘束されてもないのに、父親が自分を殺そうとするのを進んで受け容れる」

フォスカは微笑み、まわりに目をやった。「今のは興味深い指摘だ。だれか意見を言いたい人は……？　カーラ？」

カーラは指名されて嬉しそうだった。子供のご機嫌を取るようにマリアナに微笑みかけた。「大事なのは、イピゲネイアの死に方でしょう」

「つまり？」

「つまり、それによって彼女は悲劇の人になれた——英雄的な死をとげることで」

カーラは承認を求めてフォスカのほうをちらりと見た。フォスカはうっすら微笑んだ。

マリアナは首を振った。「悪いけど、賛成しかねるわ」

「そう？」フォスカは興味をそそられたようだった。「どうして？」

マリアナは輪にいる女の子たちを見た。「それに答える一番の方法は、イピゲネイアにここに、このセッションに、来てもらうことだと思うの——空いている席に座って、加わってもらう。どうかしら？」

二、三人が軽蔑の表情で視線を交わした。

「ばかばかしい」ナターシャが言った。

「どうして？　イピゲネイアはあなたたちと同世代でしょう？　もう少し若かったかもしれない。十六か十七？　とても勇敢で立派な人物だったんでしょう。想像してみて――もし生きていたら、どんな人生を送ったか。どんなことを成し遂げたか。もしここに彼女が座っていたら、わたしたちはイピゲネイアに何を言う？　どんな言葉をかける？」

「べつに何も」ディヤは心に響かないようだった。「言うことなんてある？」

「何もないの？　注意を呼びかけないの――サイコパスの父親のことで。救ってあげようとはしないの？」

「救ってあげる？」ディヤはばかにした顔をした。「何から？　彼女の運命から？　そしたら悲劇にならないでしょう」

「それに、アガメムノンが悪かったわけじゃない」カーラが言った。「イピゲネイアの死を求めたのはアルテミスよ。それは神々の意向だった」

「神々がいなかったとしたら？」マリアナは言った。「若い娘とその父の、ふたりだけ。それだったらどう？」

カーラは肩をすくめた。「そしたら悲劇じゃない」

ディヤもうなずいた。「ただのギリシャのいかれた家族」

フォスカは無言を通し、愉快そうにじっと議論を見守っていた。けれど、とうとう好奇心に負けたようだった。

「マリアナ、あなたなら何を言うんですか？　ギリシャを救うために死んだその少女に？　ちなみに、イピゲネイアはあなたが思うより若かった——むしろ十四か十五くらいだ。今ここにいたら、どんな言葉をかけてあげますか？」

マリアナは一瞬考えた。「父親との関係について聞きたいと思うでしょうね……。それに、なぜ父親のためにわが身を犠牲にしなければいけないと思ったのか」

「なぜだとあなたは思いますか？」

マリアナは肩をすくめた。「子供は愛されるためならどんなことでもするものだと、わたしは思っています。ごく幼少期には身体的な生存に、のちには精神的な生存にかかわる問題だから。面倒を見てもらうために、子供はどんな犠牲もはらうでしょう」声を落とし、フォスカではなく、その周囲に座る女性たちに向けて言った。「そして、それを利用しようとする人もいる」

「具体的に言うと、つまり？」フォスカが言った。

「つまり、もしわたしがイピゲネイアのセラピストだったら、彼女が見る手助けをするでしょう——見えていないものを見る手助けを」

「見えていないものって？」カーラが言った。

マリアナは慎重に言葉を選んだ。「イピゲネイアは幼いころに、虐待を愛と取りちがえたのだという事実。そしてそのまちがいによって、自分自身の見方が、それに、自分を取り巻く世界の見方がゆがんでしまったということ。アガメムノンは英雄じゃない――頭のおかしな男、子殺しのサイコパスだった。イピゲネイアはそんな男を愛し、敬う必要はなかった。喜ばせるために死ぬ必要はなかった」

マリアナは彼女たちの目を見つめた。心に訴えかけようと必死だった。話が心に届くことを願った……けれど、届いたのだろうか？　よくわからない。フォスカの視線を感じ、彼が口をはさもうとしているのを察した。マリアナは急いで先を続けた。

「もしイピゲネイアが父親のことで自分に嘘をつくのをやめたら……恐ろしい、衝撃の真実に気づいたら――これは愛ではない、父は自分を愛していない、なぜなら父は愛し方を知らないから、そう気づいたら――その瞬間に、彼女は断頭台に頭をあずけた無防備な乙女でいるのをやめることでしょう。彼女は、処刑人の手から斧を奪い取る。そして女神になる」

マリアナはふり向いてフォスカを見つめた。怒りが声に出ないようにこらえた。けれども、あまりうまく隠せなかった。

「だけど、そうしたことはイピゲネイアには起こらなかった。タラにも、ヴェロニカにも。彼女たちに女神になるチャンスはなかった。大人になるチャンスはなかった」

輪の向こうにいるフォスカを見つめると、その瞳に怒りがよぎるのが見えた。だがマリアナ同様に、フォスカもそれを態度に出すことはしなかった。

「あなたは今のこの状況のなかで、わたしを父親役にしようとしているようですね。アガメムノンに。そういうことですか？」

「その言葉が出るとは偶然ね。じつはあなたが来る前、わたしたちはグループの〝父親〟としてのあなたの良さについて話していたの」

「それはそれは。で、みんなの総意としては、どういうことでした？」

「まだ、まとまってないわ。でも、〈メイデンズ〉に、あなたのもとにいて不安が増してないか聞きました——みんなのうちのふたりが亡くなってしまったわけですから」

そう言いながら、マリアナの目は空いたふたつの席のほうに流れた。フォスカがそれを見た。

「ああ、そういうことか」彼は言った。「空席はいないメンバーをあらわしている……。タラ、それにヴェロニカのための椅子ですね？」

「そのとおりです」

かな？」

「そういうことなら」フォスカは少しの間を置いた。「椅子がひとつ足りないんじゃないかな？」

「どういうこと？」

「知らないんですか？」

「何を？」

「そうか。彼女はあなたに言ってなかったのか。それはとても興味深い」フォスカは笑顔のままだった。面白がっているようだった。「そのすばらしい分析眼を自分自身に向けてみるべきじゃないですか、マリアナ？　あなたはどんな〝母親〟なんです？」

「医者よ、汝自身を治せ」カーラが笑って言った。

フォスカもおかしそうに笑った。「そう、そう、まさに」

フォスカはふり返り、セラピーを模した言い方で周囲に問いかけた。「われわれはこの欺瞞をどう解釈するか――グループとして？　これは何を意味していると、われわれは考えるのか？」

「ええと」カーラは言った。「それはふたりの関係について、かなり多くのことを物語っていると思います」

ナターシャもうなずいた。「ほんと、そう。マリアナが自分で思ってるような親しい関係じゃまったくないのよ」

「信頼してないってことでしょうね」リリアンは言った。

「なぜなんだろうな」フォスカはなおも笑顔のままつぶやいた。

マリアナは頬が火照るのを感じ、彼らのやっているこのお遊びに猛烈ないらだちを覚えた。校庭の風景をそのまま持ってきたようだった。いじめっ子がよくやるように、フォスカはまわりをけしかけ、寄ってたかってマリアナを攻撃しているのだ。みんなで笑いを共有し、にやにやしてマリアナをあざけっている。急に全員が憎く思えた。

「なんの話をしてるの」マリアナは言った。

フォスカは輪を見まわした。「さて、だれがこの大役を務める？　セリーナ？　きみがやるか？」

セリーナはうなずいて立ちあがった。彼女は輪から離れて、ダイニングテーブルのほうへ行った。もう一脚、椅子を持って運んできて、マリアナの座る横にねじ込んだ。そして、ふたたび着席した。

「ありがとう」フォスカはマリアナを見た。「椅子がひとつ足りなかったんだ。〈メイデンズ〉の最後のひとりのための」

「それはだれなんですか？」

けれど、何を言われるか、マリアナはすでに察しがついていた。フォスカはにっこり笑った。

「あなたの姪、ゾーイですよ」

15

セッションを終えたマリアナは、愕然としてよろよろとメインコートに出た。

ゾーイと話して、本人の言い分を聞く必要があった。残酷な方法ながら、グループはもっともな指摘をした。マリアナは自分自身やゾーイをよく見つめないといけない――そして、ゾーイが〈メイデンズ〉のメンバーだったことをなぜマリアナに明かさなかったのか、理解する必要がある。その理由を、ぜひにも知らねばならない。

マリアナは、気づくとゾーイと向き合うために彼女の部屋に向かっていた。だがエロスコートに抜けるアーチ道まで来たところで、ふと足を止めた。

この件については慎重に進めたほうがいい。ゾーイが繊細で傷つきやすいというのもあるが、何かの理由があって、ゾーイは本当のことをマリアナに打ち明ける気になれなかったのだ――フォスカが何かしらからんでいると、どうしても勘ぐってしまうのだが。

それにフォスカは、ゾーイの秘密を故意に明かした――マリアナを挑発する目的で。だから、その手に乗ることだけは避けなければ。ゾーイの部屋に押しかけて嘘を責めることは、してはいけない。

自分はゾーイの味方になるべきで、ことをどう進めるべきかよくよく考えなければ。ひと晩おいて、あすの朝、少し落ち着いてからゾーイと話すことに決めた。マリアナは踵を返した。考えに没頭していたので、陰から出てくるまでフレッドに気づかなかった。

フレッドが前に立った。

「やあ、マリアナ」

マリアナははっとした。「フレッド。ここで何をしているの？」

「探してたんだよ。大丈夫か確かめたくて」

「まあ、なんとかやってるわ」

「ロンドンからもどってきたら連絡をくれるって言ってたから」

「そうね、ごめんなさい。ずっと慌ただしくしていて」

「本当に大丈夫なんだね？　僕から言わせるとちょっと——お酒がほしそうな顔に見えるけど」

マリアナは笑った。「じつはね」

フレッドは笑顔を返した。「そういうことなら——どう？」

マリアナは迷って口ごもった。「ええ、でも——」

フレッドが慌てて続けた。「たまたまだけど、正餐の広間からくすねてきた、大変すばらしいブルゴーニュがあるんだ。特別なときに飲むために取ってあった……。どうかな？部屋にあるんだけど」

どうとでもなれ、とマリアナは思った。彼女はうなずいた。「いいわ。乗った」

「本当に？」フレッドの顔がぱっと明るくなった。「それはよかった。じゃあ——」

フレッドは腕を差しだしたが、マリアナはその腕を取ることはしなかった。ひとりで歩きだし、フレッドが慌ててあとを追いかけた。

16

トリニティ校のフレッドの部屋は、広さはゾーイの部屋よりあるが、家具調度はいくぶんみすぼらしかった。きれいに片づいていることが、まずマリアナの目に留まった。散らかっても乱雑でもなく、せいぜい紙があちこちにあるくらいだ。走り書きや数式の書かれた紙切れが、何枚もある。まるで狂人――あるいは天才――の手によるもののようで、矢印がいくつも引っぱられ、判読不能なメモがのぼったりくだったりしながら余白に書き込まれていた。

目につく個人的な品は、棚に飾られた額入り写真だけだった。一枚は少し色褪せていて、八〇年代に撮られたもののように見えた。フレッドの両親らしき素敵な若い男女が、木の柵と草地を背に立っている。もう一枚は、犬を連れた幼い男の子の写真だった。髪をおかっぱにされた、真剣な顔つきをした小さな男の子。

マリアナはフレッドを見た。ろうそくに火をつけることに集中している今も、おなじ表情をしている。その後、フレッドは音楽をかけた——バッハのゴルトベルク変奏曲。彼はソファにあった紙を集めて、机の上に不安定に重ねた。「散らかっててごめん」

「それは論文?」マリアナは紙の束に顔を向けて言った。

「ちがう」フレッドは首を振った。「あれは——ただちょっと書いてるんだ。なんていうか……本みたいなものをね」どう説明していいのか困っているようだった。「よかったら座って」

フレッドはソファを示した。マリアナは腰をおろした。壊れたスプリングが下からあたるので、座る位置を少しずらした。

フレッドはブルゴーニュのヴィンテージワインを出してきて、それを誇らしげに見せた。「悪くないでしょ? 盗むのを見つかったら殺されてたよ」

オープナーを手にし、コルクを抜くのに悪戦苦闘した。ボトルを手からすべらすのではないかと、マリアナが心配した瞬間もあった。けれど、ポンという大きな音とともにどうにか栓を抜き、欠けた不揃いのワイングラスに濃い色の赤ワインを注いだ。ふたつのうちましなほうのグラスを、マリアナに差しだした。

「ありがとう」

フレッドはグラスをあげた。「乾杯」

マリアナはワインを舐めた——当然だが、とてもおいしかった。フレッドもそう思ったらしい。唇を赤ワインの色に染めて、嬉しそうにため息をついた。

「いいね」彼は言った。

ふたりはしばらくのあいだ黙っていた。マリアナは音楽に耳を傾け、上昇と下降をくり返すバッハの音階に心奪われた。とても優雅で、とても数学的な構造をしていて、たぶんそんなところがフレッドの数学的な頭脳に訴えかけるのだろう。

机の紙の束に目をやった。「あなたが書いているっていう本だけど……。何についての話なの？」

「本当のことを聞きたい？」フレッドは肩をすくめた。「自分でもよくわからない」

マリアナは笑った。「何かしら考えてることはあるでしょう」

「まあね……」フレッドは目をそらした。「まあ、ある程度は……。じつは母親についてなんだ」

フレッドは笑われるのを覚悟するように、恥ずかしそうにマリアナの顔をうかがった。べつにおかしいとは思わなかった。マリアナは興味津々にフレッドを見た。「お母さんのこと？」

彼はうなずいた。「そう。母は僕を残していった……子供のころに……。母は——死んだんだ」

「そうだったのね」マリアナは言った。「わたしの母もいっしょ」

「え？」フレッドは目を見ひらいた。「知らなかった。じゃあ、おたがい孤児なんだ」

「孤児ではなかった。父がいたから」

「そう」フレッドはうなずき、低い声で言った。「僕もだよ」

ボトルを手に取り、マリアナのグラスにお代わりを注いだ。「そのくらいで」とマリアナは言ったが、フレッドは無視してグラスの縁までなみなみと入れた。かまわなかった――マリアナは数日ぶりにリラックスできて、フレッドにありがたい気持ちを感じていた。

「そんなこんなで」フレッドは自分にもワインを注ぎながら言った。「母の死によって僕は理論数学に、そして並行宇宙に引き寄せられた。それについて書いたのが僕の論文だ」

「あまり理解できた気がしないわ」

「じつは、僕もよくわかってない。でも、もしこれとそっくりの宇宙がいくつも存在するとすれば、母が死ななかったべつの宇宙もどこかにあるということになる」肩をすくめた。

「それで……僕は母を探しにでたんだ」

遠くを見るような悲しげな目をしたフレッドは、まるで迷子の男の子のようだった。マリアナは同情した。

「それで見つかったの？」

フレッドは肩をすくめた。「ある意味ではね……。じつは時間は存在していないということを発見したんだ——だから、母はどこにも行っていない。母はここにいるんだ」

マリアナが理解に苦しんでいると、フレッドはワイングラスを置いて、メガネをはずしてマリアナと向き合った。

「マリアナ、聞いて」

「いえ、やめて」

「え？　何を言おうとしてるか、わかってないくせに」

「あなたはロマンチックな告白をしようとしている——そして、わたしはそれを聞きたくない」

「告白？　ちがうよ。ただの質問だ。質問は許される？」

「内容によるわね」

「愛してる」

マリアナは顔をしかめた。「質問じゃないじゃない」

「結婚してくれますか？　それが質問だ」

「フレッド、お願いだから黙って——」

「あなたのことが好きなんだ、マリアナ――列車で見かけた瞬間に恋に落ちた。いっしょにいたい。あなたを大切にしたい。僕が守って――」

それは言ってはいけない言葉だった。マリアナは体温が上昇するのを感じた。腹立ちで頬が火照った。「守られたいなんて思ってないから！　それ以上最悪なことは考えられないわ。わたしは囚われの姫でも、救いを待つ……乙女でもない。ぴかぴかの鎧をまとった騎士なんていらないの。わたしが望むのは――望むのは――」

「何？　望むのは、何？」

「ひとりにして放っておいてほしい」

「ちがうね」フレッドは首を振った。「それは信じない」それから早口に言った。「僕の胸騒ぎのことは憶えてるよね。いつかあなたに結婚を申し込む――そしてあなたはイエスと言う」

マリアナは思わず笑った。「ごめんね、フレッド。この宇宙では、それはないわ」

「だけどさ、どこかべつの宇宙では、僕らはもう結婚してる」

マリアナが抗議する間もなく、フレッドが身を乗りだして唇を唇にそっと押しつけた。やわらかくて、ぬくもりと優しさを感じさせるキスだった。マリアナはびっくりすると同時に緊張がほどけるのを感じた。

いきなりのキスはすぐに終わった。フレッドは身を引いて、マリアナと目を合わせようとした。「ごめん。つい――我慢できなくて」

マリアナは首を振っただけで、何も言わなかった。うまく説明できないが、どこか心動かされていた。

「あなたを傷つけたくないの、フレッド」

「大丈夫。傷つけられたってかまわないんだ。だって――〝愛して失うほうが、まったく愛さなかったよりまし〟だから」

フレッドは笑った。そして、マリアナが顔をくもらせたのを見て、不安な顔をした。

「何？　なんか変なことを言った？」

「なんでもない」マリアナは時計を見た。「もう遅いから、帰るわ」

フレッドは悲しそうだった。「もう？　わかった。じゃあ下まで送るよ」

「その必要は――」

「送りたいんだ」

態度がわずかに変化したようだった。少しとげとげしくなった感じがした。フレッドらしいあたたかさが、いくらか消えた。彼はマリアナのほうを見ることなく立ちあがった。

「行こう」

17

フレッドとマリアナは無言で階段をおりた。通りに出るまで、ふたりは言葉を交わさなかった。マリアナは横目でフレッドを見た。「じゃあ、おやすみなさい」

フレッドは動かなかった。「僕は散歩に出る」

「今から？」

「よく夜に歩くんだ。何か問題でも？」

口調に棘があり、敵意があった。ふられたと思っている——マリアナにはそれがわかった。理不尽かもしれないが、うっとうしかった。だが彼の感情が傷つこうが知ったことではない。マリアナには心配しなければならないもっと大事なことがあるのだ。

「そう」マリアナは言った。「じゃあね」

フレッドは動かなかった。じっとマリアナのことを見ていた。そして唐突に言った。

「待って」尻のポケットに手を入れて、折りたたんだ数枚の紙を出した。「もっとあとにするつもりだったけど――今わたす」

フレッドはそれを差しだした。マリアナは受け取らなかった。

「なんなの？」

「手紙。あなたへの――直接話すより、このほうがもっと気持ちが伝わる。読んでみて。そしたら、わかってくれると思う」

「いらないわ」

フレッドはあらためてマリアナにそれを突きだした。「マリアナ。受け取って」

「いらない。やめて。脅しても無駄だから」

「マリアナ――」

だがマリアナはそのまま歩き去った。通りを進みながら、最初は怒りを覚え、つぎに予想外の悲しみをふと覚え――それから後悔を感じた。彼を傷つけたことではなく、彼をふってしまったこと、現実となり得たべつの展開に対し扉を閉ざしてしまったことに。

可能性はあったのだろうか？　マリアナは彼を、あの真面目な青年を、愛するようになっただろうか？　夜に彼に抱きついて、自分の話を語れただろうか？　考えるそばから無理だとわかった。

そんなことができる？

マリアナには話したいことがあふれていた。そして、それを聞くのはセバスチャンの耳以外にあり得なかった。

セント・クリストファー校にもどったマリアナは、すぐには自分の部屋に向かわなかった。メインコートをぶらぶら歩き……そして、食堂のある棟にはいった。

暗い通路を進んでいって、あの絵と対面した。

テニスンの肖像画。

その絵のことがずっと頭にあって、なぜだか、いつも考えていた。悲しげな顔をしたハンサムなテニスン。

ちがう——悲しいのではない——目にある表情を説明するのに、それは適切な言葉ではない。なんと言えばいいだろう？

表情を読み取ろうとして、顔をじっと見た。今度もまた、テニスンがマリアナを素通りして肩のうしろの何かを見つめているような、不思議な感覚がした——何かを見つめている……視界のすぐ外にある何かを。

でも、なんだろう？

そして、ふいに理解した。何を見ているのかわかった。いや、だれを、と言ったほうがいいかもしれない。

ハラムだ。

テニスンはハラムを見つめている――ハラムは光の届く場所のすぐ先にいる……とばりの向こうに。彼の目の表情はそれだった。死者と交信する男の目。

テニスンは途方に暮れていた……。亡霊に恋をしていた。人生に背を向けていた。マリアナも同じなのか？

前はそう思っていた。

そして今は――？

今は、たぶん……よくわからない。

マリアナは物思いにふけりながら、もうしばらくそこにいた。そして立ち去ろうとしたとき……足音がした。マリアナは動きを止めた。

底の硬い男の靴が、長く暗い通路の石の床をゆっくり歩いている……

そして、だんだん近づいてきた。

最初はだれの姿も見えなかった。だが、やがて……近づいてくるにつれ、暗闇に動くものが見えて……ナイフが光った。

マリアナは凍りついて、立ちすくんだ。ほとんど呼吸を止めて相手がだれなのか見定めようとした。すると、ゆっくりと……ヘンリーが闇のなかからあらわれた。

マリアナをじっと見つめた。

恐ろしい目をしていた。理性的とは言いがたく、いくらか躁状態になっている。争ったあとなのか、鼻血が出ていた。血で顔が汚れ、シャツにも飛び散っている。そして、手には二十センチほどのナイフを持っていた。

マリアナは冷静で怖がっていない口調で言った。それでも、声がかすかに震えるのは避けられなかった。

「ヘンリー？　ナイフをおろしてちょうだい」

ヘンリーは返事をしなかった。ただマリアナをじっと見つめていた。目はランプのように大きくぎらついて、何かをやってハイになっているのが明らかだった。

「なんでここにいるの？」マリアナは言った。

ヘンリーは少ししてから答えた。「きみに会う必要があったからだろうね。ロンドンで会ってくれないから、わざわざここまで来たんだ」

「どうしてわたしの居場所がわかったの？」

「テレビで見た。警察といっしょにいるところが映った」

マリアナは慎重に話した。「映った記憶はないわ。カメラにはいらないように、最大限気をつけていたから」

「おれが嘘を言ってると思ってるのか？　ここまでつけてきたとでも？」

「ヘンリー、わたしの部屋に押し入ったのはあなたね？」

彼の声にヒステリックな調子が混じった。「きみはおれを見捨てたんだ、マリアナ。おれを——おれを生贄にした——」

「え？」マリアナは狼狽（ろうばい）してヘンリーを見つめた。「どうして——なぜそんな言葉を？」

「だってそのとおりなんだろう？」

ナイフを振りあげて、一歩マリアナに近づいた。だがマリアナは踏みとどまった。

「ナイフをおろして、ヘンリー」

ヘンリーはさらに前に出た。「このままじゃいられないんだよ。自分を自由にしたい。縛っているものを断ち切って自由になりたい」

「ヘンリー、お願い、やめて——」

攻撃の構えをするようにナイフを高くあげた。マリアナの心臓が激しく打った。

「今からおまえの目の前で自殺してやる」ヘンリーは言った。「おまえはそれを見るんだ」

「ヘンリー——」

彼はナイフを高く振りかぶり——そして——

「おい！」

うしろから声がして、ヘンリーはふり返った——と同時にモリスが陰から突進してきて、飛びかかった。ふたりはナイフを取り合い、そしてモリスはあっさりヘンリーをねじ伏せ、藁束か何かのようにわきに放り投げた。ヘンリーはどさっと床にくずれた。

「手を出さないで」マリアナはモリスに言った。「彼を傷つけないで」

前に進みでてヘンリーを助け起こそうとした。だが、ヘンリーはその手をはらいのけた。

「おまえなんか嫌いだ」子供みたいな言い方だった。真っ赤になった目に涙があふれた。「嫌いだ」

モリスが警察を呼び、その後ヘンリーは逮捕されたが、マリアナが精神的なケアが必要だと主張したために、病院に連れていかれて収容された。彼は抗精神病薬を与えられ、マリアナは翌朝に精神科医と話をする約束を取りつけた。

こんなことになってしまい、当然ながら、マリアナは自分を責めた。

ヘンリーの言ったとおりだ。マリアナは彼を犠牲にした。マリアナのケアを受けている、ほかの弱い人たちのこともだ。ヘンリーの求めに応じて会ってあげられていれば、今回のようなことにはならなかったかもしれない。それは事実だ。

こうなったからには、この大きな犠牲を絶対に無駄にしないようにしなければ……どんな代償をはらってでも。

18

午前一時近くになって、マリアナはようやく自分の部屋にもどった。くたくただったが、不安と興奮で目が冴えて眠れなかった。

部屋が寒かったので、壁に備えつけられた旧式の電気ヒーターをつけた。昨年の冬から使われていなかったのだろう――熱せられるとともに、埃の焦げるにおいが強烈に漂った。マリアナは硬い木の椅子に座って、闇に赤く光る電熱線を見つめ、熱を感じ、うなる音に耳をすました。ずっとそこに座っていた――エドワード・フォスカのことを考えながら。とても自惚れていて、自信満々だった。あいつは逃げおおせたと思っている。自分が勝ったと思っている。

だが、逃げられてはいない。まだだ。マリアナが出し抜いてやる。そうしなければ。今晩一睡もせずに考え、策を練るのだ。

マリアナは眠らずに何時間も椅子に座り、一種のトランス状態になって考えに考えた。

ゾーイが月曜の夜に最初に電話をかけてきたときから起きた数々のことを、何度も頭でなぞった。物語のすべての出来事、すべての文脈を見直し、それをあらゆる角度から検証し、意味を理解して、明確なものを見ようとした。

それははっきり見えているはずだ——答えは目の前にあるはず。なのに、それがつかめなかった。まるで暗闇でジグソーパズルを組み立てているようだった。

フレッドなら、どこかべつの世界ではマリアナはもう答えを出している、と言うだろう。どこかべつの世界では、マリアナはもっと賢かった。

けれど、残念ながらこの世界のマリアナはちがう。

頭が痛くなるまで、ずっとそこに座っていた。そして明け方になり、疲れ果てて気持ちが落ち込み、あきらめた。ベッドにもぐり込むと、あっという間に眠りに落ちた。

悪夢を見た。荒涼とした景色のなかを、風と雪をかき分けながらセバスチャンを探す夢だった。そしてついに見つけることができた——吹雪のなか、ぽつんとあらわれたアルプスの山のホテルの、寂れたバーに彼はいた。マリアナは大喜びで声をかけたが、恐ろしいことにセバスチャンはマリアナのことがわからなかった。きみは変わった、きみは別人だ、とセバスチャンは言った。マリアナは、自分は変わっていないと何度も誓って言い、わたしよ、わたしよ、と叫んだ。けれど、キスしようとすると、セバスチャンは身を引いた。

そしてマリアナを置いて吹雪のなかに出ていってしまった。マリアナは絶望して泣きくずれ、悲しみに暮れた——するとゾーイがあらわれて、青い毛布でくるんでくれた。マリアナは、自分はセバスチャンのことを命よりも何よりも愛している、と訴えた。するとゾーイは首を横に振って、愛は悲しみをもたらすだけだ、マリアナは目を覚ますべきだ、と言った。「目を覚まして、マリアナ」

「え？」

「目を覚まして……目を覚まして！」

そして、はっとしていきなり目が覚めた——冷や汗をかき、心臓が激しく打っていた。

だれかがドアをたたいていた。

19

マリアナは心臓をどきどきさせながらベッドで身を起こした。ドアをたたく音は続いていた。

「待って」マリアナは叫んだ。「今行きます」

何時だろう？　明るい日差しがカーテンの端から忍び込んでいる。八時？　九時？

「どなた？」

返事はなかった。音はさらに大きくなり、マリアナの頭のなかで響く音も大きくなった。頭痛でずきずきした。思っていたよりもお酒を多く飲んでしまったのだろう。

「わかったわ。ちょっと待って」

どうにかベッドから出た。頭が混乱して、ふらふらした。入り口まで体を引きずっていった。鍵をあけてドアをひらいた。

そこにいたのはエルシーで、もう一度ノックしようと構えているところだった。彼女は明るく笑った。

「おはよう」

羽根のはたきをわきにかかえ、手には掃除用具を入れたバケツを持っていた。きつい角度で眉が描いてあり、ちょっと怖い顔に見えた。そして、その目には興奮したような光があった。残忍で獲物を狙っているような光だ、とマリアナは思った。

「エルシー、今何時？」

「ちょうど十一時をまわったところよ。起こしちゃったなんてことはないだろうね」

エルシーはマリアナの横から身を乗りだして、整えられていないベッドをのぞき込んだ。体からタバコのにおいがした。それに息からはアルコールが？　あるいは、それはマリアナ自身の息だろうか？

「よく眠れなかったの」マリアナは言った。「悪い夢を見て」

「おやおや」エルシーは同情するように舌打ちをした。「まあこんな状況だから、驚くことじゃないけど。残念ながら、さらに悪いニュースがあるの。あなたも知っとくべきだと思って」

「何？」マリアナは目を見ひらいてエルシーを見つめた。急に眠気がすべて飛んで、恐怖が湧いた。「何があったの？」

「機会をくれたら話すよ。エルシーを招き入れるつもりはないの？」マリアナに微笑みかけて、バケツを下に置いた。

マリアナがどくと、エルシーは部屋のなかにはいった。「このほうがいい。心の準備をして聞いてちょうだい」

「なんの話なの？」

「また死体が見つかったの」

「え？　いつ？」

「今朝よ——川のところで。また女の子」

マリアナは一瞬声が出なかった。

「ゾーイ——ゾーイはどこ？」

エルシーは首を振った。「そのかわいいオツムを悩ますことはないよ。ゾーイはまったく無事だから。どうせまだベッドでごろごろしてるんでしょう」彼女は笑った。「そういう家系なのかね」

「ねえ、エルシー——だれなの？　教えて」

エルシーはにっこりした。その表情にはまさしく猟奇的なものがあった。「セリーナちゃんよ」

「ああ、神さま——」ふいに涙があふれた。マリアナは嗚咽(おえつ)をこらえた。

エルシーは同情する声で言った。「かわいそうなセリーナ。ああ、まったく、神さまは謎の動きをなさるものだ……。さあ、そろそろ行かないと——貧乏ひまなしってね」

エルシーは行こうとしたが、ふと動きを止めた。「そうそう。忘れるところだった……。これがドアの下にあったよ」

エルシーはバケツに手を入れ、何かを取りだした。それをマリアナによこした。

「ほらこれ——」

ポストカードだった。

表に写っているのはマリアナも知っているものだった——モノクロの古代ギリシャの壺。数千年前のもので、アガメムノンに生贄にされるイピゲネイアがそこに描かれていた。

裏返そうとして手が震えた。想像したとおり、裏面には古代ギリシャ語の文が手書きしてあった。

τοιγάρ σέ ποτ᾽ οὐρανίδαι
πέμψουσιν θανάτοις· ἦ σὰν
ἔτ᾽ ἔτι φόνιον ὑπὸ δέραν
ὄψομαι αἷμα χυθὲν σιδάρῳ

天の神々はおまえの死を定めた
来るべきいつの日にか、刃(やいば)を受けて
おまえの喉から、幾筋もの血が流れ落ちるのを
わたしは見るだろう

手にしたカードを見ているうちに、マリアナは眩暈でくらくらするような妙な感覚に襲われた。ものすごい高みからそれを見おろしていて——そして、今にもバランスを崩して落ちていきそうな感じがした……深くて暗い奈落の底へと。

20

マリアナは一瞬動けなかった。その場に根が生えて、麻痺してしまったようだった。エルシーが部屋を出ていったことにもほとんど気づかなかった。

釘付けになり目をそらすことができず、ポストカードを見つめつづけた。頭のなかで古代ギリシャの文字が燃えだして、脳裏に焼きつけられるようだった。

マリアナはやっとの思いでカードを裏返し、その呪縛(じゅばく)を解いた。しっかり頭を働かせなければ——どうしたらいいか考えなければ。

もちろん警察に言わなければならない。頭がおかしいと思われようとも——おそらくすでに思われているだろうが——これらのカードについては、もはや黙っているわけにはいかない。サンガ警部に知らせないと。

彼を探さなければ。

ポストカードを尻ポケットに入れて、部屋を出た。

曇り空の朝だった。午前の太陽がいまだ雲のあいだから届かず、もやもやした霧の絨毯が、立ちのぼる煙のように地面の上に漂っていた。そしてどんよりした中庭の向こう側に、ひとりの男の姿が見えた。

エドワード・フォスカが立っていた。

何をしているのだろう。カードにマリアナがどんな反応を示すか見たくて、待っているのだろうか？　マリアナが苦しむのを楽しんで、胸躍らせているのだろうか？　表情は見えないが、にやついているのはまちがいない気がした。

突然、ものすごい怒りが湧いた。

自制を失うのはマリアナらしくなかった。でも今は、ほとんど寝ていないのと、動揺と恐怖と怒りの激しさから、マリアナはそれを放棄した。勇気というよりは自棄だった。心の苦悶を乱暴にぶちまけようとしていた――エドワード・フォスカに対して。

自分でも気づかないうちに、中庭を突っ切って彼に向かって突進していた。フォスカはいくらかたじろいだ？　そうかもしれない。予想外に急に迫ってこられたのだから。けれど動じることはなかった――頬を赤くし、目を怒らせ、息を乱したマリアナが近づいてきて、真ん前に立たれても。

マリアナは何も言わなかった。怒りを募らせながら、ただ彼をにらみつけた。

フォスカはあやふやに微笑んだ。「おはよう、マリアナ」

マリアナはポストカードを見せた。「これはどういう意味？」

「ん？」

フォスカはカードを手に取った。裏に書かれた文を見た。ギリシャ語をつぶやきながら読んだ。唇にはうっすら微笑みが浮かんでいた。

「どういう意味？」マリアナはもう一度言った。

「エウリピデスの『エレクトラ』からの引用だ」

「なんて書いてあるのか教えて」

フォスカは微笑んで、マリアナの目を見た。「〝神々がおまえの死を定めた――いつの日か、刃を受けて、おまえの喉から幾筋もの血がほとばしるだろう〟」

それを聞いてマリアナの怒りが爆発した。沸点に達した怒りが噴きだして、両手が勝手に拳になった。マリアナは全身の力を込めてフォスカの顔を殴った。

フォスカはうしろによろめいた。「なんなんだ――」

けれど、息もつかせず、マリアナはふたたび殴った。そしてもう一度。

フォスカは手をあげて自分をかばったが、マリアナは殴るのをやめず、叫び声をあげながら拳をたたき込んだ。

「なんて男――腐ったろくでなし――」

「マリアナ――やめろ！　やめるんだ――」

けれど、やめられなかった。やめるつもりもなかった――だが、両手で背後からつかまれて、うしろに引っぱられた。

警察官がしがみついて力ずくでマリアナを取り押さえた。

野次馬が集まってきた。ジュリアンもそこにいて、驚きの目でマリアナを見ていた。

フォスカを助けようと、向こうから警察官がもうひとりやってきた。だが教授は憤然と追いはらった。鼻血が出ていた――ぱりっとした白いシャツのあちこちに血が飛び散っていた。フォスカは動揺し、困惑していた。彼が冷静さを失うのを見るのは初めてで、マリアナは少しだけ留飲が下がった。

サンガ警部があらわれた。唖然とした表情でマリアナを見つめた――頭のおかしな人を見ている顔だった。

「いったい何が起こっているんだ」

21

　そのすぐあと、マリアナは学寮長室で自分の行動について説明を求められていた。机の向こう側にはサンガ警部、ジュリアン、学寮長、それにエドワード・フォスカもいた。

　適切な言葉を選ぶのは難しかった。言葉を重ねるほど、相手側の不信が大きくなっていくのが感じられた。マリアナの言い分を声に出して述べてみると、とてもあり得ないことに聞こえるのが自分でもわかった。

　エドワード・フォスカはすでに冷静さを取りもどし、顔にずっと笑みをたたえていた。あたかもマリアナが長い冗談を言っており、その先のオチを待っているかのようだった。

　マリアナも落ち着きを取りもどしていて、それを失わないように努めていた。できるだけ簡潔にわかりやすく説明し、極力、感情を交えないようにした。どうやってこの信じがたい推理に——教授が自分の教え子三人を殺害したという推理に——たどりついたか、ひとつずつ順を追って説明した。

疑いを持ったきっかけは〈メイデンズ〉だった、とマリアナは語った。若い女の子だけの、教授のお気に入りのグループ。集まりで何が行われているのかは、だれも知らない。そしてマリアナはグループセラピストとして、さらにはひとりの女として、そこに不安を覚えないわけにはいかなかった。フォスカ教授は教え子たちに対し、教祖（グル）にも似た奇妙な支配力を持っている。マリアナはそれを直接目の当たりにした――自身の姪でさえ、フォスカとそのグループを裏切ることに躊躇を示していた。

「これは不健全な集団行動の典型的な例です。すなわち、同調し、服従したいという衝動。集団やそのリーダーに反する意見を言うことは――それが言えたとしてですが――大きな不安につながるのです。ゾーイが教授について話すのを聞いたとき、わたしはそれを感じました――どこか違和感があると。ゾーイは教授を恐れているのだと感じました」

〈メイデンズ〉のような小さな集団は、とくに無意識のうちに操られたり、虐待されたりしやすいのだとマリアナは説明した。少女たちは無自覚のうちに集団のリーダーに対し、自分が幼いころ父親に対してしていたような接し方をする――そこには依存と服従の気持ちがある。「そして、それが傷を負った未熟な女性で」マリアナは説明を続けた。「自らの子供時代や、自分が耐えた苦しみを否認している場合には、それを否認しつづけるために、虐待者と結託することもある。そして、その虐待者の行動は完全に正常なのだと思い込もうとするのです。事実に目をひらいて、その男を非難しようとすれば、自分の人生にいるべつの人にも非難を向けなければいけなくなる。彼女たちの幼少期がどんなものだったかは、わたしは知りません。タラのことを、なんの困難もない恵まれた女の子だったと見るのは簡単でしょう。でも、アルコールやドラッグを乱用していたことから、彼女が悩みと、それに弱さをかかえていたことが、わたしには読み取れるのです。美しくて途方に暮れたタラ――タラは彼のお気に入りでした」

マリアナはフォスカと目を合わせたままそう言い、自分の声ににじむ怒りが大きくなっていくのを感じて、必死にそれを抑えた。フォスカは微笑みを浮かべ、涼しい顔でこっちを見つめ返していた。マリアナはどうにか冷静さを保って、先を続けた。

「わたしは殺人に対して逆の見方をしていたことに気づきました。これは、頭のおかしな人がやったことではなかった。抑制できない怒りに駆られたサイコパスがやったことではなかったんです――そう見せかけているだけで。女の子たちは、計画的かつ理性的に殺された。本当の標的は、タラひとりだった」

「どうしてそう思うんですか？」エドワード・フォスカが初めて口をひらいた。

マリアナは彼の目を見た。「タラはあなたの恋人だったからです。ところが、何かがこじれた――あなたがほかのだれかと関係を持っているのを、タラが知ったとか？　そしてタラは、あなたのことをばらしてやると脅した。そうなったら、どうなるでしょう？　あなたは職を失い、このエリートの集う大切な学問の世界も失うことになる。名声も失う。当然、そんなことを許すわけにはいかない。あなたは殺してやるとタラを脅す。そしてそれを実行する。けれど、あなたにとって運の悪かったことに、タラは先にゾーイにそれを打ち明けていた。そしてゾーイはわたしに話した」

フォスカがマリアナをじっと見つめた。照明を受けて、彼の黒い瞳が薄氷のように光った。「それはあなたの推論ですね？」

「ええ」マリアナは彼の視線を受け止めた。「わたしの推論です。ヴェロニカとセリーナは、ほかの子とともにあなたのアリバイを証言した――みんな、あなたの呪縛のもとにあるから、そのくらいのことはするでしょう。でもその後、何があったんでしょう？　ふたりは証言を撤回することにしたか、あるいは、そのつもりだとあなたを脅した？　それとも単純に、そういうことが起きないように、あなたは先手を打つことにしたの？」

この問いに答える者はいなかった。沈黙が続いた。

警部は何も言わず、自分用にお茶を注いだ。学寮長はマリアナを驚きの顔で見ていて、聞いたことが信じられない様子だった。ジュリアンは視線を合わせようとせず、自分のメモに目を通しているふりをした。

沈黙を破ったのはエドワード・フォスカだった。彼はサンガ警部に向かって言った。「むろん、わたしはこれを否定します。すべてのことについて。どんな質問にも喜んで答える用意があります。でもその前に、警部——弁護士を用意する必要がありますか？」

警部は手をあげた。「まだその段階ではないでしょう。ちょっとだけ待ってもらえますか」サンガはマリアナをじっと見た。「そうした告発を裏付ける証拠は、何かしらあるんですか？」

マリアナはうなずいた。「はい——このポストカードです」

「ああ、話題のポストカードね」サンガは自分の前にあるカードに目を落とした。まとめて手に取り、ゆっくりシャッフルして、トランプのように並べた。

「わたしの理解が正しければ」サンガは言った。「あなたはこれらが殺人の前にそれぞれの被害者に送られたと信じている。いわば名刺のように。その目的は、殺意の表明というわけですか」

「そう思っています」

「そして今、自身のもとにもそれが届いた——おそらく、あなたには危険が迫っている、そうですね？　彼はなぜ、あなたを標的に選んだのだと思いますか？」

マリアナは肩をすくめた。「それは——わたしが脅威になってきたからでしょう。わたしは近づきすぎた。頭のなかをのぞいてしまった」

マリアナはフォスカを見なかった。冷静でいられる自信がなかった。

「ねえ、マリアナ」フォスカが言うのが聞こえた。「ギリシャ語の文を本を見て書き写すことは、だれにだってできるでしょう。べつにハーバードの学位は必要ない」

「それはわかってます、教授。だけど、部屋に行ったとき、あなた自身のエウリピデスの本にも、おなじ箇所にアンダーラインが引いてあるのを見つけてしまった。それはたんなる偶然ですか？」

フォスカは笑った。「今、わたしの部屋に行って、本棚から適当な本を抜きだしてみてください。ほとんどなんにでも線が引かれているのがわかるから」口をはさむ間を与えずに、先を続けた。「それに、仮にわたしが彼女たちを殺したのだとして、自分が教えている劇の引用を書いたポストカードを送ると、本気で思いますか？　そんな間抜けなことをすると？」

マリアナは首を振った。「間抜けじゃない――あなたはそのメッセージが理解されるとは思ってなかったし、そもそも、警察やだれかが気づくとも思っていなかった。あれは自分だけのジョークだった――彼女たちを犠牲にしたジョーク。それでわたしは、あなたが犯人だと確信したの。心理学的に言って、いかにもあなたのやりそうなことだから」

フォスカが口をひらく前に、サンガ警部が反応した。「フォスカ教授にとって幸運だったことに、セリーナが殺されたちょうどその時刻、真夜中の時間帯に、教授はカレッジ内で目撃されている」

「だれが見たの？」

警部は紅茶を注ぎ足そうとしたが、魔法瓶は空だった。彼は顔をしかめた。「モリス。ポーター長の。教授が自室の外でタバコを吸っているのを見かけて、何分かおしゃべりをした」

「嘘をついているのよ」

「マリアナ――」

「いいから聞いて――」

マリアナはサンガに止められる前に、モリスがフォスカを脅迫している疑いがあること、そして、モリスを尾行し、セリーナとふたりでいるところを目撃したことを話した。

警部は軽い驚きを示した。身を乗りだしてマリアナをじっと見た。

「ふたりを見た――それも墓地で？　あなたは具体的に何をしようとしていたんですか」

そこでマリアナは詳しく語ったが、落胆したことに、話がエドワード・フォスカから遠ざかるとともに、警部はモリスを容疑者とする考えに興奮を募らせていくようだった。

ジュリアンも同意した。「それなら、犯人が目立たずに動きまわれたことの説明にもなる。大学周辺で気づかれないのはだれか？　われわれの目に映らないのはだれか？　制服を着た男――そこにいて当然の男。ポーターだ」

「まさしく」警部はしばらく考えた。そして部下の警官をひとり手招きし、聴取のためにモリスを呼んでくるよう指示した。

マリアナは無駄だと知りつつ、口をはさもうとした。けれどもそのとき、ジュリアンが笑いかけてきて、言った。

「いいかい、マリアナ。わたしはきみの味方だ――だから、今から言うことを聞いても気を悪くしないでほしい」

「何？」

「正直なことを言うと、ここケンブリッジできみを見かけたときに、すぐに感じた。即座に思ったんだ。いくらか様子が妙で――少し妄想的になっていると」

マリアナは思わず笑った。「何言ってるの？」

「聞きたくないだろうが――被害妄想的な感覚に苦しんでいるのは明らかだ。調子がよくないんだよ、マリアナ。きみには助けが必要だ。そして、わたしは助けになりたいと思ってる……きみさえよければ――」

「くたばりなさい、ジュリアン」

警部が魔法瓶を机にたたきつけた。「そこまでだ！」

しんとなった。サンガ警部が断固とした口調で言った。「マリアナ。こっちもいよいよ我慢の限界だ。あなたはフォスカ教授にまるで根拠のない非難を浴びせた――肉体的暴行については触れるまでもない。教授には告訴する権利が十二分にある」

マリアナは割ってはいろうとしたが、サンガが続けた。「いや、もう結構――今はわたしの話を聞きなさい。あしたの朝までに出ていってくれ。この大学からも、フォスカ教授からも、それにこの捜査からも、わたしからも離れなさい。さもないと逮捕して司法妨害の罪に問う。わかったな？　ジュリアンの言うことを聞くんだ。医者に診てもらいなさい。人の手を借りなさい」

マリアナは口をあけ――そして悲鳴を、悔しさの叫びをこらえた。怒りを呑み込んで、無言のまま座っていた。これ以上言い争っても意味はない。腹は煮えていたが、希望をくじかれて、マリアナは頭を垂れた。

彼女は敗北したのだ。

第五部

バネはきつく巻きあげられている。あとは勝手にほどける。それが悲劇の便利なところだ。手首をちょっとひねれば、もうそれでいい。

——ジャン・アヌイ
『アンチゴーヌ』

1

一時間後、一台のパトロールカーが報道陣を避けて大学の裏手にまわり、細道に面した門の前につけた。マリアナは集まってきた大勢の学生や職員に交じり、モリスが逮捕されて手錠をかけられ、車に連れていかれるのを見物した。ポーターの何人かが歩いていくモリスにブーイングを浴びせ、あざけった。顔をわずかに赤くしただけで、モリスは反応しなかった。口をしっかり結び、ずっと目を伏せていた。

最後の最後に、モリスは顔をあげた。視線をたどると、その先には窓があり――そして、そこにエドワード・フォスカが立っていた。

フォスカは小さな笑みをたたえて、一連の様子をながめていた。わたしたちを見て笑っているのだ、そうマリアナは思った。

そしてフォスカと目と目が合ったとき、モリスの顔に一瞬激しい怒りが浮かんだ。

その後、警察官はモリスの山高帽を脱がせ、モリスはパトロールカーに押し込められた。マリアナが見守るなか、車は動きだしてモリスを連れ去り——そして門が閉じられた。

マリアナはふたたびフォスカの窓を見あげた。

だが、もう姿はなかった。

「やれやれ」学寮長が言うのが聞こえた。「これでやっと終わったな」

もちろん彼はまちがっていた。終わったというには程遠かった。


そのほぼ直後から天候が変化した。学内の出来事に合わせるかのように、長く居座っていた夏がようやく退いた。冷たい風が中庭を吹き抜けた。雨がぱらつきはじめ、遠くのほうでは雷が鳴っていた。

マリアナとゾーイは、フェローズパーラー——教官(フェロー)のための談話室——でクラリッサと飲んでいた。この日の午後は、三人以外に利用者はなかった。

広くて薄暗い部屋で、古い革張りのアームチェアに長椅子、マホガニーの書き物机、新聞や雑誌ののったテーブルが置かれていた。暖炉の薪(まき)と灰の、燻(いぶ)されたにおいが漂った。

外では風が窓を揺らし、雨がガラスをたたいている。クラリッサが暖炉に火を入れてくれと依頼するくらい、すでに薄ら寒かった。

三人はその暖炉をかこんで低いアームチェアに座り、ウイスキーを飲んでいた。マリアナはグラスの中身をまわし、琥珀色の液体が暖炉の光に輝くのをながめた。こうしてクラリッサとゾーイとともに火のぬくもりにつつまれていると、安らかな気持ちになれた。この小さなグループが力を、それに勇気を与えてくれた。今のマリアナには、その勇気が必要だった――みんな、それが必要だった。

ゾーイは英語学部の授業に出てきたところだった。おそらくそれが最後の授業になるだろうとクラリッサは言った。カレッジが間もなく閉鎖されて、警察の捜査の終了を待つことになるとの話がまわっていた。

雨に降られたゾーイが暖炉で体を乾かす横で、マリアナはふたりにこれまでのことを話し、エドワード・フォスカと対決したことを語った。話しおえると、ゾーイが低い声で言った。

「それはまずかったね。そんなふうに真正面から対決して……。知ってるってことが、ばれちゃった」

マリアナはゾーイを見た。「あなたは彼は無実だって言ってなかった?」

ゾーイはマリアナと目を合わせて、首を振った。「考えが変わったの」

クラリッサが順番にふたりの顔を見た。「じゃあ、あなたたちふたりとも、彼が有罪だと確信してるのね？　信じたくない話だけど」

「わかります」マリアナは言った。「でも、わたしはそう思ってます」

「わたしも」ゾーイが言った。

クラリッサは答えなかった。デカンタに手を伸ばして、自分のグラスに注ぎ足した。手が震えているのにマリアナは気がついた。

「わたしたち、これからどうする？」ゾーイが言った。「帰っちゃわないよね？」

「もちろんよ」マリアナは首を振った。「逮捕されたっていい。わたしはロンドンには帰らない」

クラリッサは驚いた顔をした。「どうして？　いったいなんのために？」

「逃げることはできません。もう、それはできない。セバスチャンが死んでから、わたしはずっと逃げてきた。今はここにとどまる必要がある――これがなんであれ、向き合わないといけないんです。わたしは怖くありません」言い慣れないフレーズだった。マリアナはもう一度言ってみた。「わたしは怖くありません」

クラリッサは軽く舌打ちした。「ウイスキーのせいね」

「そうかもしれない」マリアナは微笑んだ。「酔った勢いの勇気でも、ないよりはましです」マリアナはゾーイに顔を向けた。「このまま続ける。それがわたしたちのすることよ。前に進む――そして彼を捕まえる」

「でも、どうやって？　何か証拠がないと」

「そうね」

ゾーイは口ごもった。「凶器についてはどうだろう」

その言い方に違和感を覚え、マリアナはゾーイの顔を見た。「ナイフのこと？」

ゾーイはうなずいた。「まだ見つかってないんでしょう？　わたし――どこにあるか知ってる気がする」

マリアナはゾーイをまじまじと見た。「なぜ知ってるの？」

ゾーイはふと目をそらした。その後はずっと暖炉のほうを向いていた――子供のころにも見かけた、こそこそした、後ろめたそうな態度だった。

「ゾーイ？」

「話すと長くなるの、マリアナ」

「今がいい機会じゃない。そうでしょう？」マリアナは声を落とした。「ねえ、ゾーイ。〈メイデンズ〉と会ったときに、あることを聞かされた……。あなたもグループの一員だったって、そう言われたの」

ゾーイは目を丸くした。彼女は首を振った。「それは事実じゃない」

「ゾーイ、嘘をつかないで――」

「嘘じゃない！　一度行っただけ」

「だとしても、どうしてわたしに話さなかったの？」

「わからない」ゾーイは首を振った。「怖かったの。すごく恥ずかしくて……。ずっと言いたかったけど、でも……」

ゾーイは黙り込んだ。マリアナは腕を伸ばしてゾーイの手に触れた。「ここで話して。わたしたちふたりに」

ゾーイの唇が小さく震え、やがて彼女はうなずいた。ゾーイは話をはじめ、マリアナは覚悟して耳を傾け――

そして、ゾーイが最初に口にした言葉にマリアナの血が凍った。

「たぶん」ゾーイは言った。「はじまりはデメテルと――ペルセポネだったと思う」マリアナをちらりと見た。「そのふたりは知ってるよね？」

一瞬声が出なかった。

「ええ」マリアナはうなずいた。「知ってる」

2

ゾーイはグラスを空け、マントルピースの上に置いた。暖炉が少しくすぶって、白っぽい煙が彼女のまわりで渦を巻いた。

マリアナはゾーイを見た。ゾーイの足元では赤と金の炎が舞っていて、マリアナはまるでキャンプファイアのような、今から怪談を聞かされるような、妙な気分になった。ある意味においては、そのとおりだった。

ゾーイは最初はためらいがちに、ぽつりぽつりと話した。フォスカ教授がペルセポネを祀(まつ)るエレウシスの秘儀に執心していること、それは、生から死へ、そしてふたたび生へと導く儀式であること。

自分はその秘儀を知っている、とフォスカ教授は言った――そして、それを数人の特別な教え子たちに伝授した。

「教授は秘密を口外しないとわたしに誓わせた。起こったことは、だれにも話してはいけなかった。変なのはわかってたけど、でも、教授から特別扱いされて——そうするくらい賢いと思われて——わたしは舞いあがってたの。好奇心もあった。それで……わたしが〈メイデンズ〉の秘儀を受ける番になった……。儀式のために真夜中に廃墟に来るよう、教授に言われた」

「廃墟？」

「知ってるでしょう——パラダイスのそばの川辺にある、造りものの廃墟」

マリアナはうなずいた。「続けて」

「十二時になる直前に、カーラとディヤがボートハウスでわたしを出迎えて、いっしょにパントで川を進んだ」

「パント。なぜ？」

「ここからあそこまでは、それが一番楽だから——道はベリーの茂みでふさがってる」ゾーイはひと呼吸置いてから続けた。「着くと、すでにほかのみんながいた。ヴェロニカとセリーナは廃墟の入り口に立っていた。ふたりとも仮面をかぶってた——ペルセポネとデメテルの役として」

「なんとまあ」クラリッサが驚きのあまり思わず声をもらした。彼女はすぐにゾーイに先を促した。

「リリアンがわたしを廃墟のなかに導いて——するとそこに教授がいた。教授はわたしに目隠しをして、そのあと、わたしはキュケオンを飲まされた——ただの大麦の汁だって言われて。でも嘘だった。あとでタラから聞いたけど、薬物(GHB)が混ぜてあったらしい——教授はいつもそれをコンラッドから買ってたの」

マリアナは耐えがたい緊張を感じていた——もうこれ以上聞きたくない。けれどもちろん聞くしかなかった。「続けて」

「それから」ゾーイは言った。「教授が耳元でささやいたの……今夜、わたしは死ぬことになる——そして夜明けに生まれ変わるんだって。そしてナイフを出して、それでわたしの喉に触れた」

「まさか」マリアナは言った。

「切りつけたりはしなかった——ただの儀式としての生贄っていうことだった。そしてわたしの目隠しを取った。そのとき、どこにナイフを置いたか見えたの……。教授はナイフを壁の隙間に滑り込ませた。薄い石と石のあいだに」

ゾーイは一瞬目を閉じた。「そのあとのことは、あまり思いだせない。脚がゼリーみたいで、自分が溶けていくようだった……。わたしたちは廃墟をあとにした。まわりには木がたくさんあって……そこは森のなかだった。何人かの子は裸で踊って……ほかの子たちは川で泳いでいた。でもわたしは服を脱ぎたくなくて……」ゾーイは首を振った。「細かいことは憶えてない。でもいつの間にかみんなを見失ってた――わたしはひとりでハイになってて――それに怖くて――そしたら、そこにいたの」

「エドワード・フォスカが？」

「うん」ゾーイは名前を口にしたくないようだった。「わたしはしゃべろうとしたけど、言葉が出なかった。彼は何度も――わたしにキスをして……体に触れて――愛していると言った。目がふつうじゃなかった……。今でも思いだせるけど――狂気じみてた。わたしは逃げようとした……。でも逃げられなかった。するとそのとき――タラがあらわれて、ふたりがキスをはじめて――そして、わたしはどうにかそこから逃れて――木のあいだをすり抜けて――走って……」ゾーイは頭を垂れ、一瞬黙り込んだ。「走って……遠くまで逃げた」

マリアナは促した。「それからどうなったの、ゾーイ？」

ゾーイは肩をすくめた。「何もなかった。あの子たちとは、二度とその話はしなかった――タラ以外とはね」

「フォスカ教授とは？」

「教授は何もなかったような態度だった。だから――わたしもなかったことにしようと思った」ゾーイは肩をすくめた。「でも、その後、あの夜にタラが部屋に会いにきた……。そして、教授に殺すと脅されてると言ったの。あんなに怯えたタラを見るのは初めてだった──恐怖に震えあがってた」

クラリッサが抑えた声で言った。「あなたは大学側に知らせるべきだった。だれかに話すべきだった。わたしに相談してくれればよかったのに」

「だって、クラリッサ、信じてくれました？　こんな異常な話──教授とわたしで言い分も食いちがったでしょうし」

涙があふれてくるのを感じながら、マリアナはうなずいた。ゾーイを引き寄せて、抱きしめたかった。

でもその前に、聞いておくべきことがある。

「ゾーイ──どうして今なの？　なぜ今になって話すことにしたの？」

ゾーイはしばらく無言だった。上着を干してある、火のそばのアームチェアの前まで行った。ポケットに手を入れた。

なかから雨に濡れて少々湿ったポストカードを出した。

ゾーイはそれをマリアナのひざに落とした。

「わたしのところにも来たの」

3

マリアナはひざのポストカードを見つめた。

暗いロココ調の絵画のはがきだった——裸でベッドに横たわるイピゲネイアと、ナイフを構えてうしろから忍び寄るアガメムノン。裏面には古代ギリシャ語の文言があった。クラリッサに訳してもらうことはしなかった。その意味はない。

ゾーイのために強くいなければならなかった。冷静に考え、素早く判断する必要があった。マリアナは声からいっさいの感情を消して言った。

「いつこれを受け取ったの、ゾーイ？」

「今日の午後。部屋のドアの下にあった」

「そう」マリアナは自分にうなずいた。「こうなると状況は変わってくるわ」

「変わらない」

「いいえ、変わる。あなたをここから連れださないと。今すぐに。いっしょにロンドンに行くわよ」

「そう、それがいいわ」クラリッサは言った。

「行かない」ゾーイは首を振った。強い頑とした表情だった。「わたしは子供じゃない。どこにも行かないから。ここにいて、マリアナが言ったように闘うの。あいつを捕まえるの」

マリアナはそう話すゾーイを見て、なんて頼りなくて、疲れていて哀れっぽいのだろうと思った。ゾーイはこのところの出来事で見てわかるほど疲弊し、変わり果てた——身も心もぼろぼろに見えた。

こんなにも弱々しいのに、なおも進みつづけようと決意を固めている。勇敢な姿とはこういうことだ、とマリアナは思った。これこそが勇気だ。

クラリッサもそれを感じたようだった。彼女は静かな声で言った。

「ゾーイ、あなたの勇気はたいしたものだわ。でもマリアナの言うとおりよ。わたしたちは警察に行って、あなたが今言ったことを全部話す必要がある……。そのうえでケンブリッジを離れる——ふたりともよ。今夜のうちに」

ゾーイは不快そうな顔つきで首を振った。「警察に話したって無駄です、クラリッサ。警察はわたしがマリアナに丸め込まれたと考えるでしょう。時間がもったいないだけです。

わたしたちには時間がない。証拠を手に入れないと」

「ゾーイ――」

「ねえ」ゾーイはマリアナに訴えた。「念のため廃墟を調べてみようよ。教授がナイフを隠した場所を。それで、もしもナイフが見つからなかったら……そしたら、ふたりでロンドンに行く、それでいい？」

マリアナが返事をするより先にクラリッサが言った。

「ばかおっしゃい。自分から殺されにいくつもり？」

「いいえちがいます」ゾーイは首を振った。「殺人はいつも夜に起きている――それまでまだ何時間かあります」窓の外に目をやり、期待する目でマリアナを見た。「雨もやんでるよ。空が明るくなってきた」

「まだね」マリアナは外を見て言った。「でも、じきにやむわ」少し考えた。「シャワーを浴びて、濡れた服を着替えなさい。二十分後に部屋を訪ねるから」

「わかった」ゾーイは嬉しそうにうなずいた。

マリアナは荷物をまとめるゾーイをながめた。「ゾーイ――くれぐれも気をつけるのよ」

ゾーイはうなずいて部屋を出ていった。ドアが閉まった瞬間に、クラリッサがマリアナのほうを向いた。心配そうな顔だった。「マリアナ、反対させてもらうわ。川へ行くなんて、ふたりのどちらにとってもそんな危険なことは――」

マリアナは首を振った。「ゾーイを川に近づけるつもりはまったくありません。ゾーイに最低限の荷物を持たせて、すぐに出発します。あなたの言うように、ロンドンに行こうと思います」

「それならよかった」クラリッサはほっとした顔をした。「それが正しい判断というものよ」

「だけど、いいですか。もしもわたしに何かあったら――あなたが警察に行ってください。そしてすべてを話して。ゾーイが言ったことを全部。いいですね？」

クラリッサはうなずいた。心の底から不満そうな顔だった。「わたしは今すぐにあなたたちが警察へ行くことを願ってるけど」

「ゾーイの言ったとおりです――行っても意味がない。サンガ警部はわたしの話を聞いてもくれないでしょう。でも、あなたが話せばちがいます」

クラリッサは何も言わなかった。ただため息をついて、暖炉を見つめた。

「ロンドンから電話します」マリアナは言った。

反応はなかった。クラリッサには聞こえてさえいないようだった。

マリアナはがっかりした。もっと期待していた。クラリッサには頼りになってほしかった——けれど、こうしたことが彼女の手に負えないのは明らかだった。クラリッサはいつの間にか老けてしまったようで、縮んで小さくなって、見た目にも弱々しかった。

役に立ってくれることはないだろうとマリアナは悟った。行く手にどんな恐怖が待っていようと、ゾーイとふたりで立ち向かうしかない。

マリアナは教授の頬にそっと別れのキスをした。そして、暖炉の前に彼女を残して立ち去った。

4

中庭の反対側のゾーイの部屋へ向かいながら、マリアナは具体的な段取りを考えた。急いで荷物をまとめ、その後、人目につかないように裏門から大学を出る。駅までタクシーで行き、列車でキングスクロスへ。そして――マリアナは考えるだけで胸がいっぱいになった――ふたりはわが家に、無事に小さな黄色い家に帰りつく。

マリアナは石の階段をあがってゾーイの部屋に向かった。部屋は空だった。きっとまだ下の階のシャワー室にいるにちがいない。

そのとき、マリアナの電話が鳴った。フレッドからだった。

ためらいながら電話に出た。「もしもし？」

「マリアナ、僕だよ」フレッドは不安そうだった。「話がある。重要なことだ」

「今は都合が悪いの。ゆうべ、おたがいにすべて話したと思うけど」

「ゆうべのことじゃない。ちゃんと聞いて。真剣な話だ。胸騒ぎがしたんだ――あなたのことで」

「フレッド、時間がないの――」

「信じてないのはわかってる――だけどこれは本物だ。あなたに恐ろしい危険が迫ってる。今この瞬間にも。どこにいるか知らないけど――そこから逃げて。すぐに。走って――」

マリアナはいらいらして、ものすごく腹が立って、電話を切った。くだらないことを聞かされるまでもなく、心配すべきことがたくさんあった。ただでさえ不安だったのに、ますます不安になってしまった。

なぜゾーイはこんなに時間がかかっているのだろう？

マリアナは待ちながら、落ち着きなく部屋を動きまわった。視線があちこちをさまよい、ゾーイの持ち物をなぞった。銀のフレームにはいった赤ん坊のころの写真、マリアナの結婚式でゾーイがブライズメイドをしたときの写真、休暇の外国旅行で集めた、幸運のお守りやアクセサリーや、石や水晶。幼いころからずっと持っている子供時代の思い出の品――枕に不安定にのっている、古いぼろぼろのシマウマもそのひとつだ。

そうした雑多ながらくたに、マリアナはとても感情を揺さぶられた。ベッドにひざまずいて両手を組んで祈る、子供のころのゾーイがふと記憶によみがえった。〝神さま、マリアナをお守りください、セバスチャンをお守りください、おじいちゃんをお守りください、シマウマをお守りください〟――そんな調子でずっと続いて、そのうちに名前も知らない人たちまでが出てくる。バス停のかわいそうなおばさん、風邪をひいた本屋のおじさん。マリアナはこの子供っぽい儀式を微笑ましく見ていたが、ゾーイのやっていることを信じたことは一瞬たりともなかった。そんな簡単に手の届く神なんて信じられなかった――幼い女の子の祈りで無慈悲な心を揺り動かされる神なんて。

けれども、今、急にひざがくずれる感じがした――見えない力にうしろから突かれたように。マリアナは床に沈み、両手を組み合わせ――そして、頭を垂れて祈りの姿勢を取った。

けれどもマリアナが祈った相手は、神でもイエスでもなく、セバスチャンでもなかった。マリアナは、鳥の飛ばない青空を背景にして丘のてっぺんに立つ、数本の薄汚れた石の柱に祈った。

女神に祈った。

「赦してください」彼女はつぶやいた。「わたしが何をしたのか――過去に何をしてしまったのかわかりませんが――わたしはあなたを怒らせてしまいました。あなたはセバスチャンを連れ去った。もう十分でしょう。どうか――ゾーイまではやめて。お願い――そうはさせない。わたしは――」

マリアナはそこでやめた。ふいに照れくさくなり、口から出た言葉が恥ずかしくなった。かなりまともでない気がした——これでは宇宙と取り引きをする頭のおかしな子供といっしょだ。

それでもマリアナは、すべてのものが導いていたその先にとうとうやってきたのだと、意識の深い場所で気づいていた。だいぶ先送りにされたが、避けることのできない対決のときが来たのだ——〈乙女(メイデン)〉との清算のときが。

マリアナはゆっくり立ちあがった。

するとシマウマが枕から転げて、ベッドから床に落ちた。

マリアナは縫いぐるみをひろって、枕の上にもどした。そのとき、シマウマのお腹の縫い目がゆるんでいるのに気づいた。三針分の糸が取れてなくなっていた。そして、詰め物のなかから何かがはみでていた。

マリアナはためらった——そして、自分が何をしているのかよくわからないまま、それを引っぱりだした。出てきたものをながめた。何かの紙で、二重に折りたたんで縫いぐるみのなかに隠してあった。

じっと見つめた。よくないのはわかっていたが、それがなんなのかどうしても知りたかった。知らないではいられなかった。

慎重に折り目をひらいた——広げてみると、数枚の便箋だった。タイプされた手紙か何かのようだった。

マリアナはベッドに腰かけた。

そして、中身を読みはじめた。

5

そしてある日、母は出ていった。

いつ出ていったかは憶えてないし、最後にさよならを言った記憶もないが、たぶん別れはあったのだろう。父がいた記憶もない——母が逃げたときには、野良仕事に出ていたにちがいない。

結局、母はおれを呼び寄せなかった。それきり二度と会うことはなかった。

母が去った夜、二階の自分の部屋にあがって、小さな机に向かった——そして何時間も日記を書いた。書きおわってから中身は読み返さなかった。

そしてその日記帳に書き込むことも二度となかった。箱に入れて、記憶から消したいほかのものといっしょにしまい込んだ。

でも今日、初めてそれを出して、読んでみた——全部を。

まあ、ほぼ全部を……

というのも、欠けている二ページがあるのだ。

二ページ、破り取られている。

危険だから破棄されたのだ。なぜか？それがべつのストーリーを伝えるものだったから。

まあ、べつにかまわないだろう。どんな物語も多少の書き換えは許容範囲だ。できることなら、おれは農場でのその後の数年を書き換えたい――書き換えるか、忘れるかしたい。

痛み、恐怖、屈辱――逃亡への決意が、日に日に固まっていった。いつか逃げだしてやる。そして、自由を手に入れる。安心を手に入れる。幸せを手に入れる。愛を手に入れる。夜にベッドで、何度も何度もそう自分に言い聞かせた。それが、あのつらい時期のマントラになった。さらに自分の使命になった。

そして、それがきみと引き合わせた。

自分にそんなことができるとは思ってなかった――人を愛することが。憎しみしか知らなかった。いつかきみを憎むことになるんじゃないかと、とても怖かった。でも、きみを傷つけるようなことになる前に、おれはナイフを自分に向けて、深く心臓を貫くつもりだ。

愛してるよ、ゾーイ。

だからこれを書いている。

ありのままのおれを見てほしい。そのあとは？　きみはきっと赦してくれるだろう？　すべての傷口をキスで癒やしてくれ。運命の人なんだ、わかってるだろう？　まだ信じてないのかもしれない。でも、おれは最初からわかっていた。胸騒ぎがあった――最初に会ったその瞬間に理解した。

きみは最初とても用心深くて、疑う気持ちが強かった。だから、時間をかけてきみの愛を引きだしていかなければならなかった。でも忍耐はおれの得意とするところだ。

約束する。いつの日か、いっしょになろう。おれの計画が完成したら。あざやかで美しい構想が完成したら。

言っておくが、それには血が伴うことだろう――それに生贄が。

ふたりきりのときに説明する。それまでは信じていてほしい。

永遠の思いを込めて。

X

6

マリアナは手紙をひざに置いた。

それを見つめた。

うまく考えることができず、息をするのも難しかった。お腹を何度も殴られて息ができなくなったみたいだった。自分が何を読んだのか理解できなかった。このぞっとする文章は何を意味するのか？

わけがわからなかった。現実のものとは信じられない――信じたくなかった。マリアナが思っているような意味であるはずはない。まさかそんなはずは。それでも――どんなに受け容れがたく、ばかげていて、それにどれだけ恐ろしくても――引きだせる結論としてはひとつしかなかった。

これを――この身の毛のよだつラブレターを――書いたのは、エドワード・フォスカだ。

しかも、宛先はゾーイ。

マリアナは頭を振った。まさか——ゾーイが、かわいいゾーイが。信じられなかった。ゾーイがあの怪物とかかわりを持つなんて……

そのとき、ゾーイの奇妙な眼差しのことをふと思いだした——中庭の向こうにいるフォスカを見ていたときのことだ。あのときは恐怖が目に浮かんでいるのかと思った。ひょっとして、もっと複雑なものがあったのだろうか？

もしかしたら、マリアナは最初から全部をまちがった方向から見て、まったく逆からながめていたのかもしれない。もしかしたら——

足音——階段をあがってくる。

マリアナは凍りついた。どうしていいかわからなかった——何かを言い、何かをする必要がある。でもこの状況では無理だ。まずは考えなければ。

手紙をつかんでポケットに押し込んだ。その瞬間にゾーイが戸口にあらわれた。

「ごめんね、マリアナ。なるべく急いだつもりだけど」

ゾーイはにっこり笑いながら部屋にはいってきた。頬が赤らみ、髪が濡れていた。バスローブをはおって、タオルを二枚握っている。「さっと着替えるね。すぐだから」

マリアナは何も言わなかった。服を着替えるゾーイの裸がちらりとのぞき、若いなめらかな肌が見えて、かつて愛情を注いだあの美しい女の赤ちゃん、あの美しい無邪気な幼子の姿が、ふと脳裏によみがえった。あの子はどこに行ってしまったのだろう？　何が起きてしまったのだろう？

目に涙があふれたが、感傷の涙ではなかった。苦い涙、肉体的な痛みの涙だった——まるでだれかに顔をぴしゃりとたたかれたようだった。マリアナはゾーイに見られないように背中を向けて急いで目をぬぐった。

「支度できたよ」ゾーイが言った。「じゃあ行こうか」

「行く？」マリアナはぽかんとしてゾーイを見た。「どこへ？」

「廃墟にきまってるでしょう。ナイフを探しにいくの」

「え？　ああ……」

ゾーイは驚いた顔でマリアナを見た。「大丈夫？」

マリアナはゆっくりうなずいた。ここを出ることへの期待も、ゾーイとロンドンに逃げるという考えも、すでに頭から消えていた。行くところも逃げる場所ももうない。今となっては。

「わかった」マリアナは言った。

そして夢遊病者のようにゾーイのあとについて階段をおり、中庭を横切った。雨はやんでいた。空は鉛色で、うっとうしい炭色の雲が頭上に垂れ込め、風に流されてうねっていた。

ゾーイがマリアナを見た。「川を行くのがいいよね。それが一番楽だから」

マリアナは何も言わず、ただ短くうなずいた。

「わたしはパントを漕げるよ」ゾーイは言った。「セバスチャンほどうまくはないけど、下手じゃない」

マリアナはうなずき、ゾーイのあとを川まで歩いた。

ボートハウスの前には七艘のパントが鎖で土手につながれて、水の上でギシギシ音を立てていた。ゾーイはボートハウスの壁に立てかけられた竿を一本つかんだ。マリアナが乗るのを待ってから、パントを土手につないでいる重たい鎖をゆるめた。

マリアナは低い木の座席に座った。雨で湿っていたが、ほとんど気づきもしなかった。

「すぐに着くよ」ゾーイはそう言いながら、竿で押して土手から離れた。そして、竿を高々とあげてから水のなかに沈め、川を進みはじめた。

ふたりのほかにだれかがいる。マリアナは早々にそのことに気づいた。あとをつけられている感覚があった。ふり返りたい衝動を我慢した。けれど、とうとううしろをふり向くと、案の定、男の姿が遠くにちらりと見え、そしてすぐに木の陰に消えた。

だがマリアナは、気のせいだと思うことにした。想像していた人物ではなかったからだ

——エドワード・フォスカではなかった。
フレッドだった。

7

ゾーイの言ったとおり、舟はすいすい進んだ。すぐに大学はうしろに遠ざかり、川の両岸には広々とした草原が広がった――数世紀にわたり変わることなく存在しつづけた、自然の風景だった。

草地では何頭かの黒牛が草を食んでいた。湿気と、朽ちた樫と、濡れた泥のにおいがした。どこかで焚き火をしている煙のにおいもした。湿った葉の燃える、くすぶったにおいが漂っていた。

川からは薄い層となって霧が立ちのぼり、パントを漕ぐゾーイのまわりで渦を巻いた。髪を風になびかせて立つゾーイは、とても美しかった。遠くを見つめるようなその眼差し。悲しい運命に向かって最後に川を旅するシャロット姫さながらだった。

がんばっても頭がうまくまわらなかった。竿が川底を突く鈍い音がして、パントが水面をぐいと進むたび、マリアナはタイムリミットが迫るのを意識した。あと少しで廃墟に到着してしまう。

そのあとはどうする？

ポケットのなかでは手紙が存在を主張していた――マリアナはこの手紙の持つ意味を理解する必要があった。

でもきっとマリアナの勘ちがいだ。そうにちがいない。

「ずいぶん静かだね」ゾーイが言った。「考えごと？」

マリアナは顔をあげた。話そうとしたが、声が出なかった。首を振って肩をすくめた。

「べつに」

「もうすぐ着くよ」ゾーイは川がまがった先を指さした。

マリアナはふり返って、見た。「あ――」

驚いたことに、川に一羽の白鳥が来ていた。汚れた白い羽を優しくそよ風に波立たせながら、苦もなくすべるようにこっちに向かってきた。パントの近くまで来ると、白鳥は長い首をまわして真正面からマリアナをのぞき込んだ。その黒い瞳がマリアナの目をじっと見つめた。

背筋に震えが走った。マリアナは目をそらした。

もう一度見ると、白鳥はすでにいなかった。

「着いたよ」ゾーイが言った。「ほら」

マリアナは川岸の、廃墟を模して造られた建物（フォリー）を見た。大きなものではない——傾いた屋根を四本の石の柱が支えている。もともとは白かったが、二百年のあいだ雨風を容赦なく受けて変色し、錆と苔によって、金色と緑色に汚れていた。

廃墟の背景としては不気味な場所だった——森と湿地にかこまれたなか、それだけが川辺にぽつんと立っている。ゾーイとマリアナはその横を舟で通り過ぎ、水のなかに育つ野生のアイリスを過ぎ、歩く場所をふさいでいる、棘だらけのバラの茂みを過ぎた。

ゾーイはパントを土手に寄せた。竿を川底の泥に深く突き刺し、パントを岸につないで固定した。

ゾーイは土手にあがり、マリアナに手を貸そうと腕を伸ばした。だがマリアナは手を借りなかった。ゾーイに触れるのが耐えられなかった。

「本当に大丈夫？」ゾーイが言った。「なんだか変だよ」

マリアナは何も答えなかった。どうにかパントから降りて草の土手にあがり、廃墟までゾーイのあとを歩いた。

前でいったん足を止めて、見あげた。

入り口の上には、石に刻んだ紋章があった——嵐のなかの白鳥の図柄。

目にはいった瞬間、マリアナはぎょっとした。少しのあいだ、それをじっと見つめた。
だが、また歩きだした。
ゾーイに続いてなかにはいった。

8

廃墟にはいると、石の壁に川の見える窓がふたつあいていて、窓辺には石の腰かけがあった。ゾーイは少し先にある緑の森を、その窓から指さした。

「タラの死体は向こうのほうで見つかった――森を抜けた湿地のそばで。あとで見せてあげる」それからひざをついて、腰かけの下をのぞき込んだ。「そしてナイフをしまったのが、ここ。このなか――」

ゾーイは二枚の薄い石のあいだの隙間に手を入れた。そして、にっこり笑った。

「あった」

腕を引いた――手にはナイフがあった。長さはおよそ二十センチ。赤錆で少し汚れている――あるいは乾いた血で。

マリアナはゾーイがナイフの柄を握りなおすのを見た。慣れた手つきでそれを持ち、立ちあがってナイフをマリアナのほうに向けた。

刃先が真っすぐにマリアナに向いていた。ゾーイは瞬きせずにマリアナを見つめ、青い目を暗く光らせた。

「さあ」ゾーイは言った。「歩きにいくよ」

「え？」

「あっち――森の向こう。ほら、さあ」

「待って。止まって」マリアナは首を振った。「あなたらしくない」

「何？」

「あなたらしくない。彼がそうさせているのね」

「なんの話をしてるの？」

「ねえ。知ってるの。手紙を見つけてしまったから」

「なんの手紙？」

マリアナは返事の代わりにポケットからそれを出した。広げてゾーイに示した。

「この手紙」

ゾーイは一瞬無言だった。マリアナをただじっと見ていた。感情を伴う反応はなかった。ひたすら無表情だった。

「読んだの？」

「見つけるつもりはなかった。たまたま偶然――」

「読んだの？」

マリアナはうなずいて、ささやいた。「ええ」

ゾーイの目に怒りが走った。「よくも勝手に！」

マリアナはゾーイを見つめた。「ゾーイ。わたしにはわからないわ。まさか――その手紙が意味するのは――」

「何よ？　何を意味すると思ってるの？」

マリアナは言葉を必死に探した。「あなたが一連の殺人と何かでかかわっている……。あなたと彼は……なんらかのかたちで――」

「彼はわたしを愛してた。わたしたちは愛し合ってた――」

「ちがう、ゾーイ。重要なことだから聞いて。あなたが大事だからこそ言わせて。あなたは被害者なの。自分でどう思おうと、それは愛じゃなかった――」

ゾーイがさえぎろうとしたがマリアナはそれを許さず、さらに先を続けた。

「聞きたくない気持ちはわかる。あなたにはとてもロマンチックに思えたんでしょうけど、彼が何を与えてくれたにせよ、それは愛じゃないわ。エドワード・フォスカは愛することのできない人間よ。あまりにも傷つき、危険で――」

「エドワード・フォスカ?」ゾーイはびっくりした顔でマリアナを見つめた。「エドワード・フォスカがこの手紙を書いたと思ってるの? だから、部屋に隠してしまってあったと思ってるの?」ばかにしたように首を振った。「書いたのはあいつじゃない」

「じゃあだれが書いたの?」

突然、太陽が雲に隠れ、時の流れが這うように遅くなった。最初の雨粒が廃墟の石の窓枠をたたき、一羽のふくろうが遠くで鳴いた。そして、時間の止まったこの場所で、マリアナは気づいた——今からゾーイが何を言うつもりか、すでにわかっているし、おそらく意識のどこかでは、ずっと前からわかっていたのだ。

太陽がふたたび顔を出し、遅れていた時が一足飛びに今に追いついた。マリアナは質問をくり返した。

「だれが手紙を書いたの、ゾーイ?」

こちらを見つめるゾーイの目には、涙があふれていた。ゾーイは小さな声で言った。

「セバスチャンよ、きまってるでしょ」

第六部

悲しんでいると心が弱くなると聞く
そして、臆病でだめになってしまうのだと、
だから復讐のことを考えて、泣くのはやめるとしよう。
——ウィリアム・シェイクスピア
『ヘンリー六世　第二部』

1

マリアナとゾーイは無言でたがいを見た。

今では雨が降っていて、まわりからは雨が泥を打つ音とにおいがしてきた。川面に映る震える木々の姿を、雨粒が散らすのも見えた。とうとうマリアナは沈黙を破った。

「嘘よ」

「ちがう」ゾーイは首を振った。「嘘じゃない。その手紙はセバスチャンが書いた。わたしのために」

「そんなはずはない。彼は——」マリアナは必死に言葉を探した。「セバスチャンは——書いてない」

「書いたの。目を覚まして。本当に何も見えてないんだね、マリアナ」

マリアナは自分の手にある手紙を見た。茫然とながめた。「あなたと……セバスチャンが……」最後まで言えなかった。マリアナは目をあげ、哀れみの情を示してほしくて必死にゾーイを見た。

けれどもゾーイは自分を哀れむだけで、涙があふれてきて目が光った。「彼を愛していたの、マリアナ。愛してた——」

「嘘。嘘よ——」

「ほんとなの。記憶にある最初からセバスチャンを愛してた——少女だったときから。そして彼はわたしを愛してくれた」

「ゾーイ、やめて。お願いだから——」

「いい加減に直視してよ。目をひらいて。わたしたちは恋人どうしだった。ギリシャに旅行に行ったときから、ずっと。わたしの十五の誕生日にアテネに行ったのを憶えてるでしょ？　セバスチャンは家のわきのオリーブ畑にわたしを連れていった——そして愛し合ったの。あそこの土の上で」

「まさか」マリアナは笑いたかったが、気分が悪すぎて笑えなかった。ぞっとした。「あなたは嘘をついてる——」

「嘘をついているのはそっちでしょう——自分に対して。だからそんな支離滅裂なんだよ

――心の底では真実を知ってるから。全部、茶番だった。セバスチャンはマリアナを愛してなかった。彼が愛していたのはわたし――ずっとわたしだった。わたしのそばにいるためにマリアナと結婚した……。もちろん、お金のためもあったけど……そのことはわかってるよね？」

マリアナは首を振った。「わたしは――そんな話は聞きたくない」

マリアナは身をひるがえして廃墟から外に出た。そのまま歩きつづけた。

そして駆けだした。

2

「マリアナ」うしろでゾーイが呼んだ。「どこに行くつもり？　逃げられないよ。もう今さら」

マリアナは無視して進みつづけた。ゾーイが追ってきた。

上空の暗い雲が雷鳴をとどろかせ、突然、巨大な稲妻が走った。空はほぼ緑色に染まった。そして天が裂けた。猛烈な雨が降りだして、地面をたたき、川面を波立たせた。

マリアナは森に駆け込んだ。木々のなかは暗くて陰鬱だった。地面はじめじめしてぬかるみ、湿ったにおいが立ち込めていた。からみ合う木の枝は蜘蛛の巣で覆われ、ミイラ化したアオバエやさまざまな昆虫が、頭上の絹のような糸に引っかかっていた。

ゾーイがあざけりながらうしろをついてきた。声が木々のあいだにこだました。

「ある日、ふたりでオリーブ畑にいたところを、おじいちゃんに見つかった。マリアナに言うと脅されて——それでセバスチャンは殺すしかなくなった。あの大きな手で、その場でおじいちゃんの首を絞めた。そして、おじいちゃんは全財産をマリアナに遺した……。ものすごい額で――セバスチャンは目がくらんで――どうしても自分のものにしたかった。わたしのため、自分のため――わたしたちふたりのために。だけど、それにはマリアナがじゃまだった……」

必死に進もうとすると、木の枝がマリアナを捕まえて手や腕を切り、引っ掻いた。ゾーイが怒れる復讐の女神のように猛烈に木々をかき分けて、すぐうしろをやってくるのが聞こえた。彼女はずっと話しつづけていた。

「もしマリアナの身に何かが起これば、自分が真っ先に疑われるとセバスチャンは言った。だから〝注意をよそに向ける何か、手品の仕掛けみたいなものが必要だ〟って。わたしが小さいころに、彼がやってくれた手品を憶えてる？　〝みんなの目をべつのもの、べつのところに向けさせるんだ〟って彼はそう言った。わたしはフォスカ教授と〈メイデンズ〉の話をした――セバスチャンはそのときにアイディアを思いついた。頭のなかで美しい花のように開花したんだって。とても詩的な言い方をする人だったよね――憶えてる？　セバスチャンは細かいところまで考え抜いた。たしかに、それは美しかった。完璧だった。なのに……マリアナがセバスチャンを連れ去った――そして彼は二度ともどらなかった。セバスチャンはナクソスになんて行きたくなかった。無理やり連れていかれた。マリアナのせいで、彼は死んだの」

「ちがう」マリアナはささやいた。「そんな言い方はないでしょう――」

「ちがわない」ゾーイが声をあげた。「あんたがセバスチャンを殺した。**そしてわたしのことも殺した**」

急に目の前の木々がまばらになって、ふたりはひらけた場所に出た。前には湿地が広がっていた。透明な緑色の水が広範囲に溜まり、雑草や低木が茂っていた。裂けてゆっくりと朽ちようとしている倒木が一本あって、黄緑色の苔で覆われ、斑点のある毒きのこがびっしり生えていた。

そして腐った妙なにおいがした。何かの腐敗した悪臭が――淀んだ水のにおいだろうか？

それとも――死のにおい？

息を切らしたゾーイがナイフを手にマリアナをじっと見つめた。赤くなった目は、涙でいっぱいだった。

「彼が死んで、わたしは腸（はらわた）をえぐられたようだった。自分の怒りを――苦しみを――どうしたらいいかわからなかった……。そしてある日――理解した――悟ったの。セバスチャンのために彼の計画をやりとげるべきだって。本人が望んだようにね。それがセバスチャンのためにできる最後のことだった。彼や彼との思い出を大事にするため――そして、わたしの復讐をとげるためにできるのは、それしかなかった」

マリアナは信じられない思いでゾーイを見つめた。声を出すのがやっとだった。小声をふりしぼった。

「何をしたの、ゾーイ？」

「わたしじゃない。セバスチャンよ。全部、彼……。わたしはやれと言われたことをやっただけ。嫌いな仕事じゃなかったけど。彼が選んだ文言を書き写して、彼の言ったとおりにポストカードを仕込んで、フォスカの本の文にアンダーラインを引いた。指導を受けにいったとき、バスルームに行くふりをして、タラの頭の毛をフォスカのクローゼットの奥に仕込んだ――血もそこに散らしてきた。警察はまだ気がついてない。でも、いつか見つけるはず」

「エドワード・フォスカは無実なの？　あなたが犯人に仕立てあげたの？」

「ちがう」ゾーイは首を振った。「犯人に仕立てたのは自分でしょ、マリアナ。わたしはセバスチャンの指示どおり、フォスカを怖がってるとマリアナに思わせるだけでよかった。あとのことは、全部マリアナがやってくれた。この演出全体のなかで、そこのところが一番面白かった――マリアナが探偵ごっこをしてるのを見るのがね」ゾーイは微笑んだ。

「でもマリアナは探偵じゃない……餌食だよ」

マリアナはゾーイの目をじっと見つめ、と同時に、頭のなかですべてのピースがひとつにまとまり、そしてとうとう、できれば見たくなかった恐ろしい真実を直視することになった。ギリシャ悲劇にはこの瞬間を言い表す言葉がある。アナグノリシス——発見。主人公がついに真実を見抜き、自分の運命を悟り、そして、それがつねに自分のすぐ目の前にあったことを悟る瞬間。どんな気持ちがするのだろう、と前から思っていた。今、それがわかった。

「あなたが殺したのね——あの子たちを。なんでそんなことを」

「〈メイデンズ〉はべつにどうでもよかった——ただの目くらまし。レッド・ヘリング、セバスチャンはそんな言い方をした」ゾーイは肩をすくめた。「タラのときは……きつかった。でもセバスチャンは、わたしがはらうべき犠牲だと言った。そのとおりだった。ある意味、わたしはほっとした」

「ほっとした？」

「やっと自分がはっきり見えるようになった。自分がどんな人間か、今ではわかる——クリュタイムネストラ（イピゲネイアの母。トロイア戦争から凱旋した夫アガメムノンを、情夫とともに暗殺する）みたいな。それかメディアのような。わたしはそういう人間なの」

「ちがう。それはちがう」マリアナはうしろを向いた。ゾーイを見ているのがもう耐えられなかった。涙が頰をぼろぼろ流れた。「ゾーイ、あなたは女神じゃない。モンスターよ」

「だとしたら」ゾーイが言うのが聞こえた。「それはセバスチャンのせいよ。それにあんたの」

そのとき、何かがいきなり背後からぶつかってきた。

マリアナは地面に倒れ込み、背中にはゾーイが乗っかっていた。もがいたが、ゾーイが全体重でマリアナを泥に押しつけていた。顔にあたる地面は冷たく濡れていた。ゾーイが耳元でささやくのが聞こえた。

「あした死体が見つかったら、わたしは止めようとしたんだって警部に言うから。廃墟をひとりで調べにいくのはやめてと頼んだのに、言っても聞かなかったって。クラリッサはわたしが言ったフォスカ教授の話を警部にする——警察は部屋を調べる——そこでわたしが仕込んだ証拠を見つける……」

ゾーイは上からどいてマリアナを仰向けにした。ナイフを振りかぶり、マリアナを見おろした。狂気じみた、ぞっとする目をしていた。

「そしてマリアナは、たんにエドワード・フォスカのつぎの犠牲者として記録される。第四の被害者。だれも真相を見抜くことはない……マリアナを殺したのはわたしたち――セバスチャンとわたしだってことは」

ゾーイはナイフを高くかかげ……振りおろそうとし――

マリアナはふいに力を取りもどした。手を伸ばしてゾーイの腕をつかんだ。しばらくもみ合ったのち、つかんでいたゾーイの手を力まかせに振った。するとゾーイはナイフをうまく握っていられなくなり――

ナイフが手から離れて、宙を飛んでいった。ドサッと音を立てて、近くの草のなかに消えた。

ゾーイは叫び声をあげて立ちあがり、ナイフを見つけに走っていった。

ゾーイが探している間にマリアナは身を起こし――とそのとき、木々の向こうから人がやってくるのに気づいた。

フレッドだった。

心配そうに駆け寄ってきた。彼はゾーイが草のなかでしゃがんでいるのが見えておらず、マリアナは注意を呼びかけようとした。「フレッド――だめ。止まって」

けれどもフレッドは止まることなく、あっという間にマリアナのところまでやってきた。

「大丈夫？　あとをつけてきたんだ――心配だったから、それで――」

ゾーイが立ちあがるのが、フレッドの肩ごしに見えた——手にナイフをつかんで。マリアナは叫んだ。

「フレッド——」

だが遅かった……ゾーイはフレッドの背中にナイフを深々と突き刺した。フレッドの目が見ひらかれ——ショックの表情でマリアナを見つめた。

彼は地面にくずれ落ち——伸びたままじっと動かなくなった。体の下に血が広がった。ゾーイはナイフを引き抜いて、それでフレッドをつつき、死んだかどうか確かめた。まだ疑っている様子だった。

マリアナは何も考えずに、泥に埋もれた硬く冷たい石に手をかけた。つかんで引き抜いた。

フレッドの上にかがみ込むゾーイによろよろと近づいた。

ゾーイがフレッドの胸にナイフを突き立てようとした瞬間……マリアナは石をゾーイの後頭部にたたきつけた。

その一撃でゾーイの体は横に傾いた。そして泥ですべって——ナイフの上にうつ伏せに倒れた。

ゾーイは一瞬身動きしなかった。マリアナは死んだのだと思った。

けれどそのとき、動物のようなうめき声とともに、ゾーイが身を返して仰向けになった。大きく見ひらいた怯えた目をし、傷を負った哀れな姿で横たわるゾーイ。彼女は自分の胸に突き刺さったナイフを見て――

そして叫びだした。

ゾーイは叫ぶのをやめなかった。理性を失い、痛みと不安と恐怖で叫んだ――怯えた子供の叫びだった。

マリアナは人生で初めてゾーイに助けの手を差しのべなかった。代わりに携帯電話を取りだした。そして警察を呼んだ。

そのあいだもゾーイはずっと叫びつづけ――やがて、その悲鳴は近づいてくる物悲しいサイレンの音と混じり合った。

3

ゾーイは武装した警察官ふたりに伴われて、救急車で運ばれていった。警察が付き添う必要はあまりなかった。退行して子供にもどっていたからだ。怯えた無防備な小さな女の子に。それでもゾーイは殺人未遂の容疑で逮捕された――余罪も追って追及される。ただし、殺人は未遂にとどまった――フレッドはどうにか襲撃を生き延びたのだ。重傷を負った彼は、べつの救急車で病院に運ばれた。

マリアナはショック状態に陥った。彼女は川辺のベンチに座っていた。手には甘くて濃い、お茶のカップを握りしめていた。サンガ警部が――ショックを和らげるために、そして和解の印として――自分の魔法瓶から注いでくれたものだった。

雨はすでにやんでいた。今では空は晴れている。雲は雨になって流れ、淡い光のなかに灰色のちぎれ雲がわずかに残るだけだった。太陽はゆっくり木々の向こうに沈もうとしていて、空をピンクと金色の筋に染めていた。

マリアナはそこに座って、あたたかいカップを口に運んで紅茶をすすった。女性警官が腕をまわして慰めようとしたが、マリアナはほとんど気づかなかった。ひざはきっちり毛布でくるまれていた。マリアナはそれにさえあまり気づいていなかった。心は空っぽで、目だけが川の流れを追っていた——するとあの白鳥が見えた。勢いをつけて水面を駆け抜けようとしていた。

白鳥は翼を広げ、やがて飛び立っていった。空高く舞いあがり、マリアナの目はその姿を天まで追いかけた。

サンガ警部がマリアナのいるベンチに腰をおろした。「あなたには嬉しい知らせでしょう」彼は言った。「フォスカは馘になった。全員の子と関係を持っていたことがわかった。モリスは教授を脅迫していたことを白状した——要するにあなたが正しかったんだ。順当にいけば、ふたりとも当然の罰を受ける」

サンガはマリアナをふり返ったが、何も耳に届いていない様子を見て取った。紅茶をあごで示した。優しく語りかけた。

「どうかな？　気分は少しましになりました？」

マリアナは横目でサンガを見た。小さく首を振った。ましになった感じはしなかった。むしろ悪くなった……

それでも何かが変化した。それはなんなのだろう？ 意識がなんとなくしゃきっとしてきた——目が冴えてきた、と言ったほうが合っているかもしれない。霧が晴れたようにすべてがはっきり見え、色が鮮明になり、物事の輪郭がくっきりした。世界はもはや、淡くて灰色で遠くにあるようには感じられなかった——とばりの向こうにあるようには。

世界はふたたび生き生きとし、あざやかで色にあふれ、秋の雨に濡れていた。そして、無限にくり返される誕生と死の永遠のざわめきに満ちていた。

エピローグ

マリアナはその後長いことショックから抜けだせなかった。

家にもどったあとは、夜は下の階のソファで寝た。あのベッドで眠ることはもう二度とできないだろう。彼と──あの男と──いっしょに寝たベッドで眠ることは。彼がだれだったのか、マリアナにはもうわからない。今は他人のように思えた。長年連れ添ったペテン師──ベッドをともにしながらマリアナの殺害を企てた役者。

彼は、この偽りの人物は、何者だったのか。その美しい仮面の下にあったものはなんなのか？　すべては演技だったのか──何から何まで？

ショーが終わった今、マリアナは自身が演じた役割を見なおさなければならなかった。

それは容易(たやす)いことではなかった。

目を閉じて彼の顔を思い浮かべようとしても、特徴を正しく思いだすのが難しかった。夢の記憶のように、彼の姿が薄らいでいって、そして、いつも代わりに父の顔が浮かんできた——セバスチャンの目でなく父の目が。まるでふたりが本質的に同一の人間であるかのように。

ルースはなんと言っていた？　父がマリアナの物語の中心人物だ、と？　あのとき、マリアナは理解できなかった。

でもたぶん、今ではわかりかけてきた。

その後、ルースには会いにいってなかった。今のところは。泣くにも、話すにも、感じるにも、その準備がマリアナにはできていない。記憶がまだ生々しすぎた。セラピーグループにも復帰していなかった。今後ふたたび他人を助けようとか、アドバイスを授けようとか、そんな気になれるだろうか。

マリアナはぼろぼろだった。

そしてゾーイについて——彼女はヒステリックに悲鳴をあげていたあの興奮状態から回復することはなかった。刺し傷で死ぬことはなかったが、それが深刻な心のダメージとなった。逮捕後には何度か自殺を図り、その後、重度の精神的混乱をきたした。

ゾーイは結局、裁判に耐えうる状態にないとの宣告を受けた。そして最終的に、北ロンドンにある司法精神科病棟〈ザ・グローヴ〉に収容された――マリアナがセオに応募してみてはどうかと勧めた、あの施設だった。

そして、セオがアドバイスに従っていたことが、そこで判明した。彼は今では〈ザ・グローヴ〉で働いていて――ゾーイは彼の患者だった。

セオはゾーイに代わり、何度かマリアナに連絡を取ろうとした。けれどもマリアナは、彼と話をすることを拒み、電話に出なかった。

セオが何をしたいかはわかっていた。マリアナにゾーイと話をさせたいのだ。悪いとは思わない。彼の立場ならマリアナもおなじことをしただろう。どんなかたちであれ、ふたりの女性のあいだで前向きなコミュニケーションが取れれば、それがゾーイの回復には何より重要な鍵となる。

だがマリアナは、まずは自身の回復の心配をしなければならなかった。

ふたたびゾーイと話をすると思うと耐えられなかった。むかむかした。純粋に無理だった。

赦す赦さないの問題ではない。とにかく、自分で決められるようなものではなかった。赦しとは強制されるものではないと、ルースはいつも言っていた――それは自然に湧いてくる感情であり、その人の心の準備ができて初めて、寛大なふるまいとして表現されるものなのだ。

マリアナにはまだその準備がなかった。準備ができる日が来るとも思えなかった。ものすごく腹が立って、ものすごく傷ついていた。もしふたたびゾーイに会ったら、何を言って、何をするかわからない。自分の行動にとても責任が持てなかった。それならば距離を置き、ゾーイの運命は天に任せたほうがいい。

一方で、フレッドの入院先には何度か見舞いにいった。彼には責任を感じていたし、感謝もしていた。なんといっても命を救ってくれたのだ。その恩は一生忘れない。フレッドは最初は弱々しくて、口も利けなかったが、マリアナがいるあいだは終始にこにこしていた。ふたりは無言でなごやかに座っていた。なんて奇妙なのだろう、とマリアナは思った。彼といっしょにいてこんなに居心地がよく、馴染んだ感じがするとは――ほとんど知らない相手なのに。ふたりのあいだに何かが起こるかもしれないと言うには、まだ早すぎる。とはいえ、マリアナがそれを頭から否定することは、もうなかった。

このごろは、何事に対してもだいぶちがった感じ方をするようになった。

これまで知っていたこと、信じていたこと、信頼していたことが、ことごとく崩れ去っていって、何もない空っぽの場所だけが残ったような感じだった。マリアナはこの無というどこでもない場所に生き、それが数週間、数カ月と続いて、やがて……

ある日、セオから手紙が届いた。

その手紙で彼は、ゾーイを訪ねるのを拒否しているが、もう一度考えてくれないかと求めてきた。彼はゾーイについて洞察的な文章をつづり、大きな共感を示したのち、今度はマリアナに焦点をあてた。

ゾーイだけでなく、きみにももしかしたらメリットがあるんじゃなかろうか――それで、ある種の心の区切りをつけられるかもしれない。楽しいことでないだろうけど、役に立つかもしれないと僕は思う。きみがくぐり抜けてきたことは、僕には想像もできない。ゾーイはだいぶ心をひらきはじめていて、きみの亡き夫とゾーイとの秘めた世界に、僕はひどく心をかき乱されている。身の毛のよだつ恐ろしい話もいろいろ聞いている。ひとつ言わせてもらうと、マリアナ、きみは生きていられて本当に幸運だった。

セオは手紙をこう締めくくった。

簡単なことでないのはわかる。でもどうか、彼女もまたある面では被害者だということを、ぜひ考えてみてほしい。

その書き方にマリアナはとても腹が立った。手紙をびりびりに破いて、ゴミ箱に捨てた。けれどもその夜、ベッドに横になって目を閉じると、ある顔がまぶたの裏に浮かんできた。セバスチャンの顔でも、父の顔でもなく――それは幼い女の子の顔だった。

六歳の小さな怯えた少女。

ゾーイの顔だ。

彼女に何があったのか？　その子は何をされたのか？　マリアナのいるすぐそばで――物陰で、舞台の袖で、舞台のすぐ裏で――ゾーイは何に耐えていたのだろう？

マリアナはゾーイの役に立てなかった。守れなかった――見ることさえしなかった。その責任は負わなければならない。

なぜそんなに見えていなかったのか？　それを知る必要がある。そして理解しなければ。直視し、向き合わなければ――

そうしないと気が変になる。

そういうわけで雪降る二月のある朝、とうとうマリアナは北ロンドンまで行って、エッジウェア病院に足を運び、〈ザ・グローヴ〉を訪ねた。セオが受付で待っていた。彼はあたたかく迎えてくれた。

「きみとここで会うことになるとは想像もしてなかったよ」セオは言った。「運命とは不思議なものだ」

「ほんと、そうね」

セオはマリアナにセキュリティーを通過させ、病棟のくたびれた廊下を案内した。歩きながら彼は、ゾーイは最後に会ったときからすっかり変わって見えるだろうと、マリアナに警告した。

「ゾーイはかなり具合が悪い。別人のようだと感じると思う。事前に覚悟しておいたほうがいい」

「そう」

「来てくれて嬉しいよ。きっとすごく役に立つ。ゾーイはきみのことをよく話すんだ。会いたいと頻繁にせがまれる」

マリアナは何も答えなかった。セオが横からマリアナのことを見た。

「つらいのはわかってるつもりだ」彼は言った。「ゾーイに対して優しい気持ちをいだいてほしいなんて思ってない」

無理よ、とマリアナは思った。

セオは心を読んだようだった。彼はうなずいた。「わかるよ。きみを傷つけようとしたんだ」

「殺そうとしたのよ、セオ」

「そんな単純な話だとは思えないんだ、マリアナ」セオは遠慮しながら言った。「きみを殺そうとしたのは、彼だ。ゾーイはただの手先、操り人形にすぎなかった。彼に完全にコントロールされていた。だけど、それは彼女の一部にすぎない——心のべつの一部は、今もきみのことを愛していて——きみを必要としている」

マリアナは不安がだんだん大きくなるのを感じた。ここに来たのはまちがいだった。まだゾーイに会う準備はできていない。会ってどんな気持ちになるのか——それに何を言って、どうしたらいいのか。

セオのオフィスの前まで来ると、彼は廊下の突き当たりのべつのドアをあごで示した。「ゾーイはあのなかのレクリエーション室にいる。あまりほかの患者と交わろうとしないけど、自由時間にはなるべくみんなの輪にはいるようにさせている」時計を見て顔をしかめた。「悪いけど、二、三分、待っていてもらえないかな。部屋でちょっと会わないといけない患者がいるんだ。それがすんだら、きみとゾーイが会う場を設けよう」

マリアナが返事をする前に、セオは自分の診察室の前の、壁際に置かれた長い木のベンチを示した。「よかったら座ってて」

マリアナはうなずいた。「ありがとう」

セオは診察室のドアをあけた。すると、ひらいた隙間から、なかで待っている美しい赤毛の女性が見えた。格子窓から外をのぞいて、灰色の空を見つめていた。女性はふり返り、はいってきてドアを閉めようとするセオに用心深い目を向けた。

マリアナはベンチに目をやった。だが座ることはしなかった。そしてそのまま進んだ。廊下の一番奥のドアまで歩いていった。

前で足を止めた。マリアナはためらった。

それから、手を伸ばして取っ手をひねり――

なかにはいっていった。

謝辞

本書のほとんどは新型コロナウィルスの流行のさなかに書かれた。ロックダウン中のロンドンで独居生活をしていたわたしには、あの長い数カ月のあいだに打ち込めるものがあって本当にありがたかった。また、家を出てこの脳内の世界に逃げ込み、半分は現実、半分は想像の昔懐かしい場所で活動できるのもありがたかったし、またそれは、自分の青春時代、自分が大好きだった場所をふたたび訪れる機会でもあった。

同時に、十代のころに夢中になった、とあるジャンルの小説を懐かしむ時間でもあった。探偵小説、ミステリ、本格推理小説等々。だからまずは、長年にわたりインスピレーションと喜びを与えつづけてくれた、犯罪小説の古典の作家たち（すべて女性だ）に、心からの感謝を捧げたい。アガサ・クリスティー、ドロシー・L・セイヤーズ、ナイオ・マーシュ、マーガレット・ミラー、マージェリー・アリンガム、ジョセフィン・テイ、P・D・ジェイムズ、ルース・レンデル――本作品は彼女たちへのささやかなオマージュだ。

よく言われる話ではあるが、小説の二作目を執筆するのは、デビュー作を書くのとはだいぶ勝手がちがう。『サイコセラピスト』を書いたときは念頭に浮かぶ読者もおらず、失うものもなく、孤軍奮闘していた。あの本によってわたしの人生は一変し、急激に広がった。一方で、『ザ・メイデンズ――ギリシャ悲劇の殺人』を書くときは相当なプレッシャーのもとにあったものの、今度はひとりきりではなかった。わたしの周囲には極めて才能豊かで優秀な人たちの小さな村ができ、支え、助言してくれた。お礼を言うべき相手はあまりに多く、漏れがないことを願いたい。

まずは代理人であり大切な友であるサム・コープランドに感謝したい。頼れる拠り所でいてくれて、また知恵とユーモアと優しさの源泉でいてくれて、ありがとう。〈ロジャーズ・コールリッジ&ホワイト〉の聡明でやる気あふれるチームのみなさん――ピーター・ストラウス、スティーヴン・エドワーズ、トリスタン・ケンドリック、サム・コーツ、カタリーナ・ヴォルクマー、オナー・スプレックリーほか――にも大変にお世話になった。

創造的な面のことを言うと、本作の編集作業はかつて経験したことがないほどの楽しい職業体験だった。学ぶこともとても多かった。アメリカの敏腕編集者である、〈セラドン〉のライアン・ドハーティ、それからロンドンの、同じく才能あふれる〈オリオン〉のイマッド・アクタールとケイティ・エスピナーに、心からの感謝を伝えたい。みなさんと仕事をしていてとても愉快だったし、優秀なサポートがありがたかった。この先もずっとともに仕事ができることを願っている。

ハル・ジェンセンには非常に細かくて有用なコメントをくれたこと、また、この血に染まった本にどこまでも取り憑かれたわたしに耐えてくれた友情に感謝している。ネディ・アントニアデスにはたくさんの応援と、くり返しなだめてくれたことにお礼を言いたい。いつもとても頼りにしているし、心から感謝している。それからイバン・フェルナンデス・ソト——聖ルチアやもろもろのアイディアをくれたこと、過去三年間、この突飛な筋の展開に関して何度も意見を聞かせてくれたことに、ありがとう。ユマ・サーマンにはすばらしいコメントと提案と、ニューヨークでの手料理にお礼を言いたい。いつも本当にありがとう。ダイアン・メダク、友情と応援と長々滞在させてくれたことに感謝している。またすぐにでもお邪魔させてほしい。

わたしにとって最高の師であるエイドリアン・プール教授は、とても有益な意見をくださり、また古代ギリシャ語に関することで知恵を貸してくださった。また、そもそも悲劇を好きになるきっかけをわたしに与えてくださったことにも、お礼を申しあげたい。それから、わたしをふたたびあたたかく迎え、セント・クリストファー校のアイディアを与えてくれたケンブリッジのトリニティ校にも感謝したい。

〈セラドン〉のすばらしい友にもお礼申しあげる――みなさん抜きの人生は、わたしには想像もできない。ジェイミー・ラーブとデブ・ファァターには一生の恩を感じているし、すべての力添えにありがとうと伝えたい。レイチェル・チョウとクリスティン・ミキティシン――ふたりとも非常に聡明で、前作の成功はあなたがたの力によるところがとても大きかった。どうもありがとう。セシリー・ヴァン・ビューレン゠フリードマン、あなたの意見により本作は格段によくなった。とても感謝している。また〈セラドン〉のアン・トゥーミー、ジェニファー・ジャクソン、ジェイミー・ノーヴェン、アナ・ベル・ヒンデンラング、クレイ・スミス、ランディ・クレイマー、ヘザー・オーランド゠ジェラベック、レベッカ・リッチー、ローレン・ドゥーリーにも感謝する。そして、すばらしい表紙を制作してくれたウィル・ステイリー、記録的な速さですべてを仕上げてくれたジェレミー・ピンク。それから、マクミランの営業チームにもとても感謝している――きみたちは本当に最高だ！

〈オリオン〉と〈アシェット〉では、デイヴィッド・シェリーにも力添えに感謝したい。とても励まされ応援されているのを肌で感じることができた。サラ・ベントン、モーラ・ワイルディング、リンジー・サザーランド、ジェン・ウィルソン、エスター・ウォーターズ、ヴィクトリア・ローズ――みなさんのすばらしい仕事ぶりに感謝を！　それからエマ

・ミッチェルとFMCMは、宣伝をありがとう。

また、マドリードのマリア・ファッシェには、洞察に満ちた有益なコメントおよび励ましに特に感謝したい。

クリスティン・マイクリーディーズ、記述を手伝ってくれてありがとう。九割は本には採用されなかったけれど、少なくとも学ぶものがあった！　エミリー・ホルト、ためになるコメントと応援をありがとう。それから、ヴィッキー・ホルトと父のジョージ・マイクリーディーズにも支えてくれたことに感謝したい。

そして、すばらしいケイティ・ヘインズにも心から感謝する。ともに仕事ができるのは大きな喜びだとあらためて伝えたい。またいっしょに劇場に行ける日を心待ちにしている。

パリでの執筆中に、あたたかく歓迎し、大いに励ましてくれたティファニー・ガスークにもお礼申しあげる。尻を叩いて応援してくれたトニー・パーソンズにもとても感謝している。励ましとヒントになる助言をくれたアニタ・バウマン、エミリー・コック、ハンナ・ベッカーマン。そして、ずっと応援しつづけてくれた優しい友、ケイティ・マーシュ。

また、若き日のテニスンの絵を見せてくれた〈ナショナル・ポートレート・ギャラリー〉。苗字を貸してくれたカム・サンガ。そして最後にデイヴィッド・フレイザーに、お礼申しあげる。

訳者あとがき

　アレックス・マイクリーディーズは、デビュー作の『サイコセラピスト』（*The Silent Patient*, 2019・邦訳早川書房刊）でだれもがうらやむ華々しい成功をおさめた。発表して早々にアメリカのニューヨーク・タイムズ紙のベストセラーリスト入りを果たし、それ以降も長らく人気は衰えず、およそ五十の国や地域で出版され、最新の著者紹介の数字を借りれば、全世界で七五〇〇万部を売りあげたという。

　そして、大きな期待がかかるなか、つぎに発表されたのが、本作『ザ・メイデンズ――ギリシャ悲劇の殺人』（*The Maidens*, 2021）だ。前作においてもエウリピデスによる『アルケスティス』の物語が、ひとつの大事なモチーフになっていたが、今度の作品ではさらにギリシャの悲劇や神々が多くの場面に登場し、古代から色褪せないその魅力で読者を楽しませてくれる。ギリシャ系である著者マイクリーディーズにとっては、これらの知識はおそらく教養を通り越して、自身のアイデンティティの一部なのだろう。

マイクリーディーズはイギリス人の母とギリシャ人の父とのあいだに生まれ、十八歳までキプロスで育った。その後、イギリスのケンブリッジ大学に留学して、英文学を学ぶ。やがて紆余曲折ののち、心理療法士の仕事に興味を持ち、関連の施設でアルバイトをしながら、本格的な勉強を開始する——。

さて、すでに本文を読んだ方ならお気づきのとおり、これは主人公マリアナの半生とほぼ一致する。あとにしてきた故郷への思い、イギリス的なものへの憧れの気持ちは、両者共通のものと考えてまちがいなさそうだ。ただし細かく言えば、マリアナはギリシャのアテネで生まれ育ち、ケンブリッジ大学のセント・クリストファー校という架空のカレッジにはいった。

そのケンブリッジで、マリアナは運命の人セバスチャンと出会って結婚するが、彼は一年ほど前に海の事故で命を落とし、マリアナは深い悲しみからいまだ立ち直れずにいる。そんななか、やはり同校で英文学を学んでいる姪のゾーイから一本の電話がかかってくる。若い女性の無惨な刺殺体が発見されてニュースになっているが、それが自分の親友のタラかもしれないというのだ。マリアナはゾーイのためにケンブリッジに駆けつけることにした。

ケンブリッジ大学というのは、ひとつのキャンパスに複数の学部がある総合大学とは異なり、伝統的なカレッジ制を特徴としている。市内には大学を構成する三十以上のカレッジがひしめき合って、美しい独特の大学町の雰囲気をつくりだしている。「学寮」「〜校」とも訳されるカレッジは、歴史的に学びの場であると同時に生活の場でもあり、そのため各校には寮と食堂と礼拝堂が必ず存在し、また、四角い中庭（コート）を中心とした建物の配置は修道院を連想させる。

学問の面では大学とカレッジは補完関係にあり、大学が研究、講義、試験を取り仕切るのに対し、カレッジでは担当の教官による少人数の個別指導が行われるそうだ。カリスマ的人気をほこる、ギリシャ悲劇を専門とするフォスカ教授は、エリート女学生の取り巻きを従えて、彼女らを〈乙女(メイデンズ)〉と呼ぶが、いかにもそんな関係が発生しそうな土壌が、そこには古くから存在するのだ。

また、本作では観光案内のようにケンブリッジの美しさが紹介されるが、大学につぐ見どころの筆頭は、街の名前の由来にもなった、大学のあいだを流れるケム川だろう。川辺にはバックス（裏庭）と呼ばれる広大な芝地が広がり、また市の内外に公園や緑地も多く点在しており、重厚な歴史のある学びの地でありながら、街はのびやかで明るい雰囲気に満ちている。マリアナが愛したイギリスらしい牧歌的景色だが、著者はあえてそこを殺人の舞台にし、残酷に切り刻まれた若い女性の死体を配置した。

犯人はゾーイが想像するとおりフォスカ教授なのか。秘密のグループ〈メイデンズ〉の面々は何かを知っているのか。マリアナは行きがかり上、自分で事件を追うことになるが、グループセラピーを専門とする心理療法士であるがゆえに、かえって先入観があり、目がくもっているようにさえ見える。果たして、彼女は真実に迫ることができるのか。

　ところで、犯人捜しに関してはなかなか成果をあげられないマリアナだが、彼女は本作のなかで、ひとつ注目すべき重要な働きをしている。彼女は前作『サイコセラピスト』の主人公であるセオとは、一時期共に学んだ間柄だった。ふたりは今回、共通の知人の勧めで久々の再会を果たし、そこでマリアナはセオにある助言をする。マリアナのそのひとことがなければ、セオの物語は展開しなかったかもしれず、その部分に前作のファンは著者の遊び心を感じるにちがいない。また、セオがマリアナに意味深な意見を伝える場面もあるが、今後出版されるいずれかの作品のなかで、その中身が明かされることがあるとすれば、それも楽しみだ。

　マリアナはギリシャ神話の女神で、コレ（＝乙女）と呼ばれるペルセポネと自分とのあいだに、勝手に因縁めいたものを感じている。何かの理由でその復讐の女神の恨みを買ってしまったのではないかと考えており、また、むしろ、自分の不幸の原因を女神のせいにしたいという気持ちが、つねに心の底にある。善の基準を神の教えに置いて、苦境を神が与えた試練だと考えるキリスト教とは、少々ちがったメンタリティで、妄想的に神々に振りまわされる彼女のさまは、どこか古代の人をなぞるようで興味深い。

気まぐれなギリシャの神々は〝善〟とは程遠く、慈悲深くもなく、気分次第で片方の軍勢に肩入れしたり、供物を備えないといってへそを曲げたり、人間の娘に手を出したりと、けっこう性質（たち）が悪い。そんな神々のもとに暮らす人間たちもなかなかのもので、古くはホメロスが、のちには古代ギリシャの三大悲劇詩人と称されるエウリピデスらが演劇にして伝えた物語においては、復讐、殺人、不倫、強姦といった悪事のネタには事欠かない。たとえば、本作中にもくり返し名前が出てくるミュケナイ王のアガメムノンは、トロイア戦争のギリシャ軍の総大将で英雄のはずなのだが、彼の不手際により娘イピゲネイアを生贄に捧げることになっただけでなく、部下の女を横取りしたり、戦利品の分け前を多く得たりと、小悪党ぶりも目立つ。最終的には、娘イピゲネイアの死を恨みに思った、妻のクリュタイムネストラに殺されるが、その彼女もまた、自身の子により殺される。

ドラマチックさではギリシャ悲劇には及ばないものの、マイクリーディーズの作品においても、人間の愚かさ、欠陥、弱さ、慢心、残虐さといったものが多く描き込まれている。そのせいからか、登場人物には〝いけ好かない〟、〝理解できない〟と表現したくなる人が多いように思えるのだが、読者のみなさんはどんな感想を持たれただろうか。主人公を取ってみても、マリアナは天涯孤独な環境がそうさせるのか、どうも精神的に安定せず、友達になりたいタイプではない。前作の主人公であるセオも、アリシアも変わった人物で、感情移入しづらい面があった。これまで読んだかぎりでは、主人公であろうと脇役であろうと、生きづらさをかかえた人間たちの大小の負の面をそのままに描く、というのがマイクリーディーズの作風であり、持ち味といえるのかもしれない。現にわたし自身は、この独特の嫌な感じが癖になってきており、できればもっとその特長を突き詰めていってほしいとさえ期待している。

さて、著者の筆は順調に進んでおり、三作目にあたる***The Fury***が、ちょうど間もなく刊行される予定だ。元映画スターの有名女性が、古くからの友人らとともにギリシャのプライベート・アイランドで週末を過ごすが、憎悪がなんらかのかたちで表面化して、四十八時間のあいだに死人が出るのだという。これまた一癖も二癖もある人物が出てくることが想像され、また、著者が執筆を楽しんだ自信作でもあるようで、読むのが非常に楽しみな作品である。これまでのミステリ二作では、少々めずらしいことに心理療法士が謎解きの案内役に据えられたが、その理由を著者は、「探偵小説を書きたいが探偵について知識がなかったため」と説明している。あらすじを読むかぎりでは、今度は〝エリオット・チェイス〟なる謎の語り手が物語を伝えてくれるようなのだが、この人物はいったい何者なのだろう。本作に続き、日本の読者のみなさんと次作品を楽しめる日が遠からずくることを、訳者として願っている。

二〇二四年一月

あなたに似た人〈新訳版〉I

ロアルド・ダール
田口俊樹訳

常軌を逸した賭けの行方や常識人に突然忍び寄る非常識な出来事などを、短篇の名手が残酷かつ繊細に描く11篇。名作短篇集の新訳決定版。

【収録作品】味／おとなしい凶器／南から来た男／兵士／わが愛しき妻、可愛い人よ／プールでひと泳ぎ／ギャロッピング・フォックスリー／皮膚／毒／願い／首

ホッグ連続殺人

The HOG Murders

ウィリアム・L・デアンドリア

真崎義博訳

雪に閉ざされた町は、殺人鬼の凶行に震え上がった。彼は被害者を選ばない。手口も選ばない。どんな状況でも確実に獲物をとらえ、事故や自殺を偽装した上で声明文をよこす。署名はＨＯＧ——この難事件に、天才犯罪研究家ベネデッティ教授が挑む！　アメリカ探偵作家クラブ賞に輝く傑作本格推理。解説／福井健太

女には向かない職業

An Unsuitable Job for a Woman

P・D・ジェイムズ
小泉喜美子訳

探偵稼業は女には向かない――誰もが言ったがコーデリアの決意は固かった。最初の依頼は、突然大学を中退して命を断った青年の自殺の理由を調べるというものだった。初仕事向きの穏やかな事件に見えたが……可憐な女探偵コーデリア・グレイ登場。第一人者が、新米探偵のひたむきな活躍を描く。解説／瀬戸川猛資

ハヤカワ文庫

サマータイム・ブルース〔新版〕

Indemnity Only

サラ・パレツキー
山本やよい訳

夜遅くに事務所を訪れた男は息子の恋人の行方を捜してくれと依頼する。簡単な仕事に思えたが、訪ねたアパートで出くわしたのはその息子の死体だった……圧力にも障害にも負けないV・I・ウォーショースキーの熱い戦いはここから始まる！　シリーズ第一作が翻訳をリニューアルした新装版で登場。解説／池上冬樹

二流小説家

The Serialist

デイヴィッド・ゴードン
青木千鶴訳

〔映画化原作〕筆名でポルノや安っぽいSF、ヴァンパイア小説を書き続ける日日……そんな冴えない作家が、服役中の連続殺人鬼から告白本の執筆を依頼される。ベストセラー間違いなしのおいしい話に勇躍刑務所へと面会に向かうが、その裏には思いもよらないことが……三大ベストテンの第一位を制覇した超話題作

ハヤカワ文庫

くじ

The Lottery : Or, The Adventures of James Harris

シャーリイ・ジャクスン

深町眞理子訳

毎年恒例のくじ引きのために村の皆々が広場へと集まった。子供たちは笑い、大人たちは静かにほほえむ。この行事の目的を知りながら……。発表当時から絶大な反響を呼び、今なお読者に衝撃を与える表題作をふくむ二十二篇を収録。日々の営みに隠された黒い感情を、鬼才ジャクスンが容赦なく描いた珠玉の短篇集。

ハヤカワ文庫

幻の女〈新訳版〉

Phantom Lady

ウイリアム・アイリッシュ
黒原敏行訳

妻と喧嘩し、街をさまよっていた男は、奇妙な帽子をかぶった見ず知らずの女に出会う。彼はその女を誘って食事をし、ショーを観てから別れた。帰宅後、男を待っていたのは、絞殺された妻の死体と刑事たちだった！　唯一の目撃者〝幻の女〟はいったいどこに？　新訳で贈るサスペンスの不朽の名作。解説／池上冬樹

ハヤカワ文庫

解錠師

The Lock Artist

スティーヴ・ハミルトン

越前敏弥訳

〈アメリカ探偵作家クラブ賞最優秀長篇賞／英国推理作家協会賞スティール・ダガー賞受賞作〉ある出来事をきっかけに八歳で言葉を失い、十七歳でプロの錠前破りとなったマイケル。だが彼の運命はひとつの計画を機に急転する。犯罪者の非情な世界に生きる少年の光と影をみずみずしく描き、全世界を感動させた傑作

ハヤカワ文庫

あの夜、わたしたちの罪

ローリー・エリザベス・フリン

The Girls Are All So Nice Here

山田佳世訳

アムとサリーは大学中の視線を集める〝最高の女の子〟だった。学生寮でとある事件が起きるまでは――。事件から十四年、新たな人生を歩むアムのもとに同窓会の招待状と脅迫状が届く。「あの夜わたしたちがしたことについて話がしたい」。学生時代に犯した罪を誰かが暴こうとしている？　衝撃の結末に驚愕必至のサスペンス。

ハヤカワ文庫

訳者略歴　青山学院大学文学部卒，英米文学翻訳家　訳書『もっと遠くへ行こう。』『もう終わりにしよう。』リード，『サイコセラピスト』マイクリーディーズ，『ブート・バザールの少年探偵』アーナパーラ，『生存者』シュルマン（以上早川書房刊）他多数

HM=Hayakawa Mystery
SF=Science Fiction
JA=Japanese Author
NV=Novel
NF=Nonfiction
FT=Fantasy

ザ・メイデンズ
ギリシャ悲劇の殺人

〈HM⑮-1〉

二〇二四年二月二十日　印刷
二〇二四年二月二十五日　発行

（定価はカバーに表示してあります）

著者　アレックス・マイクリーディーズ
訳者　坂本あおい
発行者　早川浩
発行所　株式会社早川書房
郵便番号　一〇一 - 〇〇四六
東京都千代田区神田多町二ノ二
電話　〇三 - 三二五二 - 三一一一
振替　〇〇一六〇 - 三 - 四七七九九
https://www.hayakawa-online.co.jp

乱丁・落丁本は小社制作部宛お送り下さい。
送料小社負担にてお取りかえいたします。

印刷・三松堂株式会社　製本・株式会社明光社
Printed and bound in Japan
ISBN978-4-15-185951-9 C0197

本書は活字が大きく読みやすい〈トールサイズ〉です。